CLAUDIA ROSSBACHER

Steirerkind

MORD AM DACHSTEIN Zwei Tage vor der Eröffnung der Alpinen Ski-WM in Schladming wird eine Leiche unweit der WM-Stadt unter der Eisdecke des Steirischen Bodensees gefunden. Bald stellt sich heraus, dass es sich dabei um den seit Wochen vermissten Cheftrainer des österreichischen Herrenskiteams handelt, der sich die tödliche Kugel nicht selbst in den Kopf gejagt hat. Sandra Mohr und Sascha Bergmann vom LKA in Graz ermitteln in der WM-Region rund um den Dachstein – Heimat des toten Cheftrainers und seines ehemaligen Schützlings Tobias Autischer. Prompt gerät der inzwischen prominente Skirennläufer – im Blickpunkt der Medien und seiner Fans – unter Mordverdacht. Doch hat der WM-Favorit seinen Coach tatsächlich umgebracht? Oder war es doch der junge Liebhaber der Witwe, der mehr als nur ein Geheimnis verbirgt? Ein spannendes Rennen am Rande der Ski-WM nimmt seinen Lauf …

Claudia Rossbacher wurde in Wien geboren. Nach einem Tourismusstudium war sie Model, Werbetexterin und Kreativdirektorin, bevor sie sich der Schriftstellerei zuwandte. Ihre Steirerkrimis waren allesamt Bestseller in Österreich und dienen als literarische Vorlagen für die erfolgreichen TV-Filme, die im ORF als steirische »Landkrimis«, in der ARD als »Steirerkrimis« ausgestrahlt werden. Die Wahlsteirerin durfte sich über zahlreiche Auszeichnungen wie den »Buchliebling«, »Bacchus-Preis«, »Fine Crime Award«, das »Goldene Ehrenzeichen des Landes Steiermark«, »Platinbuch« und den »Josef Krainer-Heimatpreis für Literatur« freuen. Zudem fungiert sie ehrenamtlich als »Steiermark-Botschafterin mit Herz«.

CLAUDIA ROSSBACHER

Steirerkind

SANDRA MOHRS DRITTER FALL

GMEINER

Personen und Handlung sind frei erfunden. Ähnlichkeiten mit lebenden oder toten Personen sind rein zufällig und nicht beabsichtigt.

Die automatisierte Analyse des Werkes, um daraus Informationen insbesondere über Muster, Trends und Korrelationen gemäß § 44b UrhG (»Text und Data Mining«) zu gewinnen, ist untersagt.

Bei Fragen zur Produktsicherheit gemäß der Verordnung über die allgemeine Produktsicherheit (GPSR) wenden Sie sich bitte an den Verlag.

Immer informiert

Spannung pur – mit unserem Newsletter informieren wir Sie regelmäßig über Wissenswertes aus unserer Bücherwelt.

Gefällt mir!

Facebook: @Gmeiner.Verlag
Instagram: @gmeinerverlag

Besuchen Sie uns im Internet:
www.gmeiner-verlag.de

© 2013 – Gmeiner-Verlag GmbH
Im Ehnried 5, 88605 Meßkirch
Telefon 0 75 75 / 20 95 - 0
info@gmeiner-verlag.de
Alle Rechte vorbehalten
12. Auflage 2025

Lektorat: Claudia Senghaas
Satz: Mirjam Hecht
Umschlaggestaltung: U.O.R.G. Lutz Eberle, Stuttgart
unter Verwendung eines Fotos von: © Hannes Rossbacher
Druck: Custom Printing Warschau
Printed in Poland
ISBN 978-3-8392-1396-4

Ich bedanke mich bei meinem Mann Hannes Rossbacher für seine unermüdliche Beinahe-rund-um-die-Uhr-Unterstützung, bei meiner Autorenkollegin und Freundin Ilona Mayer-Zach und bei den Gmeiner-Ladys Claudia Senghaas und Diane Kopp samt ihren hilfreichen Teams und Geschäftspartnern.

Mein spezieller Dank gilt dem Leiter des Instituts für Gerichtliche Medizin in Graz, Univ.-Prof. Dr. Eduard Peter Leinzinger, Gudrun Fuchs vom Tourismusverband Haus im Ennstal-Aich–Gössenberg, Mag. Petra Rebhandl von der Austria Ski WM- und Großveranstaltungs GmbH und Ilka von Goerne von der Schoeffel Sportbekleidung GmbH.

Ein Glossar der steirischen bzw. österreichischen Ausdrücke befindet sich am Ende des Buchs.

Der Lesbarkeit zuliebe wurde auf die gleichzeitige Verwendung der männlichen, weiblichen beziehungsweise diversen Sprachformen verzichtet.

PROLOG

Bäume wie dunkle Gestalten,
düstere Schatten der Nacht.
Silbern lächelt der Mond
spiegelglatt im See.

Gespenstische Stille,
den Tod im Visier.
Heiße Wut – kalte Angst
lässt Seelen gefrieren.

Der Schuss zerfetzt die Nacht,
deinen Kopf – mein Herz.
Still und starr ruht das Grab,
finster der Frieden in mir.

KAPITEL 1

Samstag, 2. Februar 2013

Draußen tanzten dicke Flocken. Jene, die auf der Windschutzscheibe des silbergrauen VW Passat landeten, hatten keine Chance. Der Scheibenwischer, der auf vollen Touren lief, schob die Eiskristalle gnadenlos beiseite. Unaufhörlich fiel der Schnee vom Himmel. Immer dichter, immer schneller.

Seit Abteilungsinspektorin Sandra Mohr vom Landeskriminalamt Steiermark gegen 15 Uhr auf die Seewigtal-Straße abgezweigt war, hatte sie alle Mühe, sich in dieser Schneelandschaft zwischen Schladminger Tauern und Dachsteinmassiv zu orientieren. Das endlose, diffuse Weiß – unter Alpinisten als Whiteout gefürchtet – verschluckte alle sichtbaren Konturen und Schatten, die das menschliche Auge benötigt, um Dimensionen und Begrenzungen zu erkennen. Zu allem Überfluss wurde die Fahrbahn immer glatter. Obwohl die LKA-Ermittlerin aus Graz der Sicht und Witterung angepasst entsprechend langsam fuhr, riskierte sie bei jeder Kurve, von der Landstraße in den Graben abzurutschen. Dabei hatte Sandra Mohr von Anfang an gelernt, mit winterlichen Fahrbedingungen zurechtzukommen. Ihre ersten Fahrstunden hatte sie damals, vor 15 Jahren, in den Semesterferien in ihrem Heimatbezirk Murau, am Südrand der Niederen Tauern, absolviert und als Polizistin immer wieder spezielle Fahrtrainings durchlaufen, die ihr Partner vermutlich allesamt versäumt hatte. Sascha Bergmann, der neben ihr am Beifahrersitz saß, war einer der miserabelsten Autofahrer, dem Sandra je begegnet war. Dennoch bremste er vor jeder Kurve mit.

»Scheißwetter!«, schimpfte er und beugte sich nach vorne, als hätte er dadurch besser sehen können.

»Es nützt nichts. Wir müssen die Schneeketten anlegen«, verkündete Sandra und ließ den Wagen vorsichtig auf der Geraden ausrollen, sodass er auf einem Güterweg, der nur noch anhand der Schneestangen und Hinweisschilder als solcher zu erkennen war, zu stehen kam. Jetzt würden sie es ganz bestimmt nur mehr mit Ketten oder Anschieben im Retourgang zurück auf die Landstraße schaffen.

»Wieso *wir*?«, fragte Bergmann.

Sandra sah ihn mit zusammengekniffenen Augen an. Sie hatte schon geahnt, dass er sich davor drücken würde, bei diesem Sauwetter auszusteigen. Nach knapp zweieinhalb Jahren der Zusammenarbeit mit dem Wiener Chefinspektor, der sich von der Bundeshauptstadt in die steirische Landeshauptstadt versetzen hatte lassen, kannte sie diesen besser, als ihr lieb war.

»Na, du hilfst mir doch sicher beim Kettenanlegen«, sagte sie scharf, wenngleich sie seine Antwort bereits wusste. Fragte sich nur, welche Ausrede ihm diesmal einfallen würde.

Bergmann kratzte sich an der Schläfe und zog ein Knie zur Brust heran, um Sandra den Sportschuh an seinem Fuß zu zeigen.

»Tut mir echt leid, ich hab die falschen Schuhe an. Wenn ich hier aussteige, bin ich bis über beide Wadeln hinauf waschelnass. Außerdem habe ich sowieso keine Ahnung, wie man Ketten anlegt. Ehrlich nicht ...« Bergmann klimperte mit den Augen. »Du schaffst das sicher auch ohne mich. Ich kümmere mich inzwischen um Jutta. Wahrscheinlich steckt sie, wie wir, irgendwo im Schnee fest«, fügte er scheinheilig hinzu.

Sandra blies hörbar Luft aus und löste ihren Gurt. Wenig überraschend wollte Bergmann lieber die attraktive Gerichtsmedizinerin anrufen, bei der er seit geraumer Zeit zu landen versuchte. Oder auch gelandet war. Wer wusste das schon so genau, außer den beiden?

»Du bist so was von einem verdammten ...«

Den Rest von Sandras Schimpftirade hätte Bergmann nur mehr durch die geschlossene Autotür hören können, wenn er es denn gewollt hätte. Stattdessen nahm er sein Mobiltelefon zur Hand, um Doktor Jutta Kehrer anzuwählen, die, wie die LKA-Ermittler, zum Einsatzort an den Steirischen Bodensee gerufen worden war.

Sandra hatte gerade die Schneeketten aus dem Kofferraum geholt und ausgepackt, als sie gedämpfte Motorengeräusche und ein dumpfes Rumpeln vernahm. Sie schob die Kapuze ihres eisblauen Daunenanoraks, die ihr tief ins Gesicht gerutscht war, ein wenig nach hinten, um nach dem herannahenden Fahrzeug Ausschau zu halten. Die beiden rotierenden, gelben Rundumkennleuchten hellten auf der Stelle ihre Laune auf.

»Halleluja!«, frohlockte sie laut und stapfte die wenigen Schritte zum Straßenrand, um dem Fahrer zuzuwinken. Etwas Besseres als ein Räumfahrzeug des Winterdienstes hätte sie sich in diesem Augenblick nicht wünschen können. Der Fahrer hielt neben ihr an und beugte sich aus dem Fenster.

»Dem Himmel sei Dank, dass Sie hier sind«, begrüßte ihn Sandra euphorisch.

Der Mann im leuchtorangen Anorak lächelte sie an.

»Sie sind vom LKA Steiermark, gell?«, fragte er.

Sandra nickte glücklich. Ob ihn nun der Himmel oder die Einsatzzentrale der Landespolizeidirektion geschickt hatte, machte für sie keinen Unterschied.

»Ja, wir sind vom LKA in Graz. Könnten Sie uns den Weg zum Fischerwirt freiräumen?«

»Deswegen bin ich herg'schickt worden«, bestätigte er Sandras letzte Vermutung. »'tschuldigen, dass ich's nicht früher g'schafft hab. Aber das Wetter ist viel schneller dahergekommen, als wir geglaubt hab'n. Auf den Straßen spielt sich's mörderisch ab.«

»Hauptsache, Sie sind jetzt hier«, meinte Sandra dankbar.

»Ich schaufel mal den Schnee hinterm Auto weg, damit S' da wieder außikommen. Dann fahren S' mir am besten nach«, schlug der Räumdienstfahrer vor.

»Ist gut. Danke vielmals!« Sandra kehrte zum zivilen Dienstwagen zurück, um die Schneeketten wieder einzupacken und im Kofferraum zu verstauen.

Bergmann telefonierte, als sie wortlos zu ihm ins Auto stieg. Mit diesem Arschloch würde sie heute bestimmt nicht mehr reden, dachte sie, noch immer ärgerlich. Jedenfalls nicht abseits der Ermittlungen.

*

Hinter dem Streuwagen herzufahren war das reinste Vergnügen gegen die Rutschpartie, die Sandra zuvor hingelegt hatte. Obwohl die Fahrt auf der Panoramastraße nicht annähernd so spektakulär war, wie an jenem strahlenden Altweibersommertag, den sie vor geraumer Zeit hier verbracht hatte. Das Schneetreiben war jetzt noch heftiger als zuvor. Allmählich fragte sie sich, wie sie später nach Graz zurückkommen sollten, wenn es nicht bald zu schneien aufhörte.

Bergmanns Worten nach zu urteilen, sprach er mit dem Postenkommandanten aus Haus im Ennstal, der seit Stunden am Einsatzort auf das Eintreffen der Ermittler wartete. Die Kriminaltechniker des LKA waren bereits vor einer knappen Stunde am Leichenfundort eingetroffen und gingen dort ihrer Arbeit nach. Sandra bezweifelte, dass es bei den Schneemassen, die inzwischen gefallen waren, dort noch irgendwelche brauchbaren Spuren eines Verbrechens zu sichern gab, sah man einmal von der Leiche ab. Bisher wusste sie nur, dass unter der Eisdecke des Sees ein unbekannter männlicher Toter entdeckt worden war. Das war am späten Vormittag gewesen, bevor der Schneefall eingesetzt hatte. Die örtliche Polizei war rasch vor Ort gewesen und hatte die Feuerwehr verständigt, die gegen Mittag das Eis aufgeschnitten und die Leiche aus dem See geborgen hatte. Weil diese eine Schusswunde im Kopf aufwies, war das LKA Steiermark eingeschaltet worden.

»Sie meinen, es handelt sich bei der Leiche um diesen ÖSV-Trainer, der seit Weihnachten vermisst wird?«, hörte Sandra Bergmann fragen.

»Von mir aus ... War er halt kein normaler Trainer, sondern der Sportliche Leiter des österreichischen Herren-Alpin-Skiteams, soll mir recht sein. Das ändert jedenfalls auch nichts daran, dass Roman Wintersberger jetzt tot ist, falls Ihre Vermutung stimmt ... Ja, ja ... Wir müssten ohnehin jeden Moment bei Ihnen eintreffen. Das hoffe ich wenigstens …« Bergmann sah Sandra fragend an. Die nickte, um seine Hoffnung zu bestätigen. Eben waren sie an dem Mauthäuschen vorbeigekommen, das nur während der Sommersaison in Betrieb war. Der Parkplatz konnte also nicht mehr sehr weit entfernt sein, glaubte sie sich von ihrem letzten Ausflug hierher erinnern zu können. Obwohl der schon eine ganze Weile zurücklag, und sie zurzeit nur das Hinterteil des Räumfahrzeuges im blinkenden Gelblicht vor sich sah.

Sandra sollte recht behalten.

Keine zehn Minuten später erreichten sie die Seewigtalhütte. Das Ausflugslokal war wie das Mauthäuschen während der Wintermonate geschlossen. Aus dem Streifenwagen – dem einzigen Fahrzeug auf dem großzügigen Parkplatz – sprang ein uniformierter Kollege und kam auf sie zu. Sandra wies sich aus. Der Polizist salutierte und lief zum Schranken hinüber, der die Zufahrtsstraße zum Steirischen Bodensee versperrte, um diesen für sie zu öffnen.

Erneut heftete sich Sandra an das Räumfahrzeug, bis sie wenig später beim Fischerwirt eintrafen. Hier parkten auch die Wagen der Einsatzgruppe, die bereits am Leichenfundort beschäftigt war. Oder besser, hätte sein sollen. In der Schneelandschaft war kein Mensch zu entdecken. Jedenfalls nicht, so weit man bei dieser Witterung sehen konnte. Wo der See ungefähr lag, ließ sich nur am eingeschneiten Holzzaun erahnen, der das nähergelegene linke Ufer ein Stück weit begrenzte, und an der kleinen Blockhütte neben dem leeren Ziegengehege am rechten Ufer. Der vereiste Wasserfall, der in der wärmeren Jahreszeit von Obersee und Hüttensee über Fels und Stein in die Tiefe herab bis zum Steirischen Bodensee stürzte, blieb dem Auge des Betrachters im Schneetreiben ebenfalls verborgen.

Sandra stieg aus dem Wagen. Die Landschaft erschien ihr wie in Watte gepackt. Das gedämpfte Geräusch ihrer Autotür, die ins Schloss fiel, verstärkte diesen Eindruck noch. Als sie sich dem Fischerwirt zuwandte, machte sich der baumlange Räumdienstfahrer gerade daran, den Weg zum Eingang freizuschaufeln. Der Mann war wahrhaftig ein Engel. Im Gegensatz zu Bergmann, der noch immer im Auto saß und diabolisch grinste. Seelenruhig wartete er ab, bis der Arbeiter mit der Zigarette im Mundwinkel eine Schneise in den frischen Tiefschnee geschaufelt hatte, während Sandra sich den Hintern abfror. Fehlte nur noch, dass sich der Chefinspektor selbst genüsslich eine anzündete. Wenigstens dieses Laster hatte er zu ihrer großen Freude aufgegeben. Endlich stieg er auch aus und folgte ihnen zum Eingang der Gastwirtschaft.

Der Fahrer wollte sich ein heißes Getränk und eine Jause gönnen, ehe er seinen Dienst fortsetzte. Wie es aussah, würde es eine lange Schicht werden, meinte er zu Sandra gewandt und steckte sich eine neue Zigarette zwischen die rissigen Lippen, ehe er im Raucherbereich des Lokals verschwand. Bergmanns sehnsüchtige Blicke folgten ihm und seinem Glimmstängel.

»Lass es bleiben, Sascha«, redete Sandra ihm gut zu, »du hast es jetzt schon ein halbes Jahr lang ohne Zigaretten ausgehalten. Du brauchst das doch gar nicht mehr.«

»Sechs Monate, eine Woche und fünf Tage, um genau zu sein«, erwiderte Bergmann, während er sich aus seinem Parka schälte.

Kaum hatte Sandra ihren Anorak an die Garderobe

gehängt und sich umgewandt, erblickte sie Manfred Siebenbrunner. Der leitende Kriminaltechniker saß mit zwei seiner Leute sowie einem unbekannten Mann und einer jungen Frau in Polizeiuniformen am Stammtisch und blickte ihnen missmutig entgegen.

»Da sind Sie ja endlich!«, rief er ihnen eher vorwurfsvoll als erfreut zu und nahm einen Schluck von seinem alkoholfreien Bier.

Sandra ignorierte die Unhöflichkeit Manfred Siebenbrunners, den sie zwar fachlich, nicht jedoch menschlich schätzte, und bestellte bei der jungen Kellnerin, die ihnen auf halbem Weg entgegenkam, einen Tee mit Zitrone, Bergmann orderte einen doppelten Espresso.

Beim Tisch angelangt, stellte Sandra sich und den Chefinspektor den Uniformierten vor. Die beiden waren im Gegensatz zu den drei Kollegen aus Graz aufgestanden, um sie zu begrüßen.

»Abteilungsinspektor Johann Seitinger«, sagte der vollbärtige Kommandant der Polizeiinspektion Haus im Ennstal, »und das hier ist meine Kollegin, Frau Gruppeninspektorin Barbara Grübler.«

»Angenehm.«

»Sie nehmen es uns doch nicht übel, dass wir in der Gaststube auf Sie gewartet haben?«, entschuldigte sich der korpulente Polizist und deutete den Neuankömmlingen, sich zu ihnen zu setzen.

Sandra wählte den freien Stuhl mit Blick auf das knisternde Kaminfeuer, das trotz des wenig erfreulichen Anlasses und Siebenbrunners Anwesenheit eine heimelige Stimmung verbreitete.

»Nein, natürlich nicht – bei diesem Wetter«, antwortete sie.

»Die Leiche ist geborgen, der Fundort abgesichert«, meldete sich Siebenbrunner erneut zu Wort. »Die Spurensuche ist vorerst abgeschlossen. Macht keinen Sinn mehr bei diesem Wetter. Die meisten meiner Männer sind längst auf dem Heimweg.«

»Meine Leute und die Feuerwehr hab ich auch heimgeschickt, nachdem sie mit ihrer Arbeit hier fertig waren«, berichtete Seitinger. »Der Polizeiarzt musste ebenfalls dringend weg. Und unser Mann beim Schranken ist inzwischen auch aufgebrochen, damit er über die frisch geräumte Straße aus dem Tal herauskommt.«

»Ist gut. Könnten Sie uns bitte mit den Details vertraut machen?«, kam Sandra auf den Fall zu sprechen.

»Aber sicher«, übernahm die junge, hagere Gruppeninspektorin das Wort und zückte ihren Block. Sandra positionierte ihr Aufnahmegerät in der Mitte des Tisches und schaltete es ein.

»Also: Die beiden Söhne des Gastwirts haben vormittags auf dem See Eishockey gespielt. Normalerweise ist das Eislaufen hier verboten, wie auch das Baden und Angeln, wegen der Forellenzucht. Aber die eigenen Kinder dürfen manchmal hinaus auf den See, wenn sie brav waren und das Eis dick genug ist, hat der Wirt ausgesagt.«

»Haben Sie auch mit den Buben gesprochen?«

»Nur kurz.«

»Wie alt sind sie denn?«

»Jonas ist sechs, Jakob bald acht Jahre alt. Die beiden haben nach dem Puck gesucht, den Jakob verschossen hat, und schließlich die Leiche entdeckt. Sie sind gleich nach Hause gelaufen und haben ihren Vater geholt. Der hat uns dann verständigt«, berichtete Barbara Grübler weiter.

»Wollen Sie mit den Kindern sprechen?«, fragte Johann Seitinger.

»Später. Lassen wir die beiden erst einmal in Ruhe. Sie haben sicher einen ordentlichen Schrecken davongetragen«, meinte Sandra.

»Machen Sie sich da mal keine Sorgen«, widersprach Seitinger. »Ich hatte eher den Eindruck, die beiden haben den Vorfall spannend gefunden. Sie konnten ja von der Leiche nicht viel sehen durch das Eis, außer einer Hand und einem bisschen Stoff. Da ist der Anblick blutiger Leichen in Fernsehkrimis doch wesentlich schlimmer. Auch wenn die natürlich nicht echt sind. Aber in der Fantasie der Kinder …«

Sandra bezweifelte, dass die Buben in diesem Alter schon Krimis anschauen durften, erst recht, dass sie dermaßen hart gesotten waren, um einen Leichenfund so mir nichts, dir nichts wegzustecken.

»Sind Sie sicher, dass die Kinder keine psychologische Unterstützung benötigen?«, fragte sie nach.

Seitinger sah Sandra an, als wäre ihm die Möglichkeit, in einem solchen Fall den psychosozialen Dienst hinzuzuziehen, nicht einmal im Entferntesten in den Sinn gekommen.

»Die Mutter kümmert sich schon um die beiden«, versicherte der Postenkommandant im Brustton der Überzeugung.

»Okay.« Sandra nickte zögerlich. Sie würde später mit den Kindern sprechen, um sich selbst ein Bild zu machen, ob sie professionelle Hilfe benötigten oder nicht. Auch die Eltern würden sie und Bergmann nachher einvernehmen.

»Vormittags ist also noch kein Schnee auf dem Eis gelegen?«, kehrte sie zum Leichenfund zurück.

»Nein. In diesem Winter hat es bisher kaum Schnee gegeben. In den letzten Wochen war es strahlend schön und bitterkalt. Wir sind heilfroh, dass es heute, so kurz vor Beginn der Alpinen Ski-WM, noch anständig zu schneien begonnen hat.« Zwischen Seitingers dunklem Vollbart mit den grauen Einsprenkelungen blitzte ein Lächeln auf, das den Blick auf perfekt aneinandergereihte weiße Zähne freigab.

Sandra lächelte zurück. Der freundliche, bodenständige Mann war ihr auf Anhieb sympathisch gewesen. Außerdem gönnte sie der Region Schladming-Dachstein ein gelungenes ›Skifest mit Herz‹, wie es der Slogan der Ski-WM so treffend formulierte. Das Grüne Herz war, seit sie denken konnte, das Logo der Steiermark, und ein solches Mega-event die beste Werbung für das ganze Bundesland, ja für die gesamte Alpenrepublik, die nicht zuletzt auch vom Tourismus lebte. Wäre es jedoch nach Sandra gegangen, hätte Wintertief ›Leon‹ ruhig noch eine Weile auf sich warten lassen können, wenigstens, bis sie ihre Arbeit hier erledigt hatten. Bei den frostigen Temperaturen der vergangenen Wochen hätten auch die unzähligen Schneekanonen ausgereicht, um die Pisten für die WM-Rennen und den Gäste-Skilauf zu beschneien. Aber das Wetter konnte man sich bekanntlich nicht aussuchen.

»Ich frage mich, warum der Tote erst jetzt gefunden wurde«, fuhr Sandra laut fort. »Der Steirische Bodensee ist doch auch im Winter ein beliebtes Ausflugsziel, das Wanderer anlockt. Soweit ich mich erinnern kann, führt der Weg direkt am See vorbei.«

»Sogar rund um den See herum«, bestätigte Barbara Grübler. »Die Leichenfundstelle ist aber durch eine Baumgruppe und dichtes Gestrüpp vom Wasser getrennt. Vom Land aus ist der See dort kaum zugänglich und vor Blicken geschützt. Alle anderen Uferstellen mit Sicht dorthin sind zu weit entfernt. Da müsste man schon mit einem Fernglas ausgestattet sein, um eine Leiche unter der Eisdecke zu entdecken. Wenn überhaupt …«

»Und Sie halten den Toten tatsächlich für diesen vermissten Wintersberger vom Österreichischen Skiverband?«, meldete sich Bergmann zu Wort.

Seitingers Miene verfinsterte sich schlagartig.

»Der Wirt ist sich sicher, dass er es ist. Und wir sind es auch«, antwortete er, während Barbara Grübler nickte.

»Die Leiche ist in einem erstaunlich guten Zustand«, fuhr er fort. »Die Familie kannte Roman Wintersberger sehr gut. Er war so was wie der väterliche Freund seines Schwagers, schon als dieser noch ein Kind war. Roman Wintersberger hat den Tobias in der Skihauptschule Schladming trainiert, später beim ÖSV, und auch zuletzt war er als Sportlicher Leiter sein Chef, wenn Sie so wollen.«

»Außerdem befindet sich der Austria Ski Team-Schriftzug auf der Jacke der Leiche. Und die üblichen Sponsorenlogos«, warf die Gruppeninspektorin ein.

»Moment mal. Langsam, bitte. Der Schwager des Wirts heißt Tobias? Und weiter?«, fragte Sandra.

»Na, Tobias Autischer«, meinte Johann Seitinger, als wäre es sonnenklar, dass nur der Spitzenläufer der österreichischen Slalom- und Riesentorlaufmannschaft mit ›Tobias‹ gemeint sein konnte. »Der Fischerwirt ist sein Elternhaus«, erklärte er weiter. »Seine ältere Schwester hat die Gastwirtschaft vor ein paar Jahren von der Mutter übernommen. Gemeinsam mit ihrem Mann. Der Tobias wohnt noch immer hier, wenn er nicht gerade mit dem Skizirkus unterwegs ist.«

»Ach so.« Sandra hatte zwar gewusst, dass der jüngste Held der Skination ein Obersteirer, nicht aber, dass er der hiesige Lokalmatador war. »Das heißt, momentan wohnt Tobias Autischer hier?«

»Nein, momentan nicht. Während der Ski-WM ist er im Mannschaftshotel einquartiert.«

»Roman Wintersberger …«, kam Bergmann auf das mutmaßliche Opfer zurück und kratzte sich nachdenklich am unrasierten Kinn, »war der früher nicht selbst einmal Skirennläufer?«

Seitinger nickte.

»Roman Wintersberger war ein hochtalentierter Skifahrer aus der Ramsau. Er war seinerzeit Schülermeister im Riesentorlauf und Jugendmeister im Slalom. Später hat er es bis in den A-Kader des ÖSV-Technikerteams geschafft und einige beachtliche Rennergebnisse erzielt, bevor ihm der fürchterliche Sturz in Sestriere zwei kaputte Knie und das Ende seiner aktiven Karriere beschert hat. Das muss 1992 gewesen sein. Oder war es '93?«

»Ausweis hatte der Mann keinen dabei«, dachte Sandra laut, »irgendwelche anderen Gegenstände vielleicht? Schlüssel, Handy, eine Brieftasche …?«

»Sein Handy war im Anorak«, sagte einer der Kriminaltechniker. »Wir werden überprüfen, ob sich darauf noch irgendwelche brauchbaren Daten finden lassen. Ist aber eher unwahrscheinlich. Könnte sein, dass nach längerer Liegezeit im Wasser sogar die SIM-Card hinüber ist.«

»Hatte der Tote sonst noch etwas dabei?«, fragte Sandra weiter.

»Nichts.« Barbara Grübler schüttelte den Kopf. »Wintersberger wird schon seit dem 25. Dezember des letzten Jahres vermisst«, fügte sie hinzu.

»Das haben wir auch mitbekommen. Nicht nur wegen der internationalen Fahndungsmeldung. Die Medien haben ja laut genug spekuliert, was mit dem ÖSV-Cheftrainer so kurz vor der Ski-WM passiert sein könnte«, meinte Sandra.

Ihr Freund Julius hatte als Radioreporter selbst wilde Verschwörungstheorien im Dunstkreis des ÖSV und des Internationalen Skiverbands FIS gewittert, was des Öfteren ein Streitpunkt zwischen ihnen gewesen war. Sandra machte sich jetzt schon darauf gefasst, dass Julius ihr Löcher in den Bauch fragen würde, wenn er erst einmal herausfand, dass sie im mutmaßlichen Mordfall Roman Wintersberger ermittelte. Dabei wusste er doch, dass die einzige unbeabsichtigte Indiskretion, kurz nachdem sie sich kennengelernt hatten, ihr eine Lehre gewesen war. Sie hatte damals befürchten müssen, wegen seiner allzu voreiligen Berichterstattung über einen Mordfall den Job zu verlieren, und hatte sich kurzerhand von ihm getrennt. Aber das war eine alte Geschichte, die sie lieber vergessen wollte. Genauso wie die Fehlgeburt, die sie erlitten hatte, nachdem sie und Julius Czerny, nicht zuletzt wegen ihrer ungeplanten Schwangerschaft, wieder zusammengekommen waren. Über ihre Arbeit hatte Sandra seither nie mehr mit ihm gesprochen, und das würde auch in Zukunft so bleiben.

Die etwas pummelige Kellnerin mit den rotblonden Haaren brachte ihre Bestellung. Sandra versenkte den

Teebeutel im heißen Wasser und griff zur Zitronen-spalte.

»Die Leiche weist einen einzigen Kopfschuss auf?«, fragte Bergmann, der reichlich Zucker in seinen schwarzen Kaffee rieseln ließ.

Barbara Grübler nickte. »Zuerst nahmen wir an, der Schuss hätte den Schädel von vorne getroffen. Wegen der kleineren Wunde an der Stirn und der größeren am Hinterkopf. Der Polizeiarzt glaubt jedoch an einen Nahschuss von hinten.«

»Ich teile seine Meinung«, warf einer der Kriminaltechniker ein. »Die deutlich vergrößerte Eintrittswunde am Hinterkopf ist sternförmig aufgeplatzt, auch wenn sie durchs Wasser ausgewaschen und schwammig ist. Der Schuss müsste demnach aus nächster Nähe abgefeuert worden sein – entweder ein Contact- oder Near-Contact-Schuss. Eine Stanzmarke der Mündung auf der Haut konnten wir mit freiem Auge jedoch nicht ausmachen.«

»Dann könnte es sich auch um Suizid handeln?«, fragte Sandra.

»Ist eher auszuschließen. Die Einschusslokation wäre äußerst ungewöhnlich für einen Suizid, ebenso der Schusskanalverlauf. Der Schuss ist von hinten nach vorn erfolgt, abwärts. Sie müssen sich das in etwa so vorstellen …« Der Ballistikexperte führte erst die rechte, dann die linke Hand zu seinem Hinterkopf, um zu demonstrieren, dass der Einschusswinkel bei einer Selbsttötung nur sehr schwer, mit verdrehtem Handgelenk, zu erzielen war. »Soweit mir bekannt ist, wurde eine ähnliche Einschusslokation bisher nur vom RAF-Terroristen Baader in der Stuttgarter Haft gewählt, vermutlich mit der

Absicht, einen Mord vorzutäuschen«, erläuterte er weiter. »Das liegt gut 35 Jahre zurück.«

Hundertprozentig auszuschließen war ein Suizid demnach noch nicht. Aber höchstwahrscheinlich hatten sie es doch mit einem Mordfall zu tun. »Der Schuss kam also von hinten, sagen Sie«, wiederholte Sandra die Information des Ballistikers, »wenn es sich um Mord handelt, müsste der Täter also entweder größer als das Opfer gewesen sein, oder das Opfer ist vor ihm in die Knie gegangen«, mutmaßte sie weiter.

»Alles reine Spekulation, Frau Kollegin, ohne Obduktionsbefund«, würgte Siebenbrunner ihre Gedanken ab.

Wieder eine Bemerkung, die er sich hätte sparen können, dachte Sandra ärgerlich. Glaubte der Mann ernsthaft, dass sie das nicht selbst wusste? Dennoch konnte man doch schon mal das eine oder andere Szenario gedanklich durchspielen.

»Apropos Obduktionsbefund«, sprang Bergmann ein, »Frau Doktor Kehrer wird es heute nicht mehr hierher schaffen, falls es nicht bald zu schneien aufhört – ich hab unterwegs mit ihr telefoniert. Wir müssen uns fürs Erste wohl oder übel mit der Diagnose des Polizeiarztes und Ihrer ersten ballistischen Einschätzung begnügen«, sagte er und nahm einen Schluck Kaffee.

»Auf den Besuch des Staatsanwalts werden wir ebenfalls verzichten müssen«, merkte Barbara Grübler an. »Der hat sich vorhin bei mir gemeldet, dass er aufgrund des Wetters hängengeblieben ist.«

»Die wichtigsten Fragen bleiben vorerst also ungeklärt«, kehrte Sandra zum mutmaßlichen Mord zurück. »Wurde die Leiche ins Wasser verbracht oder hat das Opfer zu diesem Zeitpunkt noch gelebt? In diesem Fall hätte sich der Mann auch selbst noch im Wasser fortbewegen können. Auch wenn er schon angeschossen war – durch mögliche Muskelkontraktionen, seien sie willkürlich oder unwillkürlich gewesen.«

Sollte Siebenbrunners zaghaftes Kopfnicken etwa Zustimmung signalisieren?, wunderte sich Sandra über das erste positive Zeichen des Mannes an diesem Tag.

»Weiters bleibt zu klären, ob sich der Tatort hier am See befindet«, fuhr sie fort.

»Falls nicht, müsste der Täter die Leiche irgendwie vom Schranken bei der Seewigtalhütte bis zum See befördert haben. Zu Fuß ist das eine ziemlich weite Strecke. Viel wahrscheinlicher ist doch, dass er einen Schlüssel zum Schranken besessen hat und bis zum Fischerwirt zufahren konnte«, spekulierte Bergmann.

»Oder er hat die Leiche mit anderen Hilfsmitteln unbemerkt transportiert. In der Nacht ist man hier vermutlich relativ ungestört«, kombinierte Sandra.

»Eine Schubkarre, ein Leiterwagen, ein Fahrradanhänger oder so was … Das wäre aber ziemlich riskant gewesen«, gab Bergmann zu bedenken.

»Oder der Täter hielt sich beim Fischerwirt auf. Er könnte entweder ein ständiger Bewohner oder ein Hausgast gewesen sein. Die vermieten doch Gästezimmer hier, nicht wahr?«, meinte Sandra, zur Gruppeninspektorin gewandt.

»Von Mai bis Oktober. Im Winter wird nur das Restaurant betrieben«, antwortete Barbara Grübler.

»Ach so. Und wo ist die Leiche jetzt?«, fragte Sandra in die Runde.

»Im Schuppen, neben dem Haus. Wir konnten den Toten ja schlecht im Schnee liegen lassen«, meinte Siebenbrunner.

»Für den Fall, dass der Mann post mortem in den See verbracht wurde«, spann Sandra den Faden weiter, »müsste dies nicht unweit der Fundstelle geschehen sein? Weit abgetrieben kann die Leiche doch nicht sein. Immerhin haben wir es hier mit einem stehenden Gewässer zu tun.«

»So exakt lässt sich das nicht sagen. Wir kennen das Strömungsverhalten des Gewässers noch nicht. Der Wasserfall, der den See speist, macht ihn speziell«, meinte Siebenbrunner.

»Aber der Wasserfall ist doch um diese Jahreszeit vereist«, warf Sandra ein.

»Wir müssen erst eruieren, wie lange dies schon der Fall ist«, erklärte Siebenbrunner. »Es ist jedoch sehr wahrscheinlich, dass der Körper, so er bei seinem Untergang schon tot war, nicht besonders weit abgetrieben ist. Sie wissen vielleicht, dass sich Wasserleichen meist ganz in der Nähe der Untergangsstelle mit Stirn und Extremitäten am Grund verankern. Durch die verbliebene Atemluft und Gase in Lunge und Darm befindet sich die Leiche in Bauchlage, mit dem Gesäß nach oben ...«

»Sie erzählen uns nichts Neues, Herr Kollege«, unterbrach Bergmann ihn.

»Ich komme schon noch auf den Punkt. Wenn Sie sich ein wenig gedulden, Herr Chefinspektor ...«

Bergmann verdrehte die Augen und lehnte sich zurück. Ihn nervten weniger Siebenbrunners schlechte Manieren, als dessen ausführliche Erklärungen, wusste Sandra. Am liebsten ließ sich der Chefinspektor nur die wesentlichen Fakten präsentieren. Zu diesem Zeitpunkt blieb ihm jedoch nichts anderes übrig, als sich in Geduld zu üben und Siebenbrunner ausreden zu lassen.

»Normalerweise bilden sich nach längerer Liegezeit im Wasser Fäulnisgase, die der Leiche Auftrieb verleihen und die den Bodenkontakt wieder lösen«, setzte der leitende Kriminaltechniker seinen forensischen Vortrag fort. Er war zweifelsohne einer jener Männer, die sich selbst gerne reden hören. »Nicht jedoch bei unserer Leiche. Bei konstant niedrigen Wassertemperaturen, die im Winter herrschen, bleibt der Fäulnisprozess aus. Es gibt in einem solchen Fall keine Fäulnisgase, die die Leiche nach oben treiben. Erst im Frühling, wenn die Temperaturen wieder ansteigen, ist der Prozess nicht mehr aufzuhalten.«

Bergmann seufzte hörbar, wofür er einen grimmigen Blick von Siebenbrunner erntete.

Sandra nutzte die Unterbrechung für eine Zwischenfrage. »Wenn ich die Kollegin Grübler vorhin richtig verstanden habe, ist die Leichenfundstelle doch ziemlich unzugänglich. Wie ist der Körper dann dorthin gekommen, falls er schon tot war?«

Jetzt seufzte Siebenbrunner, als hätte er es mit einer Horde begriffsstutziger Polizeischüler zu tun.

»Bei vollständig bekleideten Leichen wie dieser können Luftblaseneinschlüsse in der Kleidung das spezifische Gewicht des Körpers reduzieren«, erklärte er unwirsch.

Auch diese Erkenntnis war Sandra nicht neu. Nur mühsam widerstand sie der Versuchung, den Kriminaltechniker mit ihrer Schlussfolgerung erneut zu unterbrechen.

Der fuhr indessen fort: »Die Leiche könnte ein Stück weiter oben am See ins Wasser verbracht worden oder gefallen sein. Durch Lufteinschlüsse in der Kleidung kann die Strömung sie zur Fundstelle beim Ufer getrieben haben. Und dort ist sie an der flachsten Stelle mit einem Arm im Eis festgefroren. Wann genau dies der Fall war, werden wir mit Hilfe der Wetteraufzeichnungen zu klären versuchen. Um jedoch die exakte Untergangsstelle errechnen zu können, müssten wir, wie vorhin schon erwähnt, die Strömung ermitteln. Sobald das Wetter wieder besser ist, könnten wir mit entsprechenden Tests beginnen.«

Bergmann atmete erneut hörbar aus. Diesmal aus Erleichterung, dass Siebenbrunner endlich einen Punkt hinter seinen Vortrag gesetzt hatte, vermutete Sandra.

»Warten wir doch erst einmal den Obduktionsbefund ab«, wiederholte sie seinen Vorschlag von vorhin. »Könnte die Leiche übers Wasser zur Fundstelle gebracht worden sein? Mit einem der Ruderboote, die hier vermietet werden, vielleicht?«

Barbara Grübler schüttelte wieder den Kopf.

»Die Boote sind seit Anfang November eingewintert, behauptet der Wirt.«

»Verstehe. Gab es Spuren in der Nähe der Fundstelle?«, wandte sich Sandra erneut an Siebenbrunner.

»Es gibt immer Spuren, Frau Mohr. Man muss sie nur als solche erkennen«, belehrte Siebenbrunner sie. »Als wir mit der Spurensuche begonnen haben, hatte bereits der Schneefall eingesetzt. Außerdem dürfte die Leiche schon seit einiger Zeit im See gelegen sein. Ich betone, *dürfte* – ich bin nämlich kein Gerichtsmediziner, sondern Kriminaltechniker. Als solcher konnte ich mit meinen Männern ein paar Gegenstände sicherstellen. Leere Getränkedosen, Zigarettenstummel, die Kappe eines Kugelschreibers, eine Haarspange. Lauter Dinge, die schon mal beim Wandern verloren gehen, beziehungsweise achtlos weggeworfen werden. Auch diese Uhr haben wir sichergestellt. Wir haben sie unterm Gestrüpp gefunden, gleich hinter der Baumgruppe.«

Sandra griff nach dem Plastiksäckchen, das Siebenbrunner ihr entgegenhielt. Mit Uhren kannte sie sich gut aus. Um diesen massiven Chronographen zu verlieren, ohne es zu bemerken, musste man schon ziemlich weggetreten sein. Vielleicht war die Breitling ja dem Opfer oder dem Täter vom Handgelenk gerutscht. Die Automatikuhr war jedenfalls an einem 25. um fünf nach zwölf stehengeblieben, stellte Sandra fest. Dass sie noch intakt war, überprüfte sie durch kurzes, heftiges Schütteln, was den Sekundenzeiger für ein paar Takte in Gang setzte. Auf der Innenseite des Metallarmbands und an der Doppelfaltschließe waren deutliche Ablagerungen zu erkennen, bei denen es sich höchstwahrscheinlich um Hautabrieb des Trägers handelte. Eine DNA-Analyse war in jedem Fall angebracht, auch wenn die Uhr genauso gut von jedem x-beliebigen Spaziergänger stammen konnte.

»Seit wann genau wurde Wintersberger vermisst? Ich meine, nicht das Datum der Anzeigenerstattung, sondern den Tag seines Verschwindens?«

»Seine Frau hat angegeben, dass er in der Nacht vom 23. auf den 24. Dezember von einer Weihnachtsfeier nicht nach Hause gekommen ist«, erinnerte sich Grübler.

»Und bei der Leiche wurde keine Uhr gefunden?«, vergewisserte sich Sandra.

»Nein«, meinte die Gruppeninspektorin.

Siebenbrunner runzelte die Stirn und schüttelte den Kopf, als hätte Sandra es verabsäumt, aufmerksam zuzuhören und die richtigen Schlüsse zu ziehen.

»Die *Breitling Navitimer Heritage* hat meines Wissens eine Gangreserve von etwa 40 Stunden. Meist beträgt diese ein paar Stunden weniger, als der Hersteller angibt. An die zehn Prozent weniger, wenn die Chronographenfunktion aktiviert ist. Die sichergestellte Uhr ist an einem 25. stehengeblieben. Möglicherweise am 25. Dezember letzten Jahres. Das würde dann genau hinkommen. Meinen Sie nicht?« Sandra beobachtete Siebenbrunners Gesicht. Seine Augenbrauen zuckten kurz. Ihre Uhrenkenntnis überraschte ihn sichtlich, was seine Laune jedoch keineswegs hob. Eher war das Gegenteil der Fall.

»Das herauszufinden ist immer noch unsere Aufgabe«, wies der ranghöhere Akademiker sie forsch zurecht.

Sandra hatte schon in einigen Mordfällen mit Manfred Siebenbrunner zusammengearbeitet. Sympathisch war ihr der Kriminaltechniker noch nie gewesen, aber dermaßen schlecht gelaunt, wie an diesem Tag, hatte sie ihn schon lange nicht mehr erlebt. Dennoch fuhr sie unbeeindruckt fort: »Könnte die Leiche – oder auch der Schwerverletzte – nahe der Fundstelle dieser Uhr ins Wasser verbracht worden sein? Ich meine, hat man an jener Stelle ungehinderten Zugang zum See?«, fragte sie und sah Siebenbrunner direkt in die Augen.

»Hat man«, brummte er und wandte seinen Blick ab.

Na also, warum nicht gleich?, dachte Sandra.

»Sind die Leute vom Fischerwirt schon zu dieser Uhr befragt worden?«, erkundigte sie sich weiter.

Diesmal meldete sich Seitinger zu Wort.

»Alle, die anwesend waren, ja. Aber niemand will diese Uhr zuvor gesehen haben. Weder der Wirt oder seine Familie, noch das Personal. Letzteres ist übrigens auch schon nach Hause gefahren, bis auf die jüngere Schwester des Wirts, die uns bediente. Sie wohnt beim Fischerwirt. Die anderen sollten erst später zum Abendgeschäft wiederkommen.«

»Wenn das mit dem Wetter so weitergeht, wird das heute wohl nichts mehr werden«, meinte Sandra und machte ein Foto von der sichergestellten Uhr, ehe sie diese an Siebenbrunner zurückgab.

»In diesem Fall werden heute auch keine Gäste mehr hereinschneien«, fügte Bergmann an. Dass er Sandra angrinste, schrieb sie seinem wetterbezogenen Wortspiel zu, das niemandem außer ihr aufzufallen schien. Oder war der Chefinspektor gar zufrieden mit ihr, weil sie sich von Manfred Siebenbrunners mieser Laune nicht hatte einschüchtern lassen?

Sandra warf einen Blick aus dem Fenster. Allzu lange würde es nicht mehr dauern, bis die Sonne, die sich hinter den Wolken verbarg, unterging. Außerdem schneite es noch immer. Wenn sie sich nicht sputeten, würde ihnen nichts anderes übrig bleiben, als in den Gästezimmern des Fischerwirts zu übernachten, kam ihr in den Sinn. Sofern der Wirt ihnen die Zimmer außerhalb der Saison überhaupt vermietete.

Die Einladung ihrer Freundin zum Abendessen in Graz würde sie ohnehin nicht mehr pünktlich schaffen. Zum Glück war Andrea an ihr häufiges Zuspätkommen und die kurzfristigen Absagen, wie sie jobbedingt leider immer wieder vorkamen, gewöhnt. Im Gegensatz zu Julius, der sich in letzter Zeit zunehmend vernachlässigt fühlte, was Sandra ziemlich unter Druck setzte und sie dementsprechend nervte. Weder würde es das erste noch das letzte Mal sein, dass ihr der Beruf einen

Strich durchs Privatvergnügen machte. Damit würde sich Julius wohl oder übel abfinden müssen. Oder sein Glück woanders suchen. So schmerzhaft sie die zweite Option auch fände.

»Können wir die Fotos vom Fundort sehen? Beziehungsweise das Video, falls Sie eines gemacht haben?«, holte Bergmann sie in den Berufsalltag zurück.

»Ich hab schon zu Mittag ein Video von der Leichenbergung gemacht«, meldete sich die Gruppeninspektorin in der übereifrigen Manier einer Vorzugsschülerin. Sie hatte sogar ihren Zeigefinger erhoben.

Sandra kam Miriam Seifert, die jüngste Mitarbeiterin in Bergmanns Team in den Sinn. Die eigene Kollegin in Graz war in ihren Augen um einiges sympathischer als die farblose Barbara Grübler, wenngleich sie sicher eine gewissenhafte Ermittlerin war. Das war Miriam mit ihrer lockeren Art aber auch. Zudem war sie ein wahrer Sonnenschein und eine Augenweide, was vor allem dem Chefinspektor gefiel. »Sehr gut«, lobte Sandra die junge Polizistin aus Haus im Ennstal dennoch. Immerhin waren es Einsatzbereitschaft und Ergebnisse, die zählten, nicht persönliche Befindlichkeiten. Hätte das mal jemand Manfred Siebenbrunner klargemacht.

»Wir haben den Film der Kollegin bereits überspielt. Unser Video und die Fotos auch«, meinte einer der Kriminaltechniker, weitaus salopper als Barbara Grübler, und öffnete seinen Laptop. Er drückte auf die Enter-Taste, um danach sein Passwort einzugeben.

»Bitte sehr«, meinte er und drehte das Gerät in Bergmanns Richtung. Sandra rückte näher an den Chefinspektor heran, damit sie die Bilder am Monitor ebenfalls sehen konnte.

Zuerst zeigte die Kamera eine linke Hand und einen blauen Jackenärmel, die nahe beim Ufer unter der Eisdecke festgefroren waren. Ein Schwenk führte weiter über Rücken und Gesäß, die sich unterhalb der dicken Eisschicht im Wasser befanden. Mehr war trotz bester Ausleuchtung durch die Sonne, die zu dieser Zeit noch geschienen hatte, nicht zu erkennen.

Johann Seitinger hatte demnach nicht untertrieben. Den Buben war der grausige Anblick einer Wasserleiche weitestgehend erspart geblieben, wenngleich der im Eis festgefrorene Arm und der schemenhaft sichtbare Körper darunter auch kein kindgerechtes Bild abgab.

Auf Grüblers Video folgte eine Sequenz, in der sich ein Feuerwehrmann daranmachte, den Leichnam mit der Trennscheibe aus der gut zehn Zentimeter dicken Eisdecke zu schneiden.

Bergmann schreckte vor dem kreischenden Lärm zurück und kniff sichtlich gequält die Augen zusammen.

Sandra drehte den Ton leiser, während die folgende Einstellung zeigte, wie die Leiche samt Eisresten entlang der Böschung bis zur nächsten zugänglichen Stelle ans Ufer gezogen wurde. Der Film endete, als sich der Polizeiarzt über die Leiche beugte, die, im Gegensatz zu den üblichen Wasserleichen, erstaunlich gut erhalten war.

Im Video der Tatortgruppe, das Sandra als Nächstes anklickte, waren außer dicken Schneeflocken, die im dunklen Loch in der Eisdecke verschwanden, nur die Polizeimarkierungen der Spurensicherung, das Absperrband rund um den Fundort und – zur besseren Orientierung – die Umgebung zu sehen.

Der Vollständigkeit halber betrachteten sie noch die

Fotos der Leiche und des Fundortes, die zur Dokumentation gemacht worden waren. Dann klappte Sandra den Laptop zu.

»Zeigen Sie uns jetzt bitte, wo es zum Fundort geht und zur Leiche?«, wandte sie sich an Johann Seitinger.

»Sicher. Folgen Sie mir«, meinte dieser und erhob sich.

»Uns brauchen Sie dann wohl nicht mehr?«, fragte Siebenbrunner und machte keinerlei Anstalten aufzustehen.

Seine Männer rührten sich ebenso wenig von der Stelle.

Der Fisch beginnt beim Kopf zu stinken, fiel Sandra ein altes Sprichwort ein.

»Bleiben Sie ruhig in der warmen Stube sitzen«, mimte Bergmann den Großmütigen und erhob sich, ebenso die beiden Frauen. Das Gesicht zu Sandra gewandt, verdrehte er die Augen, um ihr zu signalisieren, dass Manfred Siebenbrunner ihn nervte und er keinen Wert mehr auf dessen Gesellschaft legte.

Sandra verkniff sich ein Grinsen. Sie war dem Chefinspektor ehrlich dankbar für seine Entscheidung, ohne den leitenden Kriminaltechniker aufzubrechen. Auch sie wollte Siebenbrunner keine Sekunde länger um sich haben, als es unbedingt nötig war.

Bei der Garderobe angelangt, deutete Seitinger auf Bergmanns Sportschuhe.

»Die sind aber nicht für da draußen geeignet«, meinte er.

Bergmann zuckte mit den Schultern, als wäre es ihm völlig gleichgültig, dass er gleich nasse Füße bekommen würde.

Nun verdrehte Sandra die Augen und wandte sich kopfschüttelnd ab. Als es darum gegangen war, ihr beim Kettenanlegen zu helfen, hatte sich der Chefinspektor wie eine Diva in Stilettos davor geziert, aus dem Auto auszusteigen. Genauso wie vorhin, als er sich den Weg vom Winterdienstmann freischaufeln hatte lassen, ehe er einen Fuß in den Schnee gesetzt hatte. Und jetzt spielte er den unerschütterlichen Helden. Dabei war der Schnee inzwischen sicher nicht weniger geworden, ganz im Gegenteil.

»Was hat sie denn nur?«, hörte Sandra seine scheinheilige Frage hinter ihrem Rücken, während sie in den Anorak schlüpfte.

Sie ersparte sich und den beiden ahnungslosen Kollegen in Uniform eine Antwort. Früher hätte sie sich abrupt umgedreht und Bergmann angeschnauzt. Jetzt biss sie sich lieber auf die Lippen und schwieg. Wie lange sie auch noch zusammenarbeiten mochten, eines war sicher: Sascha Bergmann würde eine ständige Herausforderung für sie bleiben.

⁂

Draußen wurden sie von den erwarteten Schneemassen begrüßt, obgleich der Niederschlag inzwischen nachgelassen hatte. Nur noch vereinzelt rieselten Flocken vom Himmel. Der Passat der LKA-Ermittler war lediglich an den Konturen zu erkennen. Erst recht die anderen Fahrzeuge, die schon längere Zeit dort parkten.

»Sie müssen uns nicht begleiten«, meinte Sandra, zu Johann Seitinger gewandt, »es reicht, wenn Sie uns den Weg zum Fundort und zur Leiche beschreiben.«

»Sind Sie sicher?«

»Sicher. Also, wo geht's lang?«

»Sehen Sie die Bäume dort vorne? Gleich dahinter ist die Stelle. Passen Sie bloß auf, dass sie nicht durch das Loch in der Eisdecke in den See fallen.«

Sandra erkannte die Baumgruppe vom Video der Tatortgruppe wieder, obwohl der viele Schnee die Landschaft optisch verändert hatte.

»Das Loch ist doch aber mit unserem Absperrband markiert?«, vergewisserte sie sich.

»Das schon. Aber es wird bald finster.«

»Okay. Und wo ist die Leiche?«, wollte Sandra wissen.

»Dort hinten im Schuppen, gleich neben dem Haus«, sagte Barbara Grübler und kramte einen Schlüssel aus ihrer Hosentasche hervor. »Der hier ist für das Vorhängeschloss. Wir haben den Schuppen damit versperrt und obendrein versiegelt.«

»In Ordnung. Vielen Dank.« Sandra steckte den Schlüssel in die Innentasche ihres Anoraks und zog den Reißverschluss wieder zu.

»Und Sie brauchen uns ganz sicher nicht mehr?«, fragte Seitinger.

»Nein. Den Bestatter haben Sie verständigt?«

»Sicher.«

»Alles klar.«

»Falls noch etwas sein sollte, rufen Sie mich einfach an«, sagte Seitinger und verabschiedete sich.

Sandra ging voraus. Sie war heilfroh, dass sie ihre festen Stiefel mit den groben Profilsohlen angezogen hatte. Bergmann folgte ihr und versuchte, in ihre Fußstapfen zu treten. Dass ihm dies nicht ganz gelang und er den kalten, nassen Schnee hautnah zu spüren bekam, konnte Sandra an seinem Fluchen hören.

Selber schuld, dachte sie. Was zog er mitten im tiefsten Winter auch Sportschuhe an? Glücklicherweise konnte der Chefinspektor nicht sehen, wie ihr ein schadenfreudiges Grinsen entkam, obwohl auch ihr die Nässe nach wenigen Schritten knieaufwärts die Oberschenkel hinaufkroch. Hauptsache, ihre Füße blieben warm und trocken. Vorerst wenigstens.

*

Nachdem Sandra Mohr und Sascha Bergmann den Fundort und die Umgebung besichtigt hatten, stapften sie in der Dämmerung zurück zum Fischerwirt. Vor dem und am Haus brannte nun Licht. Sandra wunderte sich darüber, dass die Kollegen ihre Autos in der Zwischenzeit vom Schnee befreit hatten. Oder war das etwa der hilfsbereite Winterdienstfahrer gewesen, der gerade den Schnee von den Scheiben seines Räumfahrzeugs fegte?

Sie lächelte ihm zu, als er sich ihr zuwandte.

»Na? Geht's jetzt wieder weiter?«, fragte sie und blieb stehen.

Bergmann stapfte stumm an ihnen vorbei, die Hände in seine Jackentaschen gebohrt.

»Ja, ich muss los. Wenn S' hier fertig sind, könnten S' mir gern wieder nachfahren«, schlug der Mann in Orange vor.

»Leider. Wir brauchen hier noch eine Weile. Aber danke für das Angebot. Auf alle Fälle beeilen wir uns. Womöglich fängt es heute nochmal zu schneien an.« Sandra blickte in den Abendhimmel.

»Laut Wetterbericht soll heute Nacht noch einiges folgen«, gab ihr der Hüne recht und verabschiedete sich.

»Morgen in der Früh soll's dann aber spätestens aufhören.«

Sandra setzte ihren Weg zum Schuppen fort, wo Bergmann soeben das Siegel am Schloss mit seinem Daumennagel brach.

»Warte, ich sperr dir auf«, sagte sie.

Bergmann wich beiseite.

»Zeit wird's«, meinte er mürrisch, »ich bin nass bis auf die Knochen.«

Sandra verkniff sich die Bemerkung, dass er selbst schuld sei, und drehte den Schlüssel im Vorhängeschloss um.

Dass ihnen kein beißender Leichengeruch entgegenschlug, überraschte sie zunächst, obgleich sie schon angenommen hatte, dass der Fäulnisprozess noch immer nicht eingesetzt hatte, was den Minusgraden, die drinnen wie draußen herrschten, zuzuschreiben war. Sandra tastete nach dem Lichtschalter. Die Leiche lag auf dem Boden, zugedeckt mit einer Folie. Besonders geräumig war der Schuppen nicht. Sie mussten sich nacheinander an Angeln, Keschern und allerlei anderen Gerätschaften vorbeizwängen, um zum Toten zu gelangen.

Sandra zog die Einweghandschuhe über ihre klammen Finger und schlug die Folie zur Seite. Eine derart gut erhaltene Leiche nach so langer Liegezeit im Wasser hatte sie noch nie gesehen. Vorhin, auf dem Video der Leichenbergung, war der Tote noch vollständig bekleidet gewesen. Jetzt, nachdem der Polizeiarzt ihn äußerlich untersucht hatte, und seine Kleidung von der Tatortgruppe sichergestellt war, lag er nackt vor ihr und sah aus, als wäre er in der Badewanne eingeschlafen, wäre da nicht das Loch in seinem Kopf gewesen.

Die üblichen Haut, Haar- und Nagelablösungen bei älteren Wasserleichen fehlten, dafür war der Körper im unbeheizten Schuppen beinahe gefroren. In einigen Stunden würde er durch und durch tiefgekühlt sein, sodass eine Veränderung durch Fäulnisgase, die sich nach der Bergung aus dem Wasser normalerweise an der Luft umso rascher entwickelten, ausgeschlossen war. Erst wenn die Leiche wieder auftaute, würde ihr Verfall zügig voranschreiten.

Von draußen drangen Motorengeräusche an ihre Ohren. Der Schneeräumwagen setzte seine Tour also fort. Sandra betrachtete die linke Hand des Toten, die noch immer im Eisblock steckte. Knapp oberhalb des Handgelenks war das Eis durchtrennt worden, wohl um den Anorak von der Leiche zu schneiden. Am Handgelenk selbst fanden sich keine Spuren, die darauf hindeuteten, dass der Mann eine Uhr getragen hatte, wie dies manchmal nach UV-Einstrahlung der Fall war. Oft kam es auch vor, dass die Behaarung unterhalb der Uhr deutlich schütterer war, doch hier schien die Behaarung lückenlos zu sein. Auch das rechte Handgelenk wies keine sichtbaren Spuren auf. Genauso wenig konnte Sandra Marken an den Fingern entdecken, wie sie etwa ein Ehering hinterlassen hätte können. Blieb zu hoffen, dass die Gerichtsmedizinerin etwas finden würde, das ihren Ermittlungen weiterhalf.

»Der ist so gut wie tiefgekühlt«, sagte sie und blickte zu Bergmann hoch. »Möchtest du ihn dir auch noch näher ansehen?«

»Nein, danke. Ich kenne ihn schon aus der Bierwerbung.«

Sandra breitete die Folie wieder über die Leiche, ehe

sie aufstand. Auch sie erinnerte sich an den TV-Spot, in dem der Cheftrainer mit drei seiner Athleten, darunter Tobias Autischer, für eine steirische Biermarke warb.

»Ich schau ich ihn mir dann bei der Obduktion genauer an«, sagte Bergmann, zum Gehen gewandt.

Wenn der Chefinspektor der Sektion der Leiche beiwohnte, brauchte sie es nicht zu tun, freute sie sich insgeheim, während sie die gebrauchten Einweghandschuhe eintütete und in ihrem Anorak verstaute. Dann folgte sie Bergmann aus dem Schuppen, den sie anschließend wieder versperrte und versiegelte.

Draußen schneite es nun wieder heftig. Zudem war böiger Wind aufgekommen, der die Flocken aufwirbelte und wie wild tanzen ließ. Sandra zog sich die Kapuze über den Kopf und kniff die Augen zusammen. Im Schein der Lichter, die am und rings ums Haus brannten, erkannte sie, dass nur noch ein einziges eingeschneites Auto vor dem Fischerwirt parkte, nämlich ihr VW Passat. Alle anderen mussten aufgebrochen sein, während sie die Leiche inspiziert hatten.

»Verdammtes Scheißwetter!«, wiederholte Bergmann zum x-ten Mal an diesem Tag. Die Hände tief in den Jackentaschen vergraben, stapfte er mit gesenktem Kopf stur voran in Richtung Fischerwirt, ohne dabei nach links oder rechts zu blicken.

Sandra war über den Schneesturm ebenso wenig begeistert wie er. Immerhin war sie diejenige, die bei diesem Wetter nach Graz zurückfahren musste.

»Wie es aussieht, sind wir hier die Letzten. Wir müssen uns beeilen, wenn wir nicht beim Fischerwirt übernachten wollen«, sagte sie.

Bergmann sah sich kurz um, ohne stehenzubleiben.

Beinahe wäre er vor dem Haus ausgerutscht. Leise fluchte er vor sich hin. Hatte er ihr überhaupt zugehört?

Im Vorraum schüttelten sie den Schnee von den Jacken, bevor sie zur Schank weitergingen. Die Wirtin hob den Kopf, um sie willkommen zu heißen.

Sandra stellte sich und den Chefinspektor vor.

Das freundliche Lächeln der Frau wich prompt einem betroffenen Gesichtsausdruck.

»Mein Gott, wie fürchterlich«, meinte sie, »ich weiß gar nicht, was ich sagen soll. Der Roman hat ja früher fast zur Familie gehört …«

Interessante Formulierung, dachte Sandra. Und was war geschehen, dass er nun nicht mehr dazugehörte?

»Dürften wir Ihnen ein paar Fragen stellen?«

»Ja, sicher. Bei dem Wetter verirrt sich heut eh keiner mehr hierher«, meinte die Wirtin.

»Höchstens der Bestatter, um die Leiche für die Gerichtsmedizin abzuholen«, entgegnete Sandra.

Die Wirtin schluckte.

»Falls er es bis hierher schafft. Dem Service- und Küchenpersonal hab ich vorhin grad freigegeben. Bis morgen Vormittag. Nur die Katharina, meine Schwägerin, ist noch zur Bedienung hier.«

Sandra nahm an, dass sie von der jungen, pummeligen Frau mit den rotblonden Haaren sprach, die sie schon am Nachmittag bedient hatte. Anderes Personal war ihr nicht aufgefallen.

»Mein Mann kocht Ihnen was, falls sie bei uns essen möchten«, fügte die Wirtin hinzu.

»Sehr aufmerksam von Ihnen, danke. Aber zum Essen wird uns leider keine Zeit bleiben. Wir wollen heute noch nach Graz zurückfahren«, lehnte Sandra das verlockende Angebot ab. Seit der Kürbiscremesuppe und dem Schwarzbrot zu Mittag hatte sie nichts mehr gegessen.

Der skeptische Blick der Wirtin galt vermutlich Sandras Rückreiseplänen. Bergmann schnäuzte sich lautstark.

»Seit wann ist der See eigentlich zugefroren?«, wollte Sandra wissen.

»Seit ungefähr vier, fünf Wochen«, erinnerte sich die Wirtin.

»Also seit dem Jahreswechsel in etwa«, rechnete Sandra nach. »Und der Wasserfall?«

»Der ist zirka 14 Tage später gefroren.«

»Führen Sie Dienstpläne?«, fragte Sandra weiter.

»Sicher.«

»Könnten Sie mir die Pläne vom 23. Dezember 2012 bis, sagen wir, 8. Jänner 2013 kopieren?«

»Kann ich. Jetzt gleich?«

»Wenn's geht. Wie sieht es mit Tischreservierungen in diesem Zeitraum aus? Die könnten uns eventuell auch weiterhelfen.«

»Wir haben ein Buch mit Namen und Terminen. Telefonnummern fragen wir allerdings keine ab. Nur die von unseren Stammgästen kann ich Ihnen geben. Aber hocken Sie sich besser zum Kamin, während ich Ihnen die Unterlagen zusammensuche. Da können Sie sich aufwärmen. Sie sehen ja richtig erfroren aus«, meinte die Wirtin, zu Bergmann gewandt.

»Ich seh nicht nur so aus, ich fühl mich auch so«, murmelte der Chefinspektor vorwurfsvoll, als ob jemand anders als er daran schuld war, dass er das falsche Schuhwerk trug.

Er sah wirklich erbärmlich aus, stellte Sandra fest, während sie ihre Jacken neuerlich an die Garderobe hängten. Seine Nase war rotgefroren, seine Augen tränten. Hoffentlich hatte er sich keinen Schnupfen eingefangen. Auch ohne Verkühlung war der Mann schon schwer genießbar.

»Wollen Sie was trinken? Einen heißen Tee vielleicht?«, fragte die Wirtin.

»Gerne«, sagte Sandra und setzte sich an den Tisch, der am nächsten zum Kamin stand. »Mit Zitrone, bitte.«

»Für mich einen doppelten Espresso.« Bergmann nahm ebenfalls Platz. Die Wirtin reichte ihnen für alle Fälle die Speisekarten und gab die Getränkebestellung an ihre Schwägerin hinter der Schank weiter. Danach verschwand sie aus der Stube.

Bergmann vertiefte sich in die Speisekarte.

»Sascha?«, sprach Sandra ihn an.

»Hm?«, meinte er, ohne von der Karte aufzublicken.

»Du solltest deine nassen Schuhe ausziehen. Und etwas Heißes bestellen. Nicht, dass du noch krank wirst.«

»Kaffee wird doch heiß serviert, oder nicht?«

Sandra zog ihre Mundwinkel gekünstelt nach oben.

»Du befürchtest doch nur, womöglich ohne mich weiter ermitteln zu müssen«, setzte Bergmann nach.

»Ich hab es nur gut gemeint.«

»Gut gemeint ist selten gut.«

»Dann eben nicht«, meinte Sandra. »Hol dir von mir aus den Tod.«

»Das kann ich Jutta nicht antun.«

»Was kannst du ihr nicht antun?«

Bergmann blickte auf. »Na, dass ich nackt auf ihrem Seziertisch liege und ...«

»Lass es gut sein, Sascha«, unterbrach Sandra seine schräge Fantasie, ehe sich das unerwünschte Bild in ihrem Kopf manifestierte, und widmete sich lieber einem Bierdeckel. Solange er noch genügend Energie für seinen schwarzen Humor hatte, musste sie sich wenigstens keine ernsthaften Sorgen um seine Gesundheit machen.

Die Kellnerin servierte ihre Getränke, während das Wirtsehepaar aus der Küche kam. »Setzen Sie sich doch zu uns«, forderte Sandra sie auf. »Sie auch, bitte«, meinte sie, zur Kellnerin gewandt.

»Wollen Sie denn nichts essen?«, fragte die.

»Wir möchten Ihnen ein paar Fragen stellen. Haben Sie etwas dagegen, wenn ich unser Gespräch aufzeichne?«, erwiderte Sandra und platzierte ihr Aufnahmegerät auf dem Tisch.

Alle drei Zeugen verneinten.

»Wie ist Ihr Name?«, wandte sich Sandra zuerst an den Wirt.

»Werner Knobloch.«

»Geboren?«

Einer nach dem anderen sprach seine persönlichen Daten aufs Band, ehe Sandra mit der Befragung loslegte.

Der Wirt bestätigte, woran eigentlich kein Zweifel mehr bestand: dass es sich bei dem Toten um Roman Wintersberger handelte. Die Frauen mussten hingegen passen. Sie hatten es vermieden, sich die Leiche anzuschauen. Alle drei zeigten sich betroffen, dass der Chefcoach tot in ihrer unmittelbaren Nähe gefunden worden war.

»Er war schon in den 90ern öfters hier. Zum Bootfahren und Forellenessen mit seiner Frau und dem Sohn«, erzählte die Wirtin. Astrid Knobloch hatte das Opfer schon seit ihrer Kindheit gekannt. Nach dem Unfalltod ihres Vaters war Wintersberger immer wieder auch mit ihrem Bruder Tobias und den anderen Schützlingen aus der Skihauptschule Schladming hier aufgetaucht, deren Trainer er damals war. Im Sommer seien sie in der Gegend oft laufen gewesen, erzählte sie weiter. Seitdem Wintersberger als Technik- und Slalomtrainer zum ÖSV gewechselt sei, habe er sich nicht mehr so häufig beim Fischerwirt blicken lassen. Wenn, dann nur, um Tobias zu besuchen, dessen Rennläuferkarriere er von Anfang an gefördert habe. »Er war für den Toby so was wie ein Ersatzvater.«

»Und wann haben Sie Herrn Wintersberger zuletzt hier gesehen?«, wollte Sandra wissen.

Wieder war es Astrid Knobloch, die antwortete. »Das muss am Samstag vor Weihnachten gewesen sein. Da war er nachmittags ein, zwei Stunden hier, um mit dem Toby zu sprechen. Worüber, weiß ich nicht.«

»Haben Sie Ihren Bruder schon von Roman Wintersbergers Tod informiert?«

»Nein. Inspektor Seitinger hat uns gebeten, die Nachricht vorerst für uns zu behalten, bis die Irene informiert ist«, sagte Astrid Knobloch.

»Irene Wintersberger? Seine Frau?«

»Ja, Frau Wintersberger.«

»Haben Sie ihre Nummer? Wir werden sie dann gleich anrufen«, meinte Sandra. Der Witwe das Unheil telefonisch anstatt persönlich mitzuteilen, war zwar nicht ideal, aber das Wetter machte einen Besuch bei ihr vorerst unmöglich.

»Meinen Sie, dass sich der Roman umgebracht hat? Oder wurde er gar ermordet?«, fragte Katharina Knobloch.

»Das können wir zum jetzigen Zeitpunkt noch nicht sagen«, antwortete Bergmann. »Hätte er denn einen Grund gehabt, sich selbst zu töten? Oder hatte er Feinde, die ihm nach dem Leben trachteten?« Bergmann blickte fragend in die Runde.

»Keine Ahnung. Ich hatte schon lange keinen Kontakt mehr mit ihm«, meinte der Wirt als Erster.

»Ich auch nicht«, warf seine Schwester Katharina ein.

Astrid Knobloch zuckte mit den Schultern.

»Vielleicht weiß der Toby ja mehr«, meinte sie.

»Wer hat denn alles einen Schlüssel für den Schranken bei der Seewigtalhütte?«, erkundigte sich Bergmann.

»Fast alle, die hier arbeiten und wohnen.« Werner Knobloch nahm seine Finger zu Hilfe und zählte leise vor sich hin. »Sieben insgesamt. Dann noch der Pächter der Hans-Wödl-Hütte, weiter oben am Hüttensee, der Jagd- und Forstbetrieb, die Feuerwehr, die Polizei, Bezirkshauptmannschaft, Müllabfuhr, Winterdienst und keine Ahnung, wer noch alles. Vielleicht kann Ihnen das Gemeindeamt in Gössenberg da weiterhelfen«, meinte der Wirt.

Schlüssel waren jedenfalls genügend im Umlauf, was die Ermittlungen nicht gerade vereinfachen würde, befürchtete Sandra.

»Wer war denn in der Nacht vom 23. auf den 24. Dezember alles hier?«, fragte sie weiter.

»Über die Weihnachtsfeiertage war der Betrieb geschlossen. Also waren nur wir drei und die Kinder hier. Der Toby muss irgendwann in der Nacht nach Hause gekommen sein«, erzählte Astrid Knobloch.

»Hat ihn jemand kommen gehört oder gesehen?«

Alle drei verneinten und versicherten, dass sie fest geschlafen hätten.

»Haben Sie um die Weihnachtszeit herum einen Schuss gehört?«, fragte Sandra.

»Wir hören hier immer wieder Schüsse«, sagte Astrid Knobloch, »überhaupt seit die Wilderer wieder vermehrt unterwegs sind.«

»Wilderer?«

»Ja. Bisher haben sie die Lumpen noch nicht erwischen können«, sagte Werner Knobloch. An ein konkretes Datum, wann zuletzt Schüsse gefallen waren, konnte er sich genauso wenig erinnern wie seine Frau oder seine Schwester. Der Todeszeitpunkt würde sich vermutlich nicht mehr exakt bestimmen, sondern nur noch ungefähr anhand der Handydaten eingrenzen lassen, überlegte Sandra.

Die sichergestellte Breitling, die sie der Familie noch einmal auf dem Foto zeigte, wollte keiner von ihnen jemals gesehen haben.

»Wie geht es denn Ihren Söhnen jetzt? Verkraften die beiden, was sie heute erlebt haben?«, erkundigte sich Sandra bei Astrid Knobloch.

»Aber ja. Den beiden geht's gut. Das sind zwei kleine, aufgeweckte Steirerbuam. Die haut so schnell nix um«, antwortete die Wirtin mit dem liebevollen Lächeln einer Mutter.

»Könnten Sie sie bitte kurz herholen?«, fragte Sandra.

»Freilich. Jetzt gleich?«

»Bitte.«

Astrid Knobloch erhob sich.

»Könnten wir jetzt was zu essen bestellen?«, fragte Bergmann.

Sandra stutzte. Ihr knurrte zwar auch schon die längste Zeit der Magen, aber sie wollten doch eigentlich so rasch wie möglich aufbrechen. Andererseits hatten sie ohnehin noch die Befragung der Kinder vor sich. Und vielleicht war es für die Buben sogar weniger aufregend, wenn sie in ungezwungener Atmosphäre beim Abendessen miteinander plauderten. Dann hätten sie das Angenehme mit dem Nützlichen verbunden. So schlecht war die Idee des Chefinspektors also gar nicht. Auch wenn sie bestimmt nur seinem Hunger entsprungen war.

»Was hätten S' denn gern mögen?«, fragte der Wirt. »Frische Leberknödel hab ich heut g'macht und das Hirschgulasch kann ich Ihnen empfehlen. Oder unsere Forellen.«

Sandra fiel ein, dass sie Andreas Einladung noch gar nicht abgesagt hatte. Nachdem sie das Abendessen beim Wirt bestellt hatten, zückte sie ihr Handy, um der Freundin eine SMS zu senden. Danach ging sie auf die Toilette und rief Julius an.

Sie würde es unmöglich schaffen, in einer Stunde in Graz zu sein, entschuldigte sie sich bei ihm. Ihr stünde noch eine Einvernahme in der Dachsteinregion bevor, und sie würde sich später noch einmal bei ihm melden.

Der eiskalte Ton seiner sonst so samtigen Stimme versetzte Sandra einen Stich ins Herz.

*

Jakob und Jonas Knobloch waren zu hören, lange bevor sie zu sehen waren.

»Jetzt seids doch einmal stad!«, schimpfte die Mutter, als die Buben die Gaststube stürmten. »Das sind die beiden Kriminalpolizisten aus Graz. Die verhaften euch gleich und nehmen euch mit, wenn ihr nicht brav seids.«

Die Drohung der Mutter verfehlte die gewünschte Wirkung bei den Kindern vollkommen.

»Hast du einen Revolver?«, fragte der Jüngere und kletterte auf den Sessel neben Bergmann.

»Eine Pistole«, murmelte der Chefinspektor und schob sich ein Stück vom Leberknödel in den Mund.

»Es gibt Revolver und Pistolen …«, setzte Sandra zur Erklärung an. Ihr Versuch wurde jäh vom älteren Buben unterbrochen, der auf den Sessel neben ihr sprang.

»Und du?«, fragte er.

»Du bist der Jakob, stimmt's?«, fragte Sandra zurück. Der Bub nickte.

»Hast du eine Pistole oder nicht?«, ließ er nicht locker.

»Sicher.«

»Zeig sie mir!«

»Nach dem Essen, gut?«

»Nein, jetzt!«, brüllte Jonas mit einer Stimme, die durch Mark und Bein ging.

Bergmann hob drohend seinen Suppenlöffel und sah den Kleinen neben sich grimmig an.

»Jonas, bitte leiser«, ermahnte ihn die Mutter, »und nimm endlich den Finger aus der Nase! Siehst du nicht, dass die Leut' essen?«

Sandra grinste. Das waren wirklich zwei kleine Satansbraten. Dennoch wollte sie sich von der offensichtlichen Unbeschwertheit der beiden nicht täuschen lassen. Unter der ungestümen Oberfläche saßen zwei verletzliche Kinderseelen. Sie legte ihren Suppenlöffel ab.

»Wisst ihr, was ein Deal ist?«, wandte sie sich an die Buben.

Beide sahen sie verständnislos, aber neugierig, an.

»Ein Deal ist eine coole Sache«, erklärte sie. »Wie wäre

es zum Beispiel, wenn mir jeder von euch ein Bild malt von dem, was ihr heute draußen am See erlebt habt. Dafür zeig' ich euch nach dem Essen meine Pistole. Na, was haltet ihr davon?«

Jonas sah seinen älteren Bruder an, wartete, wie dieser reagieren würde. Der Große überlegte kurz und nickte schließlich.

»Na, gut. Ich mal dir ein Bild, und du gibst mir deine Pistole«, sagte er.

Sandra lachte.

»Moment mal, junger Mann. Ich *zeige* sie dir, hab ich gesagt.«

»Dann kriegst du mein Bild halt auch nicht«, entgegnete Jakob stur.

»Aber du zeigst es mir, okay?«

Wieder überlegte der Bub, ehe er neuerlich nickte.

»Okay«, willigte er ein.

»Deal?«, fragte Sandra und hob die Hand.

»Deal«, sagte Jakob und schlug mit breitem Grinsen ein.

Sandra hielt nun auch dem jüngeren Bruder die Hand hin.

»Deal?«, fragte sie auch ihn.

»Diiiel!«, kreischte Jonas und patschte mit seiner flachen Kinderhand ebenfalls gegen ihre Handfläche.

»Kommt Kinder, Papier und Stifte sind oben. Wir lassen die Kriminalpolizisten jetzt erst mal in Ruhe essen«, mischte sich Astrid Knobloch ein. »Wir kommen dann später mit den Zeichnungen wieder. Geben Sie meiner Schwägerin Bescheid, wenn Sie mit dem Essen fertig sind. Sie soll mich dann oben anrufen«, sagte sie zu Sandra gewandt.

Sandra nickte und widmete sich wieder ihrer nunmehr lauwarmen Leberknödelsuppe. Ein Kunsttherapeut wäre vermutlich beim Malen der Bilder dabei gewesen, um die Kinder zu beobachten und ihnen zuzuhören. Aber sie war nun mal keine Therapeutin. Und das hier war lediglich ein Versuch, von dem sie glaubte, dass er ihr mehr erzählen würde, als es die Kinder mit eigenen Worten tun konnten.

Die Wirtin zog ihren jüngeren Sohn an der Hand nach, während der ältere auf einem Bein hinterherhopste.

Bergmann schnaufte durch, nachdem die Kinder den Raum verlassen hatten.

»Das mit den Zeichnungen war ein cleverer Trick von dir, um diese Bengel loszuwerden«, meinte er sichtlich erleichtert.

»Das war kein Trick von mir.«

»Nicht? Na ja, Hauptsache, es herrscht hier wieder Ruhe … Was bin ich glücklich, dass ich nur eine Tochter habe.«

»Wart's ab. Das wird sich schon noch ändern«, erwiderte Sandra.

»Hä? Wieso das denn?«

»Na, spätestens, wenn Sarah mit dem ersten Verehrer antanzt.«

»*Meine* Sarah?«, fragte Bergmann ungläubig.

Sandra grinste. Sie war froh, dass er Sarah wieder *seine* Tochter nannte, nachdem er vor über einem Jahr dahintergekommen war, dass ihm seine Exfrau das Mädchen fast fünf Jahre lang als sein Fleisch und Blut untergejubelt hatte, obwohl ein anderer sie gezeugt hatte. Dass er auf einmal nicht mehr Sarahs leiblicher Vater war, hatte Bergmann damals in eine tiefe Krise gestürzt, die er inzwischen bewältigt hatte. Sarah hatte ihren Platz in seinem

Herzen zurückerobert, wenngleich sie in Wien lebte, und er sie nach seinem Empfinden viel zu selten sah. Auf die Mutter der mittlerweile Sechsjährigen war Bergmann noch immer stinksauer.

Er sah jetzt wieder besser als vorhin aus, bemerkte Sandra. Statt seiner Nase waren nunmehr seine Wangen gerötet, was sie der wohligen Wärme des nahen Kaminfeuers zuschrieb. Auch ihr Gesicht glühte. Zumindest fühlte es sich so an.

*

Die Kinder wirbelten mit ihren Zeichnungen zur Tür herein, gefolgt von der Mutter, die sichtlich erschöpft wirkte. Offenbar hatten die Ereignisse des Tages ihr mehr zugesetzt, als den beiden Söhnen. Dass die Buben nicht traumatisiert waren, schienen ihre Bilder zu bestätigen.

Jonas hatte, wie er lautstark dokumentierte, seinen Bruder und sich selbst auf Schlittschuhen gemalt, mit Eishockeystöcken in den Händen. Die gelbe Sonne lachte aus der rechten, oberen Ecke des Blatts herunter – für Sandra ein Zeichen, dass sich der Kleine an den Tag positiv erinnerte. Am linken Blattrand stand ein roter Wagen, davor ein Mann mit schwarzem Helm. Jakob hatte ebenfalls ein Feuerwehrauto und einen Polizeistreifenwagen gezeichnet. Auf seinem Bild standen zwei Männer auf dem See.

»Was machen die beiden da?«, fragte Sandra und zeigte auf die Männer.

»Die holen den Mann aus dem See. Der darf da nicht baden«, erklärte Jakob.

»Ach so. Und was machen die Männer mit ihm?«

Jakob zuckte ratlos mit den Schultern und sah hilfe-suchend seine Mutter an.

»Ich hab dir doch erklärt, wo der Mann jetzt ist«, sagte Astrid Knobloch.

»Im Himmel?«

»Genau, Jakob«, sagte die Mutter und lächelte ihren älteren Sohn an, was dessen Mundwinkel prompt wie-der nach oben wandern ließ.

»Und wo ist jetzt deine Pistole?«, fragte er Sandra.

Sandra war noch nicht dazu gekommen, ihre Dienst-waffe aus dem eingeschneiten Wagen zu holen. Dass sie das Schulterholster samt Waffe in ihrer Reisetasche im Kofferraum verwahrte, widersprach streng genommen zwar den Dienstvorschriften, doch war bei diesem Ein-satz keine Gefahr im Verzug, sodass sie diese nicht unbe-dingt mitführen musste. Ertappt suchte sie Bergmanns Blick. Der griff unter sein Sakko, zog die Glock aus dem Holster und hielt sie über den Tisch.

»Ihr dürft die Waffe aber nicht anfassen«, warnte er, »das ist lebensgefährlich.«

»Kann uns die totschießen?«, fragte Jakob.

Bergmann nickte.

»Kommen wir dann auch in den Himmel?«, fragte der Bub weiter.

Die Zusammenhänge hatte der Kleine jedenfalls kapiert, dachte Sandra.

»Wer schlimm ist, kommt in die Hölle«, antwortete die Mutter. »Also hört gefälligst auf die Polizisten.«

»Und auf eure Mutter«, meinte Bergmann und drehte die Waffe zur anderen Seite.

Die Kinder beugten sich nach vorn und betrachteten sie fasziniert.

»Kannst du mal schießen?«, fragte Jakob.

»Hier im Haus? Das geht doch nicht«, sagte Bergmann, »ich könnte jemanden verletzen.«

»Dann draußen!«

Bergmann schüttelte vehement den Kopf. »Eine Waffe ist kein Spielzeug«, sagte er streng und steckte die gesicherte Pistole zurück in seinen Schulterholster. »Außerdem tut es richtig weh, von einer Kugel getroffen zu werden. Und man blutet ganz stark.«

»Bist du schon mal erschossen worden?«, fragte Jonas aufgeregt.

Die Erwachsenen am Tisch lachten. »Ich wurde einmal angeschossen, ja. Als ich noch ein junger Polizist in Wien war«, erklärte Bergmann.

Sandra sah den Chefinspektor erstaunt an. Davon hatte er ihr noch nie etwas erzählt. Allerdings hatte sie ihn auch nicht danach gefragt.

»Echt?«, fragte Jakob. »Sieht man das Loch noch?«

Bergmann grinste.

»Die Wunde ist längst zugeheilt. Aber die Narbe bleibt mir für immer.«

»Cool! Zeig her«, forderte Jakob ihn auf.

»Das geht nicht.«

»Oh ja!«, brüllte Jonas.

»Bitte, bitte …«, bettelte Jakob.

»Tut mir leid, Kinder. Das geht beim besten Willen nicht«, blieb Bergmann hartnäckig.

»Oh ja, oh ja, oh ja …«, kreischte Jonas.

»Schluss jetzt! Sonst scheppert's«, schritt die Mutter ein, »wir gehen nach oben. Und ihr machts euch gefälligst fürs Bett fertig. Zähneputzen, aber dalli«, sagte sie streng, woraufhin das Protestgeschrei erst richtig einsetzte.

»Muss ich erst den Papa holen?«, drohte Astrid Knobloch, was die Lautstärke der Kinder kurzzeitig drosselte. Lieber ließen sie sich freiwillig von der Mutter in die Wohnung bringen, als vom offenbar strengeren Vater in die Schranken weisen.

Frau Knobloch seufzte und zog kopfschüttelnd mit ihrer putzmunteren Brut ab, nicht ohne sich vorher bei den Ermittlern zu verabschieden.

Sandra riet der Frau, in nächster Zeit auf Verhaltensauffälligkeiten und etwaige Alpträume der Kinder zu achten und gab ihr für alle Fälle ihre Visitenkarte. Wenn es nötig war, würde sie ihr einen spezialisierten Kinderpsychologen nennen, den sie aufsuchen konnten.

Sandra sah den Buben lächelnd nach, bis in der Stube wieder Ruhe eingekehrt war. Offenbar funktionierte diese Familie noch im traditionellen Stil, was sie allemal besser fand, als die fehlende Erziehung jener Eltern, die glaubten, sie wären die besten Freunde ihrer Kinder und müssten ihnen keine Grenzen setzen. Dass der Nachwuchs dann meistens die Umgebung terrorisierte, nahmen solche Eltern oft nicht einmal wahr. Und wenn die Kinder außerhalb der Familie aneckten, waren stets die anderen schuld.

Sandra fragte sich nicht zum ersten Mal, wie ihr Sohn wohl geworden wäre, den sie in der elften Schwangerschaftswoche verloren hatte. Auch er hätte vielleicht Tobias geheißen. Julius hatte diesen Namen ganz oben auf seine Wunschliste gesetzt, und auch ihr hätte er gefallen. Zum zweiten Mal an diesem Abend fühlte Sandra einen Stich in ihrem Herzen.

»Der Bestatter ist noch immer nicht aufgetaucht«, riss Bergmann sie aus ihren Gedanken.

»Wundert dich das?«

Sandra sah zum Fenster hinüber. Selbst, wenn sie aufgestanden wäre, um hinauszusehen, hätte sie durch die Spiegelungen an der Scheibe kaum erkennen können, ob der Schneefall nachgelassen hatte.

»Willst du nicht mal draußen nachschauen, ob's noch schneit?«, schlug Bergmann ihr vor.

»Warum immer ich?«, brauste Sandra auf.

»Weil du diejenige bist, die fährt«, meinte Bergmann ruhig.

»Dann rufst *du* aber jetzt die Wintersberger an!«, fuhr Sandra ihn an und erhob sich. Sie verzichtete darauf, ihren Anorak anzuziehen und verließ verärgert die Gaststube.

Der eisige Wind blies ihr dicke Schneeflocken ins Gesicht. Schneeverwehungen hatten die Straße stellenweise verschluckt. ›Leon‹ hatte ganze Arbeit geleistet. Sandras Lust, jetzt noch die Schneeketten anzulegen und zu versuchen, im Schneckentempo zurück nach Graz zu schleichen, hielt sich in Grenzen.

»Scheiße!«, schimpfte sie und zog die Tür wieder hinter sich zu. Dieses Wetter hatte ihr gerade noch gefehlt.

Bergmann legte gerade sein Handy weg und atmete tief durch, als Sandra an den Tisch zurückkehrte.

»Und? Wie hat Frau Wintersberger die Nachricht aufgenommen?«, fragte sie und ließ sich auf den Sessel plumpsen.

»Ziemlich gefasst. Sie hat mit seinem Tod schon gerechnet. Seitdem er verschwunden ist.«

»Hält sie einen Suizid für möglich?«

»Kann sie sich nicht wirklich vorstellen. Er sei nicht der Typ dafür gewesen, hat sie gemeint. Ich hab ihr gesagt, dass wir auf alle Fälle noch den Obduktions-befund abwarten. Dann statten wir ihr einen Besuch ab. Können wir jetzt fahren?« Bergmann war auf dem Sprung.

»Ich hoffe, du hast deine Zahnbürste dabei«, stoppte Sandra ihn.

»Nein, hab ich nicht. Wieso? So schlimm da draußen?«

Sandra nickte. »Ich sag es ja nur ungern, aber es ist bes-ser, wir übernachten hier. Laut Wetterbericht soll mor-gen früh das Schlimmste vorbei sein.« Genervt blies sie die Luft aus.

»Na ja, so schlimm ist es doch auch wieder nicht, die Nacht mit mir zu verbringen, *Liebling*«, scherzte Berg-mann.

Sandra äffte ihn lautlos nach.

»Was hältst du von einem Glas Rotwein?«, fragte er grinsend.

»Na, schön. Warum nicht? Ist ja sowieso schon alles egal.« Sandra befürchtete, dass Julius ein ziemliches Thea-ter machen würde, wenn sie ihm hernach am Telefon ver-kündete, dass sie erst morgen nach dem Frühstück nach Hause kommen würde. Als ob sie nicht auch lieber die Nacht mit ihm verbracht hätte als mit dem Chefinspektor. Wann hatten sie und Julius eigentlich zuletzt miteinan-der geschlafen?, überlegte sie. War das vergangene Woche oder die Woche davor gewesen? Es war doch immer wie-der dasselbe. War erst einmal der Alltag in ihre Bezie-hungen eingekehrt, blieb von der anfänglichen Leiden-schaft nicht mehr viel übrig. Dabei war Julius ein virtuoser Liebhaber. Ob es an ihr lag, dass der Reiz des Neuen so schnell verflogen war? Nach nur eineinhalb Jahren? Oder daran, dass er seit drei Monaten bei ihr wohnte? Vermutlich war sein Einzug in ihre Wohnung ein Fehler gewesen. Manchmal vermisste sie das Rückzugsgebiet, das sie zuvor stets gehabt hatte.

Während Sandra weiter vor sich hin grübelte, bestellte Bergmann eine Flasche Zweigelt und erkundigte sich bei Katharina Knobloch nach zwei Einzelzimmern.

»Ist bestimmt g'scheiter, heut' Nacht hier zu bleiben«, gab die Kellnerin ihm recht. »Ich bring Ihnen gleich die Schlüssel und bitte die Astrid, dass sie die Betten überzieht.« Die junge Frau wandte sich ab und ging.

»Hast du eine Zahnbürste dabei?«, riss Bergmann Sandra aus ihren Gedanken an die verkorkste Beziehung mit Julius.

»Wie? Ja, ich hab immer eine Zahnbürste mit. Für alle Fälle.«

»Eine neue?«

Sandra überlegte kurz.

»Ja. Originalverpackt. Warum?«

»Kann ich sie haben?«

»Du willst dir mit mir die Zahnbürste teilen?«

»Um Gottes willen, nein!«, meinte Bergmann entsetzt. »Das würde ich niemals tun«, winkte er ab.

Sandra prüfte ihn mit Blicken. Das war kein Scherz gewesen. Wie es aussah, hatte er das eben todernst gemeint. Was hatte der Mann denn jetzt schon wieder für ein Problem?

»Aber schlafen wolltest du schon mit mir«, erinnerte sie ihn an frühere Zeiten, als er sich eingebildet hatte, in sie verliebt zu sein, was keineswegs auf Gegenseitigkeit beruht hatte.

Bergmann hob die Augenbrauen.

»Wenn du es möchtest, würde ich noch immer …«

»Hör auf damit!«, bremste Sandra ihn ein, als Katharina Knobloch mit der Bestellung zurückkam.

»Bitte schön«, sagte die Kellnerin und stellte Weingläser und Zweigelt-Flasche vor ihnen ab, »hier sind Ihre Zimmerschlüssel. Zimmer Nummer 5 und 6 im ersten Stock. Meldezettel können Sie morgen beim Frühstück ausfüllen. Wann werden S' denn ungefähr munter sein?«

»Um sieben«, antwortete Bergmann, ohne zu zögern.

»Frühestens ab acht«, beeilte sich Sandra, die Uhrzeit nach hinten zu korrigieren. Für ein Sonntagsfrühstück war das allemal früh genug. Bis Mittag würden sie auch so locker in Graz eintreffen, falls es, wie angekündigt, in den Morgenstunden zu schneien aufhörte.

»Ich richte Ihnen das Frühstück für halb acht her«, bemühte sich Katharina Knobloch um einen Kompromiss. »In der Thermoskanne bleibt der Kaffee eh eine ganze Weile warm.«

»Für mich bitte Tee mit Zitrone. Geht das?«, fragte Sandra.

»Kein Problem«, meinte Katharina Knobloch freundlich, während sie Bergmann einen Probeschluck einschenkte.

Der kostete den Wein und bestätigte, dass er in Ordnung sei.

Kaum war die Kellnerin wieder außer Hörweite, griff er das letzte Thema erneut auf.

»Wie gesagt, Sex mit dir jederzeit gerne. Aber meine Zahnbürste teile ich mit niemandem.«

»*Deine* Zahnbürste?«, fragte Sandra ungläubig. »Das ist immer noch *meine*«, stellte sie klar.

»Wenn ich sie zuerst benutze, nicht«, meinte Bergmann mit seinem unverschämtesten Grinsen. »Auf unser Wohl, *Liebling*!«, fügte er an und hob sein Glas.

Sandra seufzte.

»Prost, du …« Sie rang nach passenden Worten.

»Was, ich …?«

»Ach, nichts«, gab sie schließlich auf und stieß mit ihrem Glas flüchtig gegen seines. Sie wusste, dass Bergmann erst Ruhe geben würde, wenn er ihre Zahnbürste als Erster in den Händen hielt. Aber das konnte er vergessen.

KAPITEL 2

Montag, 4. Februar 2013

»Guten Morgen! Na, wie war dein Wochenende?«, erkundigte sich Miriam Seifert, als Sandra ihr Büro im Grazer LKA betrat.

»Morgen, Miriam. Danke.« Sandra hatte nicht vor, der jungen Gruppeninspektorin zu erzählen, dass sie von Julius Czerny nur noch einen Zettel auf dem Küchentisch vorgefunden hatte, als sie Sonntagmittag vom Einsatz nach Hause gekommen war. Seine Hälfte vom Schrank war leer gewesen, genauso wie ein gutes Drittel des Regals in ihrem Badezimmer. Nur seine Schmutzwäsche hatte er im Wäschekorb vergessen. Er habe genug von ihrer Beziehung, in der er immer nur an zweiter Stelle nach ihrem Scheißjob stand, hatte er gemeint, als sie ihn Samstagnacht noch einmal angerufen hatte, nachdem sie mit Bergmann fast zwei Flaschen Wein geleert hatte. Den emotionalen Kater, mit dem sie am nächsten Morgen aufgewacht war, hatte sie weniger dem Zweigelt zugeschrieben, als dem Gedanken, dass sie von nun an wieder Single war. Aber vielleicht war es ohnehin besser so. Auch wenn sie die Trennung momentan noch sehr schmerzte.

»Wo ist Bergmann?«, fragte Sandra und ließ sich auf ihren ergonomisch geformten Drehstuhl fallen. Erst kurz vor Weihnachten war der mehr als klapprige, beinahe schon antike Vorgänger abgelöst worden. Über zwei

Jahre lang hatte sie auf das rückenschonende Modell warten müssen. Verspannt war sie noch immer. Was nicht unbedingt am Sitzmöbel liege, hatte der Chefinspektor letzthin launig gemeint.

»Bergmann ist in der Gerichtsmedizin. Die prominente Wasserleiche obduzieren«, sagte Miriam.

»Jetzt schon?«

»Du weißt doch, dass die Frau Doktor auf unseren Chef steht.«

»Ich glaub, das verhält sich eher umgekehrt. Aber mir ist das eh egal, solange nur der Obduktionsbefund bald in meinem E-Mail-Eingang landet«, sagte Sandra.

»Ui«, meinte Miriam, »hattet ihr leicht wieder mal Streit?«

Sandra schüttelte den Kopf.

»Alles in Ordnung. Ich hol mir nur rasch einen Tee«, sagte sie und verließ das Büro.

*

»Du siehst müde aus«, meinte Doktor Christiane Reichelt, als Sandra die Teeküche betrat. Die Kriminalpsychologin warf ihr einen besorgten Blick zu, während sie routiniert die Milch für ihren Kaffee aufschäumte.

Endlich war das Ungetüm, das die Heißgetränke in ökologisch bedenklichen Plastikbechern ausgespuckt hatte, wenn es denn einmal funktionierte, aus dem Flur verschwunden und durch eine Espressomaschine und Kaffeepads ersetzt worden. Deren Umweltfreundlichkeit durfte zwar ebenfalls angezweifelt werden, aber wenigstens waren die Plastikberge drastisch geschrumpft. Dass die Bio-Pads gesammelt und angeblich einem Recyclingprozess zugeführt wurden, war vor allem dem Nachhaltigkeitsbericht der Landespolizeidirektion Steiermark dienlich. Dass der Kaffee besser schmeckte, war ein angenehmer Nebeneffekt.

»Alles okay mit dir?«, erkundigte sich Christiane Reichelt.

»Ja, danke. Ich hatte bloß zu wenig Schlaf«, erzählte Sandra der Kollegin nur die halbe Wahrheit. Besonders gut hatte sie in den vergangenen beiden Nächten wirklich nicht geschlafen. Der Grund für ihre Durchschlafprobleme ging aber weder Miriam noch Christiane etwas an.

»Du solltest mal Urlaub machen. Mindestens drei Wochen lang, besser vier, damit du dich richtig erholst. Du hast dir noch nicht mal nach deiner Fehlgeburt einen Urlaub gegönnt.«

Sandra schluckte. Der Zeitpunkt, um darüber zu sprechen, war denkbar ungünstig.

»Nichts für ungut, Christiane. Aber ich muss mich jetzt über unseren neuen Fall hermachen«, sagte sie und goss heißes Wasser über den Teebeutel in ihrem Häferl.

»Ein neuer Mordfall? Gibt es für mich auch was zu tun?«, zeigte sich Christiane Reichelt interessiert.

»Lässt sich noch nicht abschätzen, ob wir eine operative Fallanalyse brauchen. Aber wenn, erfährst du es wie immer als Erste.« Sandra zwinkerte der renommierten Fallanalytikerin zu und verabschiedete sich mit ihrem dampfenden Teehäferl aus der Küche. Sie schätzte die überaus kompetente Kollegin sehr, aber sich in die Arbeit zu stürzen half ihr gegenwärtig mehr als eine Therapiestunde zwischen Tür und Angel.

*

»Und? Was meint die Gerichtsmedizinerin? Haben wir es mit einem Mord zu tun? Oder vielleicht doch mit einer Selbsttötung?«, fragte Sandra, nachdem auch Bergmann im Büro eingetroffen war.

»Jutta schließt einen Suizid definitiv aus. Wir können also loslegen.«

»Zuerst die Witwe?«, fragte Sandra.

Bergmann nickte.

»Miriam, du besorgst uns die Akte von der Fahndung. Such alle relevanten Informationen heraus und fass sie für mich zusammen. Ich möchte wissen, was Roman Wintersberger vor seinem Verschwinden getan hat. Was waren seine Aufgaben beim ÖSV? Mit wem hatte er berufliche Kontakte? Mit wem private? Gab es familiäre Probleme? Hatte er Schulden, Vermögen? Et cetera pp. Ach ja, dann check uns noch einen Termin beim ÖSV. Muss ja nicht gleich der Schröcksnadel sein.«

Miriam schien kaum erleichtert zu sein, dass der Chefinspektor nicht darauf bestand, den Präsidenten des Österreichischen Skiverbandes höchstpersönlich zu befragen.

»Du weißt aber schon, dass heute die Alpine Ski-WM in Schladming beginnt«, gab sie zu bedenken.

»Na und? Das ist doch genau unsere Richtung. Besser geht's quasi gar nicht …«, meinte Bergmann, den Blick auf seinen Monitor geheftet, um wie gewöhnlich als Erstes seine E-Mails zu checken.

»Ich meinte ja nur …« Miriam seufzte.

Sandra wusste genau, dass die junge Kollegin lieber mit ihnen Außendienst verrichtet hätte, aber im Büro gab es eben jede Menge zu tun. Der Witwe von Wintersberger einen Besuch abzustatten, war schließlich auch kein Honigschlecken.

Bergmann erhob sich.

»Können wir fahren, Sandra?«

»Nach Schladming?«, fragte sie und stand ebenfalls auf.

»Zuerst einmal nach Ramsau am Dachstein. Ich hab die Adresse von der Wintersberger.« Bergmann setzte seine Sonnenbrille auf.

Die klassische Pilotenform stand ihm gut zu Gesicht, musste Sandra insgeheim zugeben. In Kombination mit dem üblichen Drei- bis Fünftagebart und den dichten, leicht zerzausten Haaren, die an den Schläfen schon ein wenig grau wurden, sah er ziemlich cool aus. Was er ja meistens auch war. Außer, wenn er etwas partout nicht machen wollte. Wie Schneekettenanlegen zum Beispiel. Oder, wenn es um seine Tochter ging. Dann konnte er so richtig zickig werden.

»Soll ich meinen Laptop mitnehmen?«, fragte sie.

»Sicher. Und vergiss die Zahnbürste nicht«, säuselte er.

»Ich?«, fragte Sandra erbost.

Miriam warf beiden Kollegen fragende Blicke zu.

»Bleibts ihr leicht über Nacht weg?«

»Nein. Nur ein blöder Scherz. Erklär ich dir ein andermal«, erwiderte Sandra und verabschiedete sich von der Kollegin.

»Kein Scherz, Sandra. Das war mein voller Ernst. Miriam, buch uns bitte zwei Zimmer. Vorerst mal für eine Nacht, nicht allzu weit entfernt von Schladming.«

Miriam sah Bergmann ungläubig an.

Auch Sandra war perplex, dass er heute nicht mehr nach Graz zurückkehren wollte. Bei einer Wegstrecke von etwa zwei Stunden pro Richtung war das zwar nachvollziehbar, aber fragen hätte er sie zumindest vorher können.

»Aber … die Ski-WM! Alle Hotels in der Region werden restlos ausgebucht sein«, warnte Miriam.

»Du checkst das schon.« Bergmann winkte ihr lächelnd zu und schob Sandra zur Tür hinaus.

*

Im Auto berichtete Bergmann von der morgendlichen Obduktion, ehe sie mögliche Mordszenarien diskutierten. Dennoch war die Fahrt über die Pyhrn-Autobahn und die Ennstal-Bundesstraße ein Vergnügen, sofern man wie die beiden Kriminalbeamten dunkle Sonnenbrillen aufhatte. Der frische Schnee, der am Wochenende bis ins Tal hinuntergefallen war, glitzerte in der Sonne wie Swarovski-Kristalle. Die Berge gleißten nicht minder grell, und machten Sandra unbändige Lust aufs Skilaufen mit Julius.

Er hatte sie gedrängt, im nächsten Frühjahr endlich mit ihm in den Skiurlaub zu fahren. In der vergangenen Wintersaison hatten sie es nur zweimal geschafft, jeweils ein kurzes Skiwochenende miteinander zu verbringen. Es war jedes Mal traumhaft gewesen, mit ihm die verschneiten Hänge hinabzuflitzen und den Hüttenzauber samt deftigem Essen zu genießen. Ganz zu schweigen von Julius' Après-Ski-Massagen, die stets in erotischen Höhepunkten gegipfelt hatten. Allein bei der Erinnerung daran verspürte Sandra ein Kribbeln in ihrem Unterleib. Aber das alles war ja nun leider kein Thema mehr. Sie hatte es gründlich verbockt, gab sie sich in erster Linie selbst die Schuld. Obwohl zu einer gescheiterten Beziehung immer noch zwei gehörten. Mindestens.

»Ich glaub, dort oben ist das Haus von den Wintersbergers. Bieg da vorne rechts ab«, unterbrach Bergmann ihre Erinnerungen an Julius. »Alles okay mit dir?«, fragte er.

»Alles bestens.« Sandra nickte.

Dass Julius mit ihr Schluss gemacht hatte, würde sie Bergmann bestimmt nicht auf die Nase binden. Er hatte sowieso nie verstanden, was sie an Julius Czerny fand, der in seinen Augen viel zu jung für sie war. Elender Macho! Was spielten fünf Jahre Altersunterschied heutzutage für eine Rolle? Wäre er 34 und sie fast 29 Jahre alt gewesen und nicht umgekehrt, überhaupt keine.

»*Liebling*! Du hättest hier rechts abbiegen müssen«, sang Bergmann mehr, als er sprach.

Sandra schaltete den Blinker ein und stieg auf die Bremse. »Entschuldige. Ich war gedanklich ganz woanders.« Dass der Chefinspektor sie schon wieder *Liebling* nannte, überging sie diesmal. Ihn deshalb zurechtzuweisen brachte genauso viel oder wenig, wie es zu ignorieren.

»Und wo warst du mit deinen Gedanken?«

»Sag ich dir nicht.«

»Ich komm schon noch dahinter, was mit dir los ist. Geht's um Babyface?«, tippte Bergmann goldrichtig auf Julius.

Sandra sah im Augenwinkel, dass er sie von der Seite musterte. Wie so oft konnte sie dem Chefinspektor nichts vormachen, dennoch war er der Allerletzte, bei dem sie sich ausheulen wollte. Auch wenn er das umgekehrt schon bei ihr getan hatte. Damals, als es um Kuckuckskind Sarah gegangen war.

Sandra warf einen Blick in die Rückspiegel und drehte sich um, um sich zu vergewissern, dass kein anderes Fahrzeug hinter ihnen war. Dann setzte sie zurück und bog in die Straße ein, die laut Bergmann zum Haus der Familie Wintersberger führte. Dass es sich um ein luxuriöses Chalet mit Blick auf das Dachsteinmassiv handelte, bemerkte Sandra erst jetzt. Beeindruckt pfiff sie durch die Zähne.

»Nicht schlampert«, sagte sie und blieb vor einem der beiden breiten Garagentore stehen.

»Die verdienen anscheinend nicht schlecht, die Herrschaften vom ÖSV«, merkte Bergmann auf dem Weg zum doppelflügeligen Eingangsportal an.

»Was glaubst du, was da für Sponsorengelder fließen. Der Skizirkus ist ein Millionengeschäft. Ach, was sag ich? Ein Milliardengeschäft«, korrigierte sich Sandra, die noch Julius' Spekulationen unmittelbar nach Wintersbergers Verschwinden in den Ohren hatte.

»Na, wenn es sich dafür nicht zu morden lohnt ...«

»Nicht, wenn wir den Mörder schnappen.«

Sandra drückte auf die Klingel an der Gegensprechanlage.

»Schau mal, Sascha.« Sie deutete auf den Ziffernblock aus Nirosta, der neben der massiven Holztür eingemauert war.

»Möglicherweise haben wir deshalb keine Schlüssel beim Mordopfer gefunden. Die Tür ist mit einem Zugangscode gesichert.«

»Ja, bitte?«, drang eine Frauenstimme aus der Gegensprechanlage.

»Grüß Gott! Wir sind die Ermittler vom LKA. Dürfen wir reinkommen?« Sandra blickte direkt in das Videoauge der diskret integrierten Kamera. Ein Schnarren gab das Schloss frei, und sie drückte die Tür auf.

Bergmann folgte ihr in den Empfangsbereich, wo eine aparte blonde Frau mit kurzer Bobfrisur in beigem

Kaschmirpulli und farblich abgestimmten Designer-Jeans auf sie wartete. Rechterhand führte eine terracottagefliestе Treppe ins Obergeschoss, durch den Mauerbogen zur Linken ging es in den geräumigen Wohnsalon. Hier waren Decke und Fußboden aus hellem Holz. Die Fenster im riesigen Erker gaben den atemberaubenden Blick auf das verschneite Dachsteinmassiv frei, das im Sonnenlicht gleißte.

Irene Wintersbergers Stimme zitterte leicht, während sie direkt zur Sache kam. »Roman ist also ermordet worden ...«

Sandra nickte.

»Wollen Sie sich nicht lieber hinsetzen?«, fragte sie.

Wie ferngesteuert schwebte Irene Wintersberger zur ausladenden Wohnlandschaft, um sich dort in die cremefarbenen Kissen fallen zu lassen.

Die beiden Kriminalbeamten folgten ihr langsam.

»Wissen Sie schon etwas Genaueres?«, erkundigte sich die Witwe nach einem Moment des Schweigens.

»Bisher wissen wir nur, dass Ihr Mann erschossen wurde, ehe seine Leiche im Steirischen Bodensee gelandet ist«, erklärte Sandra.

»Im Steirischen Bodensee ...«, wiederholte Irene Wintersberger nachdenklich.

Sandra wunderte sich, wie gefasst die kaum 1,60 Meter kleine, zierliche Frau war. Offenbar hatte sie die Todesnachricht einigermaßen verarbeitet. Mit einem Nervenzusammenbruch musste man bei ihr vorerst wohl nicht rechnen. Dass die Leiche ihres Mannes teilweise in der Eisdecke festgefroren war, verschwieg Sandra ihr dennoch lieber. Sie würde das nur erwähnen, wenn die Witwe weiter nachfragte. Todesnachrichten zu überbringen und die Umstände eines Verbrechens zu erläutern waren stets eine psychologische Gratwanderung. Auch wenn die Witwe in diesem Fall schon gewusst hatte, dass ihr Mann verstorben war. Manchen Angehörigen half es, alle Details zu kennen, und waren diese noch so grausig. Andere wollten es gar nicht so genau wissen. Ihnen war es lieber, den Verstorbenen so im Gedächtnis zu behalten, wie sie ihn zuletzt gesehen hatten. Als Polizistin musste Sandra schon ganz genau hinhören, um beurteilen zu können, wie viel Information sie den Hinterbliebenen zumuten durfte, ohne das Trauma der Todesnachricht noch zu verstärken.

»Muss ich die Leiche meines Mannes identifizieren?«, fragte Irene Wintersberger.

»Nein, das ist nicht nötig. Es sei denn, Sie möchten ihn gern noch ein letztes Mal sehen …«

Irene Wintersberger winkte ab.

»Um Gottes willen, nein! Ich dachte nur, ein Angehöriger müsste das tun.«

»Nein. Das wird nur in Krimis so dargestellt. Keine Ahnung, warum. In der Realität kommt es nur in höchst seltenen Ausnahmefällen vor, dass Angehörige das Opfer identifizieren müssen. Außerdem hat der Fischerwirt schon am Samstag bestätigt, dass es sich um Ihren Mann handelt«, erklärte Sandra.

»Dann ist es ja gut.«

»Kennen Sie den Steirischen Bodensee?«, kehrte Sandra zu ihren Fragen zurück.

»Ja. Wir waren früher ein paar Mal mit Lukas dort. Das ist aber lange her …«, erzählte Frau Wintersberger.

»Ein idyllischer Ort«, sagte Sandra.

Irene Wintersberger nickte versonnen und schwieg.

»Lukas ist Ihr Sohn, nicht wahr?«

»Ja.«

»Wie alt ist er denn, wenn ich fragen darf.«

»Er ist längst erwachsen. Lukas wird demnächst 23.«

»Er wohnt also nicht mehr bei Ihnen?«

»O ja, aber …«

»Irene? Bist du hier?«, hörte Sandra eine Männerstimme, die alle drei wie auf Kommando in dieselbe Richtung blicken ließ.

Im Mauerbogen tauchte ein junger Mann in Jeans und violettem ›Hollister‹-Sweater auf, der bei ihrem Anblick innehielt.

»Du hast Besuch? Entschuldige bitte, ich bin schon wieder weg.« Er wandte sich ab, um zu gehen.

»Bleiben Sie ruhig hier!«, rief Sandra ihm hinterher.

Der junge Mann hielt erneut inne. Langsam drehte er sich wieder um und ging auf sie zu. Wenn das Lukas Wintersberger war, sah er seiner Mutter nicht besonders ähnlich, eher seinem toten Vater. Zumindest war er wie dieser dunkelhaarig, groß und athletisch gebaut. Warum nannte er seine Mutter Irene? Sandra fand es immer ein wenig merkwürdig, wenn Kinder ihre Eltern mit Vornamen ansprachen. Auch wenn diese schon erwachsen waren. Etwas im Gesichtsausdruck des jungen Mannes verriet ihr, dass ihm allmählich dämmerte, was hier los war.

»Wir sind vom LKA, Abteilung Leib und Leben«, offenbarte sie ihm. »Abteilungsinspektorin Sandra Mohr. Und das hier ist Chefinspektor Sascha Bergmann.«

Augenblicklich fiel der Groschen.

»Sie sind also wegen Roman da«, traf der Mann mitten ins Schwarze. Er hatte von dem Leichenfund demnach auch schon gehört.

»Roman wurde ermordet«, erklärte Irene Wintersberger leise und fasste sich an den Mund.

»Wirklich? Das tut mir leid«, meinte der junge Mann eine Spur zu förmlich und setzte sich neben die Hausherrin, um ihre fragile Hand zu ergreifen.

»Bevor hier ein Missverständnis entsteht«, sagte Irene Wintersberger, »Gregor ist mein Freund, nicht mein Sohn.«

Sandra schluckte. Letzteres hatte sie in der Tat angenommen, und Irene Wintersberger hatte es ihr wohl angemerkt. Auch Bergmann wirkte einen kurzen Moment lang überrascht.

»Ich bin Gregor Fitzner«, nannte der Mann, der nicht viel älter als der Sohn seiner Geliebten sein konnte, seinen Namen.

»Nehmen Sie es mir bitte nicht übel, aber ich bin jetzt wirklich ein wenig verwirrt. Sie waren doch mit Herrn Wintersberger verheiratet, oder nicht?«, wollte Sandra wissen.

»Auf dem Papier, ja. Wir sind aber schon lange eigene Wege gegangen. Roman war ja kaum noch zu Hause. Überhaupt, seitdem er die Wohnung in Innsbruck hat …«

»Wegen der ÖSV-Zentrale, die sich in Innsbruck befindet?«, vermutete Sandra.

Irene Wintersberger nickte und seufzte.

»Außerdem hatte er seit Jahren immer irgendwelche Panscherl nebenher. Warum sollte ich also wie eine Nonne leben?«

Gregor Fitzner drückte ihre Hand.

»Wir lieben uns«, erklärte er den Kriminalbeamten. Niemand sagte etwas darauf.

»Das Alter spielt doch gar keine Rolle«, fügte Fitzner hinzu. Offenbar hatte er sich schon öfter für den Altersunterschied rechtfertigen müssen. Oder aber, er spielte eben doch eine Rolle. In diesem Fall handelte es sich immerhin um geschätzte 20 Jahre, nicht um läppische fünf wie bei Sandra und Julius.

»Wusste Ihr Mann von Ihrer Beziehung zu Herrn Fitzner?«, fragte Sandra.

»Kann schon sein.«

»Offen darüber geredet haben Sie aber nicht?«

Irene Wintersberger schüttelte den Kopf.

»Wozu denn?«

Ihr jugendlicher Liebhaber schien nicht besonders erfreut über diese Aussage zu sein. Augenblicklich hörte er auf, ihre Hand zu streicheln. Offenbar hätte er sich gewünscht, dass seine Freundin auch vor dem eigenen Mann zu ihm stand.

»Sie haben Ihren Mann aber als vermisst gemeldet. Wie kam das?«, fragte Sandra.

»Am Samstag vor Weihnachten ist Roman heimgekommen. Er wollte die Feiertage mit der Familie verbringen, wie das halt so üblich ist. Seiner Mutter hätte es das Herz gebrochen, wenn sie gewusst hätte, wie es um unsere Ehe bestellt ist ... Mein Gott, wie soll die alte Dame bloß den Tod ihres einzigen Sohnes verkraften? Ich hab ihr noch nichts davon erzählt. Es war schon schlimm genug für sie, ihn vermisst zu wissen. Und das zu Weihnachten ...« Irene Wintersberger atmete tief durch, ehe sie fortfuhr. »Nur wegen ihr habe ich überhaupt noch mitgespielt bei dem Schmierentheater. Mein Sohn weiß ja längst, was los ist.«

»Wo finden wir Ihren Sohn denn? Wir würden auch ihm gerne ein paar Fragen stellen.«

Irene Wintersberger lachte kurz auf. Ihre Stimme klang schrill.

»Keine Ahnung, wo Lukas sich momentan herumtreibt. In dieser Hinsicht ist er wie sein Vater«, meinte sie bitter.

»Sonst nicht?«

Die Dame des Hauses schüttelte energisch den Kopf.

»Ganz und gar nicht. Die beiden sind – sie waren wie Feuer und Wasser. Roman war ein Choleriker. Lukas ist dagegen ziemlich phlegmatisch.«

»Haben sich die beiden gut verstanden?«

»Nun ja, es gibt sicher innigere Vater-Sohn-Beziehungen. Lukas hat sich spätestens in der Pubertät emotional von seinem Vater zurückgezogen, um weitere Enttäuschungen und Konflikte zu vermeiden. In den Augen seines Vaters war er niemals gut genug, glaubte er. Was das Skifahren anbelangte, hatte er da wohl recht. Dabei ist Lukas so sensibel. Er hat als Kind enorm darunter gelitten, dass sein Vater fremden Buben, die mehr Talent zum Skifahren hatten als er, seine ganze Aufmerksamkeit geschenkt hat. Für den eigenen Sohn ist da nicht mehr viel übrig geblieben.«

Sandra musste unwillkürlich an ihre Mutter denken, der sie nie etwas hatte recht machen können. Deren ganzes Interesse hatte stets ihrem jüngeren Halbbruder gegolten. Dennoch war aus Mike ein krimineller Taugenichts geworden. Erst im vergangenen Sommer war er aus der Haft entlassen worden, zu der er verurteilt worden war, nachdem er Sandra halb tot geprügelt hatte. Manchmal wachte sie nachts schweißgebadet auf und fürchtete, dass Mike tatsächlich in ihrer Wohnung war, wie sie es kurz zuvor geträumt hatte.

»Ihr Sohn hat doch sicher ein Handy?«, zwang sie sich, gedanklich zum aktuellen Fall zurückzukehren.

»Natürlich. Gregor, bringst du mir mal mein Handy aus der Tasche, bitte?«

»Aber ich hab doch Lukas' Nummer auch eingespeichert, Schatz.« Der junge Mann zog sein Mobiltelefon aus der Gesäßtasche, um Sandra die gewünschte Telefonnummer zu geben.

»Er arbeitet in der Polar-Bar in Schladming«, fügte er hinzu.

»Hab ich das nicht schon erwähnt?«, fragte Irene Wintersberger.

»Nein, haben Sie nicht«, antwortete Sandra. »Übrigens haben wir bei Ihrem Mann weder eine Brieftasche, noch Schlüssel gefunden. Könnte er die hier gelassen haben?«

»Hausschlüssel brauchte er keine wegen des elektronischen Nummernschlosses. Der Autoschlüssel hängt in der Garage. Dort steht auch sein Auto. Er hat sich an jenem Abend ein Taxi gerufen, weil er seinen Führerschein nicht riskieren wollte. Bei Weihnachtsfeiern fließt doch immer recht viel Alkohol. Seine Brieftasche müsste er aber dabei gehabt haben.«

»Und wo waren Sie?«

»Ich war hier und habe Geschenke eingepackt und den Baum aufgeputzt. Meine Freundin Clarissa hat mir dabei geholfen, bis halb elf in etwa. Gegen 24 Uhr bin ich dann zu Bett gegangen.«

»Allein?«

»Ja. Warum? Sie werden doch wohl kaum annehmen, dass ich meinen Mann umgebracht habe. Das ist ja lächerlich …«

»Warum nicht?«, fragte Sandra. »Ich meine, warum ist diese Annahme lächerlich?«

»Na, hören Sie mal … Das ist doch völlig absurd.«

»Was für eine Weihnachtsfeier war das überhaupt, die ihr Mann besucht hat?« Sandra konnte sich nicht vorstellen, dass Spitzensportler mitten in der Saison übermäßig viel Alkohol tranken. Roman Wintersberger war immerhin selbst ehemaliger Skifahrer und als Sportlicher Leiter hoffentlich ein leuchtendes Vorbild für die aktiven Rennläufer gewesen. Ob ihre Annahme möglichweise naiv war, würde sie erst herausfinden müssen.

»Das hat Irene doch alles bereits Ihren Kollegen erzählt«, mischte sich Fitzner ein.

Bergmann sah ihn mit schmalen Augen an. Bisher hatte sich der Chefinspektor kein einziges Mal zu Wort gemeldet.

»Schon gut, Gregor.« Irene Wintersberger tätschelte die Hand ihres jungen Lovers, um ihn zu besänftigen. »Ich weiß nicht, zu welcher Weihnachtsfeier Roman wollte. Er hat mir schon lange nicht mehr gesagt, wohin er geht«, beantwortete sie Sandras Frage.

Mit seinem Blick fixierte Bergmann immer noch Gregor Fitzner.

»Wo waren *Sie* denn während der Weihnachtsfeiertage?«, wollte er von ihm wissen.

»Ich? Ich war bei meiner Familie zu Hause in Rohrmoos. Am Stefanitag war ich zum Mittagessen wieder hier bei der Irene, bis zum nächsten Morgen. Dann bin ich ins Geschäft gefahren.«

»Gregor hat einen gut gehenden Friseursalon in Schladming«, erklärte Frau Wintersberger stolz. »Er ist erst im letzten Jahr Weltmeister in Barcelona geworden.«

Deshalb hatte der junge Mann an einem Montag wie heute also frei, zählte Sandra eins und eins zusammen.

»Und wo waren Sie am Abend des 23. Dezember?«

Seiner Reaktion nach zu schließen, hatten ihn die Kollegen von der Fahndung das noch nicht gefragt. Sofern sie Irene Wintersbergers Geliebten überhaupt befragt hatten.

»Warten Sie …«, überlegte er laut.

»Das war ein Sonntag«, fügte Sandra hinzu.

»Sonntag vor Weihnachten … Ach ja, da war ich beim Pokern mit Freunden …« Fitzner wirkte plötzlich nervös.

»Wann und wo genau war das?«, wollte Bergmann wissen.

»Wir haben uns um 21 Uhr getroffen und bis etwa halb drei Uhr morgens gespielt.« Er räusperte sich. »Bei meinem Freund Martin. Danach bin ich heim zu meinen Eltern gefahren.«

»Können die genannten Personen das bezeugen?«

»Der Martin, ja. Ob meine Eltern abgecheckt haben, wann ich heimgekommen bin, weiß ich nicht. Die beiden waren längst im Bett. Sie gehen ja schon um zehn Uhr liegen.«

Sandra sprach die Daten von Fitzners Eltern und den Poker-Spielern in ihr Aufnahmegerät. Zwei von ihnen waren US-Staatsbürger, die längst wieder in die Heimat abgereist waren. Der Dritte im Bunde, Martin Kogler, wohnte in Schladming.

»Kannten Sie Roman Wintersberger persönlich?«, fragte Bergmann weiter.

»Sicher. Wer kannte den hier nicht?«, fragte Fitzner zurück.

»Soll heißen, Sie kannten ihn persönlich?«, hakte Bergmann nach.

»Ja, ich kannte ihn schon lange. Immerhin war er ja auch der Vater meines Freundes.«

»Sie sind also mit Lukas Wintersberger befreundet?« Bergmanns Augen waren noch immer zwei Schlitze.

»Früher waren wir befreundet, ja.«

»Warum denn jetzt nicht mehr?«

»So lassen Sie den Gregor doch endlich in Ruhe. Er hat Roman sicher nicht umgebracht«, ging Irene Wintersberger dazwischen. »Wie Sie sich vielleicht vorstellen können, war mein Sohn nicht gerade begeistert, als er mitbekommen hat, dass ich mit seinem Freund, nun ja, … dass ich mit Gregor intim bin.«

»Der Lukas beruhigt sich schon wieder«, versicherte Fitzner ihr.

Irene Wintersberger nickte.

»Das glaube ich auch«, meinte sie zuversichtlich.

»Wer könnte Ihren Mann denn umgebracht haben, wenn es nicht Herr Fitzner war?«, fragte Bergmann. »Hatte er Feinde?«

»Ich bitte Sie … Erfolgreiche Männer haben immer Feinde«, wich Irene Wintersberger aus.

»Geht's auch ein bisschen konkreter?«, fragte Bergmann nach.

»Tut mir leid. Da müssen Sie sich beim ÖSV erkundigen. Oder bei seinen diversen Gspusis. Ich hab keine Ahnung, was mein Mann wann und mit wem getrieben hat. Oder wen das möglicherweise gestört haben könnte.«

»Sie hat es demnach nicht gestört?«

Irene Wintersberger sah den Chefinspektor an.

»Das sagte ich doch bereits, oder nicht?«

Bergmann nickte.

»So etwas in der Art sagten Sie, ja«, stimmte er ihr zu.

Sandra schloss aus dem Verhalten des Chefinspektors, dass er vorerst keine Fragen mehr hatte.

»Eines noch …«, wandte sie sich an die Witwe.

»Ja, bitte?«

»Besaß Ihr Mann eine Breitling-Uhr? Eine Navitimer mit Metallband, um genauer zu sein.«

Noch ehe Sandra das Foto der Uhr herzeigen konnte, schüttelte Irene Wintersberger ihren blonden Bob.

»Mein Mann hat in den letzten Jahren keine Uhren mit Metallband mehr getragen. Nur mit Lederband und Titanschließe, wenn überhaupt. Er hatte eine Kontaktallergie und meistens auf seinem Handy nachgesehen, wie spät es war. Außerdem hatte er stets so ein Ungetüm von Plastik-Stoppuhr dabei, obwohl er die in seiner letzten Funktion als Sportlicher Leiter kaum noch brauchte.«

Dass die sichergestellte Uhr vom Mordopfer stammte, war demnach auszuschließen. Wenngleich Sandra die Ergebnisse des DNA-Abgleichs auf alle Fälle abwarten würde, um Irene Wintersbergers Aussage zu verifizieren. Ebenso wollte sie erst den Inhalt der Fahndungsakte kennen, ehe sie die Vernehmungen fortsetzten.

»Hatte Ihr Mann hier ein Büro beziehungsweise andere Räume, die wir uns ansehen dürften?«, fragte sie.

»Das haben Ihre Kollegen von der Fahndungsabteilung schon getan«, meinte Irene Wintersberger.

»Dürfen wir trotzdem? Es könnte wichtig sein, um dem Mörder Ihres Mannes auf die Spur zu kommen«, sagte Sandra.

»Meinetwegen. Ich bringe Sie hinauf«, zeigte sich die Witwe einverstanden.

»Ich mach uns inzwischen einen Kaffee«, schlug Gregor Fitzner seiner Angebeteten vor.

Bergmanns Blick verriet Sandra, dass auch er nichts gegen eine Tasse Kaffee einzuwenden gehabt hätte. Entgegen seiner sonstigen Gewohnheiten fragte er aber nicht nach.

»Danke, Schatz«, meinte Irene Wintersberger und wandte sich wieder an die Ermittler.

»Kommen Sie, bitte.«

Sandra und Bergmann folgten der Dame in den ersten Stock, wo sie ihnen den Weg zum Büro ihres verstorbenen Mannes wies.

»Gleich daneben ist sein Schlafzimmer und gegenüber sein Bad«, sagte sie. Dann ließ sie die Kriminalbeamten allein.

»Ob die Kollegen den Laptop schon überprüft haben?« Sandra deutete zum Schreibtisch beim Fenster.

Bergmann zuckte mit den Schultern.

»Anzunehmen. Ruf mal Miriam an. Die müsste die Fahndungsakte längst haben«, sagte er und nahm auf dem Stuhl beim Schreibtisch Platz, um die Schubladen zu durchsuchen.

»Sandra, hallo«, begrüßte die Gruppeninspektorin sie übers Handy, ehe Sandra sich noch gemeldet hatte. »Ich wollt dich eh in ein paar Minuten anrufen.«

»Störe ich? Soll ich später noch einmal …?«

»Nein, nein. Passt schon. Geh ich halt nachher wischerln.« Miriam lachte.

So genau hatte es Sandra gar nicht wissen wollen. Dennoch musste sie über die unverblümte Art der jungen Kollegin wie so oft schmunzeln.

»Kannst du mir sagen, wie viele Laptops der Wintersberger besessen hat? … Einen nur, sicher? … Okay. Und der wurde von unseren Technikern schon gecheckt und steht jetzt wieder hier ... Nichts Auffälliges, sagst du, verstehe ...«

»Sandra«, unterbrach Bergmann, »dein Handy hat doch sicher einen Lautsprecher.«

»Ach so, Moment ...« Sandra schaltete die Lautsprecherfunktion ein, damit der Chefinspektor mithören konnte, was Miriam zu berichten hatte.

»Der Mann war nicht gerade ein Freund digitaler Errungenschaften. Kein Facebook-Account, kein Twitter, nicht mal private E-Mails. Die letzten hat er am 23. Dezember am frühen Nachmittag versendet. Alle geschäftlich«, fuhr Miriam fort.

»Weißt du, was das für eine Weihnachtsfeier war, nach der Wintersberger verschwunden ist?«, erkundigte sich Sandra.

»Ja. Jetzt halt dich fest, das ist voll der Wahnsinn«, eröffnete Miriam begeistert. »Wintersberger hat sich mit einem Kollegen namens Norbert Bachler und ein paar Skirennläufern getroffen ... Unter anderem mit Tobias Autischer«, fuhr sie nach einer kleinen Kunstpause nicht minder aufgeregt fort.

»Na ja, der Mann war Sportlicher Leiter beim ÖSV, und Tobias Autischer sein bestes Rennpferd im Stall. Außerdem stammt der junge Mann aus derselben Region wie er. Und er war von Kindesbeinen an sein Schützling.« Sandra verstand nicht, was an diesem Treffen so außergewöhnlich sein sollte.

»Das weißt du also schon ... Aber hör mal, Tobias Autischer!« Miriams Stimme überschlug sich beinahe vor Begeisterung. Offenbar war sie ein großer Fan des jungen Skistars, der, zugegeben, auch ein optischer Leckerbissen war.

Bergmann grinste, während Sandra fortfuhr.

»Jetzt komm mal wieder runter, Miriam. Diese Promigeilheit musst du dir abgewöhnen. Die hat in unserem Beruf nichts verloren.«

Sandra hatte noch nie verstanden, warum sie mehr oder weniger prominente Zeitgenossen anhimmeln oder gar besser behandeln sollte als die übrige Menschheit. Sie machten auch nur ihren Job, aßen, tranken und schliefen genauso wie du und ich.

»Sorry«, meinte Miriam, »aber To…«

»Schon gut«, würgte Sandra die Entschuldigung der Kollegin ab, ehe diese erneut ins Schwärmen geraten konnte, »wo haben die Männer denn gefeiert?«

»Sagt dir der Blaue Engel was?«

»Marlene Dietrich?«

»Wer? Kenn ich nicht. Nein. Der Blaue Engel in Schladming. Das ist ein Nachtclub.«

Bergmanns Augenbrauen wanderten nach oben.

»Ach so, der Nachtclub, ja. An dem bin ich schon ein paar Mal vorbeigegangen. In der Nähe vom Stadttor, gell?«, meinte Sandra.

»Genau. Das ist so ein gestylter Poledance-Schuppen. Da soll in der Saison ziemlich die Post abgehen. Auch Männer tanzen dort an den Stangen.«

»Na so was«, meinte Sandra trocken. Ganz ohne Laster waren Spitzensportler also auch nicht.

Bergmann grinste noch immer. Die Ermittlungen begannen ihm offensichtlich Spaß zu machen. Fehlte nur, dass er sich die Hände voller Vorfreude auf die Befragungen der Fast-nackt-Tänzerinnen rieb.

Sandra ließ sich von Miriam die Nummer von Tobias Autischer durchgeben. Sie hatten ohnehin vorgehabt, dem jungen Mann einen Besuch abzustatten. Auch die Namen und Nummern der anderen Männer, die am Sonntag vor Weihnachten mit Wintersberger gefeiert hatten, sprach sie in ihr Aufnahmegerät.

»Kannst du mir deinen Bericht gleich mailen?«, fragte sie schließlich.

»Mach ich«, versprach Miriam.

»Und schick mir bitte die vollständige Fahndungsakte mit«, bat Sandra.

»Aber, Bergmann wollte doch …«

»Es ist nicht so, dass ich dich kontrollieren möchte, Miriam. Ich kenne nur gern *alle* Fakten«, unterbrach Sandra ihren Protestversuch.

»Ist schon okay.«

»Wie sieht es mit unserer Unterkunft aus?«, mischte sich Bergmann ein.

»Bisher konnte ich keine Zimmer für euch aufstellen. Tut mir leid. Aber ich bleib dran. Ich melde mich später nochmal bei dir, Sandra.«

»Und was ist mit unserem ÖSV-Termin? Hat sich da was getan?«, erkundigte sich Sandra.

»Ach, ja. Norbert Bachler wollte sich heute noch bei dir melden.«

»Das ist der Kollege, der bei der Weihnachtsfeier dabei war«, erinnerte sich Sandra an den Namen, den Miriam vorhin erwähnt hatte.

»Ja. Er war Gruppentrainer. Nach dem Verschwinden von Wintersberger wurde er zum Sportlichen Leiter bestellt.«

»Interessant …«

»Er wird versuchen, euch irgendwie einzuschieben, hat er versprochen.«

»Gute Arbeit, Miriam. Danke. Bis später«, sagte Sandra und trennte die Verbindung.

»Den Laptop nehmen wir trotzdem noch einmal mit«, meinte Bergmann.

»Hast du in den Schreibtischladen noch was Brauchbares gefunden?«, fragte Sandra.

»Einen USB-Stick und ein paar alte Fotos, die meisten von jungen Skifahrern.«

»Das könnten Buben aus der Skihauptschule Schladming sein. Siehst du den Berg hinter dem Gebäude?«

»Ja, ja, ein Berg – sehr schön«, meinte Bergmann trocken. »Für mich sehen die alle gleich aus. Aber das hier ist doch der Wintersberger.«

Sandra nickte.

»Wir sollten vielleicht auch den Direktor der Schule befragen, wie Wintersberger so als Trainer war. Zuerst aber Norbert Bachler, Tobias Autischer und Lukas Wintersberger. Dann noch die anderen Skifahrer, die mit im Blauen Engel waren. Nicht zu vergessen Fitzners Pokerfreund. Die beiden Amis sollten wir zumindest anschreiben«, zählte Sandra einen nach dem anderen auf.

Bergmann seufzte.

»Lass uns irgendwohin einen Kaffee trinken gehen, Miriams Dokumente runterladen und die nächsten Schritte besprechen«, schlug er vor.

»Essen sollten wir auch mal was.« Sandra knurrte schon länger der Magen. »Am besten hier in der Ramsau. In Schladming ist sicher schon die Hölle los, wegen der Eröffnungsfeier am Abend. Um 19 Uhr geht's los.«

Sie steckte die Fotos zurück ins Kuvert.

»Lass uns rasch noch einen Blick in die anderen Zimmer werfen«, schlug sie vor, während Bergmann den Laptop des Opfers vom Netz nahm.

Weder in Roman Wintersbergers Schlafzimmer, noch in seinem Bad war irgendetwas zu entdecken, das die besondere Aufmerksamkeit der Ermittler weckte. Wenn es hier irgendwelche Spuren gegeben hatte, dann waren diese entweder von den Hausbewohnern entfernt oder von den Kollegen der Spurensicherung gesichert worden. Letzteres würde in der Fahndungsakte vermerkt sein.

»Traust du Irene Wintersberger den Mord an ihrem Mann zu?«, fragte Sandra, bevor sie den Weg nach unten antraten.

»Ja. Überhaupt, wenn ihr Lover ihr dabei geholfen hat. Bin gespannt, ob sein Alibi hält.«

»Habgier?«

»Wäre ein mögliches Motiv. Mal sehen, was die gute Frau so alles von ihrem verstorbenen Gatten erbt. Wir werden sie gleich auch noch fragen, ob sie über ein eigenes Einkommen oder Vermögen verfügt.«

»Jedenfalls über kein Nennenswertes«, beantwortete Irene Wintersberger die Frage nach ihren persönlichen Finanzen. »Wir haben uns alles gemeinsam aufgebaut. Ich habe Roman den Rücken freigehalten. Ob er nun hier war oder nicht.«

Wenn es ums Vermögen ging, war sie also doch noch die Frau an seiner Seite gewesen, dachte Sandra.

Die beiden Espressotassen am Couchtisch waren inzwischen geleert. Der Liebhaber der Dame des Hauses hatte sich ins Schwimmbad im Kellergeschoss verabschiedet.

»Ich schreibe Bücher«, erzählte Irene Wintersberger weiter, »weil es mir Spaß macht, nicht, dass ich davon leben könnte.«

»Was denn für Bücher?«, wollte Sandra wissen.

»Ratgeber für Frauen. Lebenshilfe im weitesten Sinn.«

»Interessant«, sagte Sandra, ohne es zu meinen. Sie selbst hätte niemals zu einem solchen Ratgeber gegriffen. Wenn sie schon einmal psychologische Hilfe benötigte, wie es nach Mikes folgenschwerer Attacke der Fall gewesen war, suchte sie lieber den Beistand von Ärzten oder professionellen Therapeuten. Mit Küchenpsychologie hatte sie nichts am Hut. Dafür hatte sie viel zu viel Hochachtung vor dieser Wissenschaft.

»Haben Sie Psychologie studiert?«, erkundigte sie sich weiter.

»Nicht fertig. Lukas' Geburt ist damals dazwischen gekommen. Seither bin ich Autodidaktin.«

»Wir wissen, dass der Laptop Ihres Mannes bereits überprüft wurde, aber dürften wir ihn trotzdem noch einmal mitnehmen? Außerdem seinen USB-Stick und dieses Kuvert mit Fotos?« Bergmann hob die Gegenstände demonstrativ ein wenig höher.

»Von mir aus«, meinte Irene Wintersberger.

»Und Sie wussten wirklich nicht, dass Ihr Mann mit ein paar Männern unterwegs war, bevor er verschwunden ist?«

»Nein. Aber ich hätte es mir denken können. Sicherlich war auch Tobias Autischer dabei.« Irene Wintersberger lächelte kryptisch.

»Ja, wieso?«

»Der Toby war doch seit jeher Romans erklärter Liebling. Wenn Sie verstehen, was ich meine …«

»Wollen Sie damit andeuten, dass Ihr Mann homoerotische Beziehungen pflegte?«, griff Bergmann die Anspielung als Erster auf.

»Das haben Sie gesagt. Aber wer weiß das schon so genau?«, ließ die Witwe die Frage im Raum stehen.

Bisher hatte sie von den Panscherln und Gspusis ihres Mannes gesprochen, was auf beiderlei Geschlechter zutreffen konnte, überlegte Sandra.

War Roman Wintersberger am Ende schwul gewesen? Hatte er sich womöglich mit seinen Schützlingen auf sexuelle Kontakte eingelassen?

Irene Wintersberger war nichts Konkretes mehr zu entlocken. Der Fall wurde wahrlich immer interessanter.

✶

Kurz nach 17 Uhr kämpften sich Sandra und Bergmann nur mühsam durch die Menschenmenge in der Schladminger Fußgängerzone. Keine zwei Stunden vor der offiziellen Eröffnung der Alpinen Ski-WM herrschte hier ausgelassene Partystimmung. Viele der vorwiegend jungen Fans hatten die Landesflaggen ihrer Heimat auf die Wangen gemalt. Andere trugen Fotomasken mit den Gesichtern ihrer Ski-Idole. Entsprechend bunt mutete auch das Stimmengewirr an. Zwischendrin läuteten die WM-Herzglocken – kleine, grüne Kuhglocken, die ein pfiffiger Designer aus dem Grünen-Herz-Logo der Steiermark kreiert hatte. Schon lange vor dem eigentlichen Event hatten diese Herzglocken, mit denen die WM eingeläutet wurde, als Merchandising-Artikel und – in ihrer virtuellen Form – als Smartphone-App Furore gemacht.

Mit 15 Minuten Verspätung betraten die Ermittler das Foyer des altehrwürdigen Hotels am Hauptplatz.

»Wir suchen Herrn Norbert Bachler«, wandte sich Sandra an die beiden jungen Empfangsdamen an der Rezeption, die in schwarzen Dirndln mit weißen Blusen und giftgrün-türkisfarben-gestreiften Schürzen ihrem Dienst nachgingen.

»Schönen guten Abend«, flötete die eine freundlich, während die andere stumm lächelte, und deutete zu einem Mann, der am hintersten Tisch in der Hotellobby saß.

»Dort drüben auf dem Sofa, das ist Herr Bachler. Der mit dem Laptop. Kann ich sonst noch etwas für Sie tun? Soll ich Ihnen einen Kellner vorbeischicken?«, fragte die junge Dame.

»Nein, danke«, lehnte Sandra ab, »aber hätten Sie vielleicht noch zwei Einzelzimmer? Nur für heute Nacht?«

Beide Empfangsdamen sahen sie an, als wäre sie einer geschlossenen Anstalt entsprungen.

»Nein«, fand eines der beiden Dirndln schließlich ihre Sprache wieder. »Wir sind seit über einem Jahr ausgebucht. Wegen der Ski-WM ...«

»... die in einer Stunde und 43 Minuten beginnt«, sagte das zweite Dirndl mit Blick auf seine Uhr. »Ich fürchte, da werden Sie in der ganzen Region kein Glück mehr haben.«

»Schon gut. War nur eine Frage.« Wenn auch eine ziemlich naive, musste sich Sandra selbst eingestehen. Sie wandte sich ab und folgte Bergmann. Das Kichern hinter ihrem Rücken galt vermutlich noch immer ihrer Frage.

Der Mittdreißiger unter dem alten, silbergerahmten Ölbild blickte von seinem Laptop auf. Als ihm klar wurde, dass die erwarteten Gesprächspartner vom LKA auf ihn zustrebten, erhob er sich, um sie zu begrüßen.

Seine fahrigen Bewegungen verrieten Sandra, dass Norbert Bachler hochgradig nervös war. Unwillkürlich drängte sich ihr die Frage auf, ob das Haus auf dem Ölbild hinter ihm, auf welches die alte Postkutsche zufuhr, jenes Hotel war, in dem sie den sichtlich gestressten Cheftrainer seit über einer Viertelstunde hatten warten lassen.

»Endlich!«, zog Norbert Bachler ihre Aufmerksamkeit wieder auf sich und blickte auf seine Breitling. »Ich hab wirklich nicht lange Zeit für Sie.« Er setzte sich wieder und klappte seinen Laptop zu.

»Es dauert bestimmt nicht lange«, versprach Sandra und kam gleich zur Sache. »Erst einmal: Ist das hier Ihre einzige Breitling?«

»Ja, warum? Was hat das denn mit dem Tod von Roman zu tun?«

»Es ist also Ihre einzige, und sie vermissen auch keine weitere Uhr dieser Marke?«

»Nein, ich verstehe nicht …«

»Sie sieht ziemlich neu aus.«

»Ist sie auch. Ein Weihnachtsgeschenk von meiner Frau.«

»Haben Sie diese Uhr hier schon einmal gesehen?« Sandra zeigte ihm das Foto der sichergestellten Breitling auf ihrem Handy.

»Kommt mir irgendwie bekannt vor. Spontan kann ich sie aber niemandem zuordnen. Schon gar nicht dem Roman. Der trug seit Jahren keine Uhren mehr. Er war allergisch.«

»Sie kannten Herrn Wintersberger demnach schon länger. Wie war denn Ihre Beziehung zu ihm? Er war doch Ihr direkter Vorgesetzter, nicht wahr?«, unterbrach Bergmann ihn.

»Ja. Und wir haben sehr gut zusammengearbeitet. Er war es auch, der mich nach seiner Berufung zum Sportlichen Leiter in den Trainerstab des ÖSV geholt hat. Direkt vom deutschen Damenskiteam.«

»Sie waren sein Nachfolger als Gruppentrainer der Techniker?«

»Genau.«

»Und jetzt sind Sie schon wieder in seine Fußstapfen getreten.«

Norbert Bachler stutzte kurz.

»Nur vorübergehend, bis ein Nachfolger bestellt ist. Ich möchte diesen Job gar nicht. Ich weiß überhaupt nicht mehr, wo mir der Kopf steht. Und außerdem muss ich jetzt wirklich zur Planai aufbrechen.«

Für Sandra klang das nicht gerade so, als ob Bachler seinen gut zehn Jahre älteren Vorgesetzten verschwinden hatte lassen, um selbst die Karriereleiter hinaufzuklettern. Aber behaupten konnte man schließlich viel.

»Wenn es Ihnen lieber ist, können wir die Befragung morgen in Graz fortsetzen«, schlug sie vor. Vielleicht würde sie heute doch noch im eigenen Bett schlafen, überlegte sie. Wo es hier ohnehin weit und breit keine Übernachtungsmöglichkeit gab. Im Auto war es viel zu kalt zum Schlafen. Standheizungen waren in den Dienstfahrzeugen des LKA aus Kostengründen nicht vorgesehen. Mehr als die Standardausführung war nicht drin. Außer bei verdeckten Ermittlungen, die mit allen möglichen Fahrzeugen durchgeführt wurden, um den Zielpersonen nicht gleich als ziviler Polizeiwagen aufzufallen. In professionellen Kriminellenkreisen hatte es sich nämlich längst herumgesprochen, dass die Polizei kein Geld für Sonderausstattungen hatte.

»Oh Gott, nein!«, wiegelte Bachler ihren Vorschlag ab. »Ich hab keine Zeit, irgendwohin zu fahren. Nicht während der Ski-WM.«

»Dann sollten Sie uns rasch noch ein paar Fragen beantworten. Also, waren Sie und Roman Wintersberger auch privat befreundet?«, wollte Sandra wissen. »Sie haben an jenem Abend doch miteinander gefeiert, bevor Herr Wintersberger verschwunden ist.«

»Wir waren seit einigen Jahren ganz gut befreundet, ja. Vor Weihnachten waren wir noch einmal im Braugasthaus essen und nachher im Blauen Engel. Ich bin übrigens als Erster wieder aufgebrochen. Kurz nach Mitternacht. Meine Frau kann bezeugen, dass ich gegen halb eins zu Hause war.«

Es war ungewöhnlich, dass jemand die Frage nach seinem Alibi beantwortete, noch bevor ihm diese gestellt worden war, fand Sandra. »Das wissen wir bereits von den Kollegen der Fahndung«, stellte sie klar.

»Was wollen Sie dann von mir wissen?«

Norbert Bachler blickte erneut auf seine Uhr.

»Was für ein Typ war Herr Wintersberger eigentlich?«, fragte Sandra.

»Er war sehr direkt. Manchmal ein wenig unbeherrscht, ein typischer Macher, der stets wusste, was er wollte, und es meistens auch bekam. Und er hatte einen untrüglichen Instinkt für skifahrerische Talente.«

»Herr Bachler, war Herr Wintersberger homosexuell?«, fragte Bergmann ohne Vorwarnung.

»Wie bitte? Wie kommen Sie denn darauf?«

Bachler lachte schallend und zog damit die Aufmerksamkeit der Leute am Nebentisch auf sich.

»War er schwul oder war er es nicht?«, wiederholte Bergmann seine Frage leiser.

»Mich hat er jedenfalls nie angebaggert«, witzelte Bachler, um gleich wieder ernst zu werden, »nein, das ist kompletter Schwachsinn.«

»Und wie war seine Beziehung zu Tobias Autischer?«

»Vertraut, aber stets korrekt. Er war sein Mentor und väterlicher Freund. Früher auch sein Trainer. Tobys Vater ist gestorben, als der Bub sieben Jahre alt war. Bei einem Autounfall. War eine schlimme Geschichte damals. Der Roman hat sich seither intensiv um den Buben gekümmert. Er wusste ja schon seit der Nachwuchsarbeit um sein Ausnahmetalent und hat ihn gefördert. Dass der Toby heute ein Spitzenathlet ist, hat er vor allem dem Roman zu verdanken. Entsprechend schwer hat ihn auch die Todesnachricht getroffen. Ich hoffe, er fängt sich wieder bis zu seinen Rennen nächste Woche. An und für sich ist er momentan in Topform und hätte das Zeug dazu, alle Technikbewerbe zu gewinnen.«

»Tobias Autischer hatte also keinen Grund, Roman Wintersberger zu töten?«, hakte Sandra nach.

»Der Toby? Völlig ausgeschlossen. Wie ich schon sagte, die beiden waren wie Vater und Sohn.«

»Nun, auch in dieser Konstellation sind Mord und Totschlag schon vorgekommen«, meinte Bergmann. »Hatten die beiden denn niemals Streit?«

»Doch, sicher. Sie sind – beziehungsweise waren beide aufbrausende Sturköpfe, die schon mal aneinander gerieten. Toby schlägt manchmal ein wenig über die Stränge, um zu rebellieren. Das hat Roman dann auf die Palme gebracht. Aber soweit ich weiß, gab es nie etwas Gravierendes.«

»Und was war damals mit dieser umstrittenen Geschichte um die Materialreform der FIS? Der Konflikt wurde doch sogar medial ausgefochten.«

Beide Männer sahen Sandra überrascht an. Dass die alte Geschichte in ihrem Gedächtnis präsent war, hatte sie ausschließlich Julius' Spekulationen nach Wintersbergers Verschwinden zu verdanken.

»Das ist doch Schnee von gestern«, meinte Norbert Bachler, »die Sache war längst vergeben und vergessen.«

Bergmann runzelte die Stirn.

»Welche Sache, bitte?«, fragte er nach.

»Die FIS hat im Sommer 2011 hinter dem Rücken der Athleten und der Skihersteller beschlossen, dass die Weltcuprennski ab der Saison 2012 / 13 wieder länger, schmäler und weniger tailliert zu sein haben, um die schweren Unfälle, die auf die extreme Entwicklung der Carving-Ski zurückzuführen war, künftig zu vermeiden. Roman stand aus eben jenen Gründen der Läufersicherheit auf Seiten der FIS. Die meisten Athleten betrachteten diesen Beschluss, zu dem sie im Vorfeld noch nicht einmal befragt worden waren, jedoch als Affront und massiven Rückschritt in die Zeiten eines Hansi Hinterseer. Sie haben sich daher zu einem Großteil dem damaligen Athletensprecher Albert Kronthaler angeschlossen, der vehement gegen die Entscheidung der Funktionäre angekämpft hat. Auch der Toby hat ordentlich Schützenhilfe geleistet, was ihm der Roman eine Weile übel genommen hat.«

»Albert Kronthaler ist doch der Österreicher, der für Rumänien fährt«, sagte Sandra.

»Gezwungenermaßen. Seiner Meinung nach natürlich zu Unrecht. Er schreibt das vor allem Unstimmigkeiten mit Roman zu, der ihn vor zwei Jahren aus dem Kader geschmissen hat«, erklärte Bachler. »Die Leistungsdichte der Spitzenfahrer im österreichischen Alpin-Skiteam ist nun einmal immens hoch. Dass Kronthaler einfach nicht mehr schnell genug ist, um für unser Land zu starten, will er naturgemäß nicht gelten lassen, obwohl die Ergebnisse für sich sprechen.«

»Ich schätze mal, dass der rumänische Skiverband nicht annähernd über die Möglichkeiten des ÖSV verfügt. Insofern müsste man Kronthalers Ergebnisse doch relativieren, oder nicht?«, gab Sandra zu bedenken.

»Das ist schon richtig. Aber der Albert war bereits vor dem Teamwechsel am absteigenden Ast. Und inzwischen ist er fast 34.«

Der Mann war so alt wie sie und gehörte zum alten Eisen, überlegte Sandra. Was für ein Glück, dass sie Polizistin und nicht Leistungssportlerin geworden war. Obwohl die wenigen Athleten, die es bis an die Spitze schafften, in ihrem Alter finanziell längst ausgesorgt hatten. Doch soweit musste man es erst einmal bringen.

»Vielleicht sollte ich im Zusammenhang mit der umstrittenen Carving-Reform auch nicht unerwähnt lassen, dass eine schwächere Taillierung der Rennski vor allem kleinere Riesentorläufer in den Kurven benachteiligt. Albert Kronthaler ist knapp 1,70 Meter groß. Warten Sie mal … Mir fällt gerade ein, dass er eine solche Breitling trägt. Glaube ich mich wenigstens zu erinnern. Vielleicht fragen Sie ihn mal nach seinem Alibi«, ergänzte Norbert Bachler.

Damit stand ein weiterer Name auf der Liste der

Ermittler. »Wie groß ist eigentlich Tobias Autischer?«, fragte Sandra.

»1,81 Meter.«

»Also eher groß?«

»Für einen Slalomfahrer, ja.«

»War er nicht im vergangenen Jahr Weltcupsieger im Slalom?«, fragte Sandra.

Norbert Bachler nickte und blickte schon wieder nervös auf seine Uhr.

»Und in der Kombination. Für den Riesentorlauf hat es nicht ganz gereicht. Aber das könnte er heuer schaffen. Die neuen Skier kommen dem Toby entgegen, weil er ein exzellenter Techniker ist. Doch vorerst konzentrieren wir uns erst mal auf die WM-Rennen. Hören Sie, wollen Sie mich nicht zur Planai begleiten? Ich muss jetzt wirklich los«, drängte Norbert Bachler.

»Wird Tobias Autischer auch dort sein?«, fragte Sandra. Sie hatte zuvor vergeblich versucht, den Rennläufer auf seinem Handy zu erreichen.

»Aber sicher! Er fährt mit der österreichischen Flagge den Zielhang hinunter.«

»Und Albert Kronthaler?«

»Der wird wohl auch irgendwo herumschwirren.«

»Wir kommen mit«, entschied Bergmann und erhob sich.

Sandra bemerkte erst jetzt, dass Norbert Bachlers Jacke, auf der er während der Einvernahme gesessen war, fast dieselbe kräftige hellblaue Farbe wie ihr Anorak hatte. Nur dass die Jacke des ÖSV-Mannes mit Sponsorenlogos versehen war wie jene von Roman Wintersberger, die sie bisher nur auf Fotos und Video gesehen hatte. Bachler griff zu seinem Handy, das auf dem Tisch vibrierte.

»Ich bin schon unterwegs. Fünf Minuten«, versprach er und beendete das Gespräch. »Kommen Sie!«

Sandra und Bergmann folgten ihm mit eiligen Schritten ins Freie.

*

»Das ist ja der helle Wahnsinn«, staunte Bergmann, als sie sich zu Fuß dem ›Planet Planai‹, jenem spektakulären Gebäude am Zielhang der Planai-Abfahrt näherten. »Befinden wir uns wirklich in Schladming?«

»Du warst also schon mal hier«, stellte Sandra fest.

Bergmann nickte.

»Schulskikurs«, erläuterte er, »frage nicht …«

»Tu ich ja gar nicht«, erwiderte Sandra.

»Ist jedenfalls eine Ewigkeit her«, meinte er grinsend.

Sandra hatte erst im vergangenen Winter die Vier-Berge-Skischaukel mit ihren fast 50 Seilbahnen und über 120 Pistenkilometer zumindest teilweise befahren. Zu diesem Zeitpunkt waren die umfangreichen Um- und Ausbauten anlässlich der bevorstehenden Ski-WM schon weitestgehend abgeschlossen gewesen. Nur das ›Skygate‹, jenes Stahlgebilde, das die Läufer in der Zielarena empfing, und das Hotel gegenüber waren damals noch nicht fertiggestellt gewesen.

Norbert Bachler führte die beiden Ermittler zielstrebig zu einem der Eingänge des hochmodernen Talstationsgebäudes der Planai-Seilbahn. Dort wartete bereits eine WM-Hostess auf ihn. Bachler entschuldigte sich flüchtig für die Verspätung und stellte Sandra und Bergmann als jene LKA-Beamten vor, die im Mordfall Roman Wintersberger ermittelten. Die junge Dame nickte mit ernster Miene.

»Wir sind alle sehr traurig, müssen Sie wissen. Auch wenn das in diesem Trubel ein wenig untergeht«, sagte sie.

»The show must go on«, meinte Bachler, »Roman hätte es nicht anders gewollt.«

Die Hostess nickte diesmal deutlich freudiger und drückte einen Knopf auf ihrem Walkie-Talkie.

»Hallo, Elke … Herr Bachler ist jetzt eingetroffen, wir sind in fünf Minuten bei euch«, sprach sie hinein. Dann bat sie die Besucher, ihr zu folgen.

»Die Fläche der Glasfassade des ›Planet Planai‹ beträgt über 1.000 Quadratmeter«, erklärte sie, nachdem sie die Kontrolle passiert hatten. »Wir haben es hier mit drei miteinander verbundenen Gebäudekomplexen zu tun. Im südlichsten Teil in der Nähe zum Zielhang sind die Betriebe und Tochterfirmen der Planai-Bahnen mit ihren 360 Mitarbeitern untergebracht. Im Mittelteil befinden sich die Büroräumlichkeiten der FIS, des ÖSV, des lokalen Skiverbandes und noch ein paar andere. Für die Gäste gibt's im Erdgeschoss des nördlichen Teils alles nach dem One-Stop-Shop-Prinzip. Also alles, was zu einem perfekten Urlaub in unserer Region dazugehört: vom Hotelzimmer über den Skiverleih und die Skitickets, bis hin zum Rafting- oder Wanderguide. Außerdem finden Sie hier einen großartig sortierten Sportshop mit Skidepot und einem Bikecenter, in dem sie in der Sommersaison auch Mountainbikes ausleihen und sich im Bikepark Planai austoben können.

Momentan steht aber das gläserne WM-Studio für die Fernsehübertragungen im Mittelpunkt des Interesses. Wir kommen jetzt in den Service Deck unter der Talstation, dem Backstage-Bereich der Ski-WM. Dort vorne ist der Tunnel, der direkt ins Media Center im Congress-Schladming führt«, schnatterte die Hostess ihren Werbetext einwandfrei herunter.

»Tobias, Daniel und ich haben gleich ein live Interview im WM-Studio«, wieder sah Bachler auf seine Breitling, »in genau 15 Minuten. Ich hätte schon vor zwölf Minuten in der Maske sein sollen«, erklärte er.

»Das geht sich alles aus«, versicherte die Hostess, um wenig später vor einer Tür innezuhalten. »Hier hinein, bitte. Meine Kollegin wird sich um Sie kümmern. Ich lasse die Herrschaften vom LKA inzwischen auf die VIP-Gästeliste setzen. Einen schönen Abend wünsche ich noch«, sagte sie und machte sich auf den Weg.

Sandra bezweifelte, dass dies der geeignete Zeitpunkt war, Tobias Autischer oder Albert Kronthaler einzuvernehmen, fand den Blick hinter die Kulissen einer solchen Großveranstaltung jedoch hoch interessant.

Norbert Bachler wurde mit routinierten Handgriffen frisiert und abgepudert. Drei Minuten später wurden sie von der nächsten Hostess ins WM-Studio geleitet, wo sich der Moderator und der Tontechniker des ORF gleich auf den neuen ÖSV-Cheftrainer stürzten. Die beiden Skirennläufer saßen drehfertig auf ihren Plätzen, bereit, auf Sendung zu gehen.

»Die Fragen hat Ihnen die Redaktion gemailt?«, erkundigte sich der Moderator nach einer hastigen Begrüßung, während der Tontechniker mit dem Funkmikrofon bereits an Bachlers Hosenbund herumnestelte.

»Ja. Wenn Sie nichts dagegen haben, würde ich gern auch ein paar Worte zum Tod meines Freundes Roman Wintersberger sagen.«

»Selbstverständlich. Das haben wir ohnehin kurzfristig eingeplant. Wir werden eine Schweigeminute einlegen.

Anschließend werde ich Sie und die Läufer dazu befragen. Mit dem Tobias fang ich an – der muss als Erster wieder weg. Elke, die Herrschaften vom LKA brauchen Sitzplätze«, wies der Moderator die Hostess an.

»Ich kümmer mich gleich darum. Kommen Sie, bitte, mit mir mit«, wandte sich die junge Dame an die Besucher, um ihnen nach kurzer Diskussion mit der Studio-Verantwortlichen zwei reservierte Plätze in der ersten Reihe zuzuweisen.

»Die Leute haben kurzfristig abgesagt«, meinte sie. »Gute Unterhaltung!«

Keine fünf Minuten später begann die erste Live-Übertragung des ORF aus dem WM-Studio in Schladming. Die spürbare Spannung im Raum ließ allmählich nach. Sandra konnte sich nicht erklären, warum auch sie vorhin ein wenig aufgeregt gewesen war. Offenbar war die Nervosität vor dem offiziellen Startschuss eines so wichtigen Ereignisses, auf das so viele Menschen so lange hingearbeitet hatten, und auf das ganz Österreich und die halbe Welt blickte, ansteckend.

Nach einleitenden Worten und der Schweigeminute wandte sich der Sportmoderator wie angekündigt zuerst an Tobias Autischer. Dass der Sonnyboy der Nation von Roman Wintersbergers Tod betroffen war, konnte er nicht verbergen. Und er wollte es auch gar nicht, wie er beteuerte. Einer der wichtigsten Menschen in seinem Leben sei von ihm gegangen. Ihm zu Ehren wolle er den Weltmeistertitel im Slalom erkämpfen. Wenn es gut lief, auch noch weitere Titel, versprach er.

Am Ende der Interviews kündigte der Moderator die Schaltung in den Zielraum an, wo das Eröffnungsspektakel begann. Während die Volksmusikgruppe ›Steirerbluat‹ ihre WM-Hymne ›Live dabei‹ anstimmte, verließ Tobias Autischer unter tosendem Applaus das WM-Studio, um sich für den Fackel- und Flaggenlauf vorzubereiten, der später als stimmungsvoller Abschluss der offiziellen Eröffnung auf dem Programm stand.

Um Miriam wäre es wahrscheinlich endgültig geschehen gewesen, hätte sie der Szene mit ihrem Ski-Idol eben hautnah beigewohnt, überlegte Sandra. Miriam! Sie hatte sich doch noch einmal wegen der Unterkunft melden wollen, fiel ihr ein. Die Handys hatten sie vorhin ausschalten müssen, um die Tonübertragung nicht zu stören. Inzwischen war es fast halb acht.

»Ich muss mal telefonieren«, flüsterte sie Bergmann zu und wollte aufstehen.

Der schüttelte den Kopf und hielt sie am Ärmel zurück.

»Jetzt doch nicht«, wisperte er zurück.

»Aber …«, wollte Sandra protestieren.

Bergmann legte den Zeigefinger an seine Lippen, um sie zum Schweigen zu bringen.

Sandra fügte sich ihrem Schicksal, erste Reihe fußfrei. Es hätte ja auch schlimmer kommen können. Sie blieben also sitzen, bis der Moderator sich vom Publikum verabschiedet hatte.

»Und wo hast du vor, heute zu übernachten?«, fragte Sandra, als sie das Studio im Schlepptau einer Hostess verließen, die sie zur Aftershow-Party in den VIP-Club bringen sollte.

Bergmann zuckte mit den Schultern. »Ich vertraue Miriam voll und ganz«, meinte er zuversichtlich.

»Ich halte zwar auch große Stücke auf ihre Fähigkeiten«, sagte Sandra und schaltete ihr Handy ein, »aber dass

Miriam zwei Hotelzimmer für uns herbeizaubern kann, glaube ich einfach nicht.«

Kaum hatten sie den Saal betreten, in dem die Eröffnungsfeier für die geladenen Gäste weiterging, checkte Sandra ihr Handy. Inzwischen hatte sie drei Anrufe von Miriam versäumt.

Sandra rief ihre Mobilbox an und hörte die einzige Nachricht ab, die die Kollegin hinterlassen hatte.

»Wo steckt ihr beiden denn nur? Ich kann euch nicht erreichen. Ich konnte verdammt nochmal kein einziges Hotelzimmer für euch auftreiben.«

Niedergeschmetterter hatte die junge Kollegin nur geklungen, als Sandra und Bergmann sie aus den Fängen eines Serienmörders gerettet hatten.

»In meiner Verzweiflung hab ich jetzt einen Bekannten aufgestellt, bei dem ihr heute Nacht unterkommen könnts«, hörte sie Miriams Stimme, die ihr anschließend die Telefonnummer und die Adresse des Asylgebers durchgab und sich dann in den Feierabend verabschiedete.

»Und?«, fragte Bergmann. »Müssen wir in der Polizeiinspektion oder im Gemeindekotter übernachten?«

»Weder noch. Miriam hat einen Freund organisiert, bei dem wir unterkommen können«, berichtete Sandra. »Am besten ruf ich ihn gleich an.«

»Na, bitte. Wer sagt's denn? Auf unsere Kleine ist Verlass.«

Von wegen klein, dachte Sandra, die von Miriam um zehn Zentimeter überragt wurde.

»Darf ich dich auf ein Mineralwasser einladen?«, scherzte Bergmann und visierte den Stehtisch vor Norbert Bachler an.

Noch waren sie im Dienst, was den Chefinspektor nicht davon abhielt, beherzt beim Fingerfood zuzugreifen, das auf Tabletts an ihnen vorbeigetragen wurde. Je zwei Porzellan-Schälchen auf seinen Handtellern balancierend, ging der Chefinspektor voraus, während Sandra die Nummer von Miriams Bekanntem wählte, um sich zu erkundigen, wohin sie nachher fahren mussten. Von Tunzendorf hatte sie noch nie etwas gehört. Blieb zu hoffen, dass dieses Kaff nicht allzu weit weg war.

»Wir werden noch eine Weile brauchen, bis wir bei Ihnen sind. Wie lange ist denn jemand wach, der uns reinlassen kann?«, erkundigte sie sich.

»Bis Mitternacht auf alle Fälle«, meinte der Unbekannte am anderen Ende der Leitung. »Wenn's später wird, rufen S' einfach noch mal an.« Zu ihrer Freude erfuhr Sandra, dass die Adresse bei Michaelerberg, keine 20 Kilometer von Schladming entfernt, war. Miriam hatte ganze Arbeit geleistet. Gerade, als sich Sandra am Telefon verabschiedete, brach am Eingang ein Blitzlichtgewitter los, das vermutlich das Eintreffen der Ski-Stars ankündigte.

»Dort vorne ist der Toby«, bestätigte Bachler. »Ich hol ihn gleich zu uns herüber«, sagte er und tauchte ins Getümmel ein.

»Lass uns mit Autischer einen Termin für morgen früh vereinbaren, und dann nichts wie weg hier«, schlug Sandra vor. Der Trubel im VIP-Club wurde ihr allmählich zu viel. Ihren Hunger würde sie mit diesen Miniatur-Häppchen, die nur alle heiligen Zeiten vorbeikamen, auch nicht stillen können. Rasch stibitzte sie die letzte von Bergmanns Mini-Frühlingsrollen und schob sie sich gierig in den Mund. Die Aufmerksamkeit des Chefinspektors galt momentan dem blonden Ski-Star, der sich ihnen an Bachlers Seite näherte.

»Mal abwarten, wie's läuft«, murmelte er, den Blick auf Tobias Autischer gerichtet.

Nachdem sie einander vorgestellt worden waren, kondolierte Sandra dem jungen Mann. Der bedankte sich bei ihr unerwartet verlegen.

»Haben Sie schon einen Verdächtigen?« Schon hatte sich Tobias Autischer wieder gefangen.

Ob das an seiner jugendlichen Unbeschwertheit lag?, fragte sich Sandra. Oder an dem Medientraining, das ihn nach außen so wirken ließ, wie er es wollte?

»Könnte ich bitte ein Autogramm haben?« Aus der Menge tauchte eine Dame in Rosa auf, die dem Skifahrer einen Zettel vor die Nase hielt und mit einem Stift wedelte.

»Jetzt nicht«, wehrte Bachler ab, »wir haben hier etwas zu besprechen.«

Beleidigt dampfte die herausgeputzte Mittvierzigerin ab. Hätte sie ihr rosafarbenes Kleid eine oder besser zwei Nummern größer gewählt, würde sie jetzt nicht wie eine Knackwurst daherkommen, ging es Sandra durch den Kopf. Abgesehen davon, dass ihr diese Farbe überhaupt nicht stand. Dabei fiel die Dame bei diesem VIP-Empfang weit weniger aus dem Rahmen, als Sandra selbst in ihren Jeans und dem wenig eleganten Norwegerpulli, wurde ihr auf einmal bewusst.

Bergmann trug immerhin ein Jackett, wie die Sportler, die nunmehr ihre offiziellen ÖSV-Abendsakkos anhatten.

»Sie kannten Roman Wintersberger ziemlich gut«, kam der Chefinspektor zur Sache.

Tobias Autischer nickte.

»Er war für mich ein zweiter Vater ...«, begann er. Weiter kam er nicht, da sich nun eine Journalistin frech dazwischendrängte und nach einem Interview fragte.

Norbert Bachler verwies auf das Pressebüro und verscheuchte nach der Knackwurst auch noch die Reporterin.

Hier würde aus der Befragung nichts werden, dachte Sandra und wandte sich an Tobias Autischer.

»Könnten wir für morgen einen Termin vereinbaren? Wir brauchen nur eine halbe Stunde.«

Der Rennläufer sah sie an, als hätte sie eben um seine Hand angehalten.

»Wie stellen Sie sich das vor, Frau Inspektor? Momentan ist jede Tausendstel Sekunde bei mir verplant«, erwiderte er, immerhin mit einem Schmunzeln.

Wieder schritt Bachler ein.

»Was hältst du davon, wenn die Herrschaften vom LKA dir morgen beim Frühstück Gesellschaft leisten? Natürlich nur, wenn es Ihnen auch recht ist«, schlug er vor.

Sandra nickte.

»Von uns aus lässt sich das einrichten.«

»7 Uhr 30, im Frühstücksraum des Mannschaftshotels. Bitte seien Sie pünktlich«, sagte Bachler und gab Sandra den Namen und die Adresse des Hotels im nahen Pichl bekannt.

»Wir sind fast immer pünktlich«, stellte Bergmann klar.

Wenn ihnen nicht gerade ein Schneesturm, ein Verkehrsstau oder Menschenmengen dazwischenkamen, relativierte Sandra seine Aussage in Gedanken, während sie sich verabschiedeten. Auf dem Weg zur Tür schnappten sie sich noch jeder ein Mini-Fleischlaberl und verließen die Feier.

Inzwischen war es klirrend kalt geworden. Minus zehn, zwölf Grad, schätzte Sandra und setzte ihre Kapuze auf.

»Albert Kronthaler sollten wir ebenfalls für morgen auf die Liste setzen«, erinnerte sie sich laut.

»Und jetzt werden wir uns noch ein wenig im Blauen Engel umhören«, verkündete Bergmann.

»Du willst dich dort *umhören*? Nicht *umschauen*?« Fröstelnd zog Sandra den Reißverschluss ihres Anoraks bis zum Kinn hinauf und schlüpfte in ihre Handschuhe.

Bergmann lächelte verschmitzt. »Wir müssen doch die Aussagen aus der Fahndungsakte überprüfen.«

Sandras Blick verriet, dass sie ihm seinen Diensteifer nicht abnahm.

»Das geht natürlich nur vor Ort«, zog sie ihn auf.

»Genau. Außerdem hab ich ja dich als meinen Anstandswauwau dabei.«

Wenn du wüsstest, wie unanständig ich sein kann, dachte Sandra und folgte ihm in Richtung Stadtzentrum. Hatte Miriam nicht gesagt, dass im Blauen Engel auch halbnackte Männer tanzten? Auf dem Weg dorthin legten sie noch einen Zwischenstopp am fahrbaren Imbissstand im Almhüttenlook ein, um sich mit Käsekrainer und Schwarzbrot zu stärken.

*

Sandra fiel als Erstes die Videokamera über dem Eingang des Showclubs auf, die jeden Besucher registrierte. Den wenigsten war bewusst, dass nicht nur hier, sondern in der ganzen Stadt solche Überwachungskameras installiert waren, die der öffentlichen Sicherheit dienten. Für ihre Ermittlungen brachte das jedoch nichts, zumal die

Aufzeichnungen vom letzten Jahr schon gelöscht waren. Vermutlich galt das auch für diese private Anlage.

Im Blauen Engel war um zehn Uhr abends noch nicht viel los. Dennoch dröhnte die Musik in voller Lautstärke aus den Boxen. Zumindest hörte es sich für Sandra so an. An der Bar fielen ihr zuerst die blauen Neonleuchten auf, ebenso wie an den Frontseiten der Podeste und der Stiegen, die ins Lokal hinunterführten. Auch hier zeichneten einige Kameras an der Decke das Geschehen auf. Gerade mal zwei Nischentische waren besetzt. Einige Männer lehnten an der Bar, auf der ihnen eine Tänzerin in hautengen schwarzen Panties gekonnt einheizte. Die grazile Asiatin, deren kleine, feste Brüste mit herzförmigen Nippelhütchen eher spärlich bedeckt waren, zog sich schlangenartig an der Stange empor, um schließlich die Beine, die in Leoparden-Overknees steckten, zum Spagat zu spreizen. Langsam glitt sie wieder die Stange hinab, um in breitbeiniger Pose zu stehen zu kommen und den Männern ihre knackigen Arschbacken entgegenzustrecken. Das Licht wechselte von Blau auf Rosa.

Bergmann sah fasziniert zu, während Sandra überlegte, wie viel Kraft und Technik für solch eine akrobatische Leistung nötig waren. Das Mädchen hatte wesentlich mehr drauf, als nur mit dem Hintern und den Quasten auf ihren Brustwarzen zu wackeln und die Stange lasziv zu umtanzen. Möglicherweise war sie sogar aus dem Chinesischen Staatszirkus geflohen, ging die Fantasie kurz mit Sandra durch und brachte sie zum Schmunzeln.

Bergmann rief ihr etwas zu, was sie bei der lauten Musik nicht verstehen konnte. Fragend hob Sandra die Hände.

»Süße Quasteln!«, brüllte er ihr ins Ohr.

»Du meinst doch sicher nur ihren hübschen Nippel-schmuck«, ging sie auf seine zweideutige Bemerkung nicht minder laut ein.

Bergmann lachte und zückte seinen Polizeiausweis, um ihn dem Barkeeper zu präsentieren. Über die Bar hinweg machte er ihm klar, was sie wollten.

»Kommen Sie mit!«, brüllte der Barmann zurück und führte sie durch einen Korridor, vorbei an den Toiletten, bis zu einer Tür, auf der ›Privat‹ stand. Erst klopfte er an, dann drückte er die Klinke hinunter, ohne eine Antwort abzuwarten. Schließlich verschwand er wieder.

Das einzig Außergewöhnliche in dem fensterlosen Büro war die Chaiselongue im Zebralook. Ansonsten war es eher schlicht in Grautönen und Schwarz einge-richtet. Ein großer Flachbildfernseher und einige kleinere Monitore, auf denen die Bilder der Überwachungskame-ras vor und im Lokal übertragen wurden, hingen an der Wand gegenüber dem Schreibtisch.

Der Lokalbesitzer stand auf, um den LKA-Ermittlern die Hände zu schütteln.

Sandra erkundigte sich nach den Videoaufzeichnungen vom Dezember, die, wie sie vermutet hatte, längst gelöscht waren. Als Nächstes fragte sie nach dem Personal, das am Abend des 23. Dezember im Club gearbeitet hatte und erhielt prompt einen Ausdruck mit den gewünsch-ten Namen. Dem Chef selbst war in jener Nacht nichts Besonderes aufgefallen. Ja, er habe Roman Wintersber-ger, Tobias Autischer, Norbert Bachler, Daniel Sturm und Konstantin Thaller begrüßt. »Die Flasche Wodka, die ich ihnen spendieren wollte, hat Bachler dankend abge-lehnt. Der Toby hat aber trotzdem auf Wodka Red Bull bestanden. Als Einziger von den Jungs. Der Roman war darüber weniger begeistert …«, beantwortete er Sandras nächste Frage. Er habe den Männern, die allesamt aus der Region beziehungsweise aus dem nahen Lungau stammten, noch fröhliche Weihnachten gewünscht und sei dann in sein Büro zurückgekehrt, wo er vor den Feiertagen noch eine Menge Papierkram zu erledigen gehabt hätte. »Ich betreibe noch eine zweite, kleinere Bar in Schladming«, erklärte der Clubbesitzer.

»Und welche?«, fragte Bergmann.

»Die Polar-Bar am Hauptplatz«, antwortete der Mann.

»Arbeitet dort nicht Lukas Wintersberger?«, hakte Sandra nach.

»Ja, warum?«

»Hat er heute Dienst?«, wollte sie wissen

»Freilich. Heute ist doch überall die Hölle los. In spätestens einer halben Stunde sind wir auch hier bummvoll. Ist alles ausreserviert.«

»Hat Lukas Wintersberger am 23. Dezember gearbeitet?«

»Warten Sie mal …« Der Clubchef sah in seinem Laptop nach. »Nein, der Lukas hatte frei. Vom 23. bis 26. Dezember.«

»Okay. Zurück zum Blauen Engel«, sagte Sandra, »Ihnen ist in dieser Nacht also nichts Besonderes aufgefallen?«

»Das habe ich schon Ihren Kollegen gesagt, die mich nach Romans Verschwinden befragt haben.«

Sandra nickte.

»Wissen wir. Trotzdem müssen wir alles noch einmal überprüfen – jetzt, wo wir wissen, dass Herr Wintersberger tot ist.«

»Dann fragen Sie am besten noch mal das Personal. Ein paar Tänzerinnen haben mit den Sportlern gefeiert.«

Sandra blickte auf den Dienstplan des 23. Dezember, den der Clubbesitzer ihr ausgehändigt hatte. In der Fahndungsakte war ihr ein solcher nicht untergekommen. Dort waren lediglich drei Tänzerinnen erwähnt, deren Namen sie jetzt auf der Liste suchte: Jitka Fischer, Elena Novacek und Lucy Zhang.

»Beschäftigen Sie denn nur Ausländerinnen?«, fragte sie.

»Die Tänzerinnen und Tänzer sind fast alle aus dem Osten. Zwei Mädchen aus China. Aber sie sind wie alle meine Leute offiziell angemeldet«, beeilte sich der Geschäftsmann, den Ermittlern zu versichern, obgleich diese nicht von der Fremdenpolizei waren.

»Männliche Tänzer habe ich draußen aber keine gesehen«, sagte Sandra. Täuschte sie sich, oder hatten sich die beiden Männer eben für den Bruchteil einer Sekunde angegrinst?

»Die kommen erst, wenn alle Stangen besetzt sind«, antwortete der Clubbesitzer. »Nur eine ist für männliche Tänzer. Außer an unseren speziellen Ladies' Nights. Die meisten Gäste wollen doch lieber Frauen tanzen sehen.«

»Roman Wintersberger auch?«, fragte Sandra.

»Wie? Ich denke doch.«

»Und die anderen Herren, die mit ihm gefeiert haben?«

»Die auch. Warum?«

»Sie hatten also nicht den Eindruck, dass Roman Wintersberger homosexuell war?«, wurde Sandra konkret.

»Was? Nein! Sicher nicht! Wer behauptet denn so was?« Das schallende Lachen des Clubchefs schien echt zu sein.

Wahrscheinlich war Irene Wintersberger noch verbitterter, als Sandra angenommen hatte. Oder die Witwe hatte ihre Andeutung nicht so ernst gemeint, wie sie geklungen hatte. Merkwürdig fand Sandra sie allemal.

»Wann haben Sie in jener Nacht das Lokal verlassen?«, fragte sie weiter.

»Gegen halb sechs Uhr morgens, wie fast jeden Tag.«

Sandra bat den Clubbesitzer, die Mädchen einzeln befragen zu dürfen.

»Gibt es hier irgendeinen Raum, den wir benützen können?«

»In der Garderobe der Mädels geht es zu wie in einem Taubenschlag«, sagte der Mann, »am besten, Sie bleiben hier in meinem Büro. Ich muss mich eh um die Gäste kümmern. Welche soll ich Ihnen denn zuerst schicken?«

»Die, die als Letzte den Tisch der Männer verlassen hat. Einen Moment …« Sandra sah noch einmal in der Liste nach und versuchte sich an Miriams Zusammenfassung der Fahndungsakte zu erinnern. »Elena Novacek«, sagte sie schließlich, »spricht Frau Novacek Deutsch?«

»Ja. Sehr gut sogar. Elena arbeitet schon die dritte Saison hier.«

Elena Novacek war ähnlich gekleidet wie die Asiatin, die sie zuvor beim Tanzen beobachtet hatten, wobei ihre hohen Schnürstiefel und die Hotpants aus schwarzem Leder waren. Das gertenschlanke Mädchen hatte die langen, blondierten Haare zu einem strengen, hoch angesetzten Pferdeschwanz zusammengebunden, was ihre slawischen Gesichtszüge zur Geltung brachte. Soweit Sandra das beurteilen konnte, waren ihre perfekt geformten Brüste mit Silikonimplantaten vergrößert worden, ohne jedoch ein zum Körper passendes, ästhetisches Maß zu überschreiten, wie es leider allzu oft der Fall war.

Auch Bergmann schien die Arbeit des plastischen Chirurgen zu goutieren. Wenngleich er dies für Sandras Geschmack ein wenig zu auffällig tat. Bei der Sitte hatte der Chefinspektor jedenfalls nie gearbeitet, stellte sie amüsiert fest. Dass er um ein Pokerface bemüht war, konnte man ihm aber immerhin ansehen. Sandra unterdrückte nur mühsam ein Schmunzeln.

»Sie haben den Abend des 23. Dezember also mit Roman Wintersberger und seinen Freunden verbracht. Genauer gesagt, waren Sie wahrscheinlich eine der Letzten, die Herrn Wintersberger lebend gesehen haben. Kannten Sie ihn gut?«, fragte sie.

»Er war schon ein paar Mal im Engel. Aber nicht so oft. Vielleicht zweimal im Jahr. Hat immer viel Trinkgeld gegeben.«

»War an diesem Abend etwas anders als sonst?«

Elena zuckte mit den Schultern, was Bergmanns Blick unwillkürlich wieder auf ihr Brustniveau sinken ließ.

»Haben die Männer viel getrunken?«

»Ein paar Bier. Nicht viel. Nur der Toby hat Wodka Red Bull getrunken.«

Sandra schwieg und sah Elena in die Augen.

Bergmann bemühte sich redlich, ihrem Beispiel zu folgen.

Elenas Blick wanderte von einem Ermittler zum anderen. Sandra hatte den Eindruck, dass ihnen das Mädchen bei weitem noch nicht alles erzählt hatte, was sie wusste.

»Elena, ich darf Sie doch Elena nennen?«, fragte sie.

Wieder nickte die Tänzerin und lächelte zaghaft zurück.

»Sie können sicher sein, dass alles, was Sie uns sagen, unter uns bleibt«, sagte Sandra. »Sie sollten uns nichts verschweigen. Sie sind Zeugin in einem Mordfall.«

Elena sah sie erschrocken an. »Ich? Aber ich hab nix vom Mord gesehen«, sagte sie.

»Dennoch sollten Sie uns alles sagen, was Sie wissen, Elena. Sonst könnten Sie ernsthafte Probleme mit dem Gesetz bekommen.«

Das Mädchen kiefelte nervös auf seinen relativ dezent geschminkten Lippen herum. Ihre Augen waren umso verruchter bemalt. »Na ja«, meinte sie schließlich, »der Roman und der Toby hab'n am Schluss ziemlich gestritten, als die anderen schon weg waren.«

»Worum ging es?« Sandra machte eine aufmunternde Geste.

»Der Roman hat sich beschwert, dass der Toby so viel trinkt«, erzählte sie weiter. »Er hat ihn geschimpft, weil er doch Sportler ist, und Alkohol schlecht für die Leistung ist. Dann hat er ihm noch verboten, mit dem Auto heimzufahren.«

»Und wie hat Tobias Autischer reagiert?«

»Nicht gut. Er war schon ganz schön betrunken. Er hat Roman angeschrien, dass er nicht sein Vater ist, na ja, und dass er genug hat von seiner ewigen Bevormundung und so weiter.«

»Und Herr Wintersberger?«

»Der hat zurückgeschrien. Der Toby ist ein undankbares Gfrast. Und er wird schon sehen, wo er landet, wenn er sich nicht z'ammreißt. Er wollte über die Feiertage überlegen, ob er ihn aus dem Team schmeißt. Dann hat er gezahlt und ist gegangen.«

»Wann war das?«

»So um zwei herum.«

»Und Herr Autischer?«

Die Tänzerin druckste herum, ehe sie fortfuhr.

»Na ja, der hat noch einen gekippt und wollt mit mir schmusen und so. Aber ich darf so was nicht machen bei der Arbeit. Auch nicht mit Promis. Außerdem hab ich einen festen Freund. Der Toby ist dann gleichzeitig mit mir abgezogen. Vielleicht eine halbe Stunde nach dem Roman.«

»Die anderen Herren sind alle schon früher gegangen?«

»Ja. Schon vor dem Streit. Auch die Jitka und die Lucy waren längst wieder am Tanzen. Nur ich hab schon um halb drei Schluss machen dürfen, weil ich für ein krankes Mädchen eingesprungen bin.«

»Sonst noch was?«

»Nein. Sonst nix.«

»Okay«, sagte Sandra, »schicken Sie Frau Zhang als Nächste zu uns herein, bitte?«

Elena Novacek stöckelte aus dem Raum, um Platz für ihre Kollegin aus China zu machen. Doch weder die Befragung von Lucy Zhang noch von Jitka Fischer brachte den Ermittlern neue Erkenntnisse. Dafür hatte Bergmann nur allzu offensichtlich seine helle Freude am Anblick der Mädchen.

Am Ende der Einvernahmen folgten die Ermittler Jitka Fischer in den mittlerweile gut besuchten Club, wo die Tänzerin wieder an die Arbeit ging. Sandra hielt nach dem Chef Ausschau, um sich von ihm zu verabschieden. Ihr Blick schweifte an der Bar entlang, weiter von einer Nische zur nächsten und blieb schließlich bei einem Mann hängen. Sie fühlte, wie sich ihr der Magen umdrehte. Das konnte doch nicht wahr sein! Das durfte einfach nicht wahr sein! Julius! Dort drüben saß *ihr* Julius und flirtete mit der halbnackten asiatischen Tänzerin neben sich auf Teufel komm raus. Jetzt tatschte er auch noch ihren makellos straffen Schenkel an! Was sollte sie bloß tun? Hingehen und ihm die Meinung sagen oder möglichst schnell verschwinden, damit er sie gar nicht erst bemerkte?

Zu spät! Er hatte sie entdeckt.

»Scheiße!«, zischte Sandra, was Bergmann wiederum nicht entging, hinter dessen Rücken sie sich eben hatte verstecken wollen.

»Was ist Scheiße?«, fragte er, ohne den Blick von der tanzenden Elena abzuwenden.

»Dort drüben sitzt Julius.«

»*Dein* Julius?«

Sandra schluckte hart und bejahte, obwohl Julius Czerny gar nicht mehr ihr Freund war.

»Seid ihr hier verabredet oder ist er da, um endlich einmal Spaß zu haben?«, ätzte Bergmann.

»Sehr witzig, Sascha! Von mir aus kann er seinen Spaß gern haben. Lass uns verschwinden«, entschied Sandra.

»Aber er winkt doch gerade so nett zu uns herüber«, meinte Bergmann und winkte mit einem aufgesetzten Lächeln zurück.

»Mir egal! Wir gehen!« Mit versteinerter Miene suchte Sandra den Weg durch die Menge. Gar nichts war ihr egal. Sie liebte Julius noch immer, musste sie sich an dieser Stelle eingestehen. Dass er als Radioreporter zur WM-Eröffnung nach Schladming kommen würde, hätte sie sich denken können, wenn sie denn die schmerzhaften Gedanken an ihn nicht so gut es ging verdrängt hätte.

Draußen blieb sie stehen und atmete die eiskalte Luft tief ein, um sie als dampfende Wolke wieder aus ihrer Lunge zu entlassen.

»Alles okay mit dir?«, fragte Bergmann.

Sandra nickte und setzte sich in Bewegung.

»Du bist aber jetzt nicht ernsthaft sauer auf Julius, oder? Das war ja nur eine professionelle …«

Sandra funkelte ihn böse an.

»Tänzerin, meinte ich.«

»Ich bin nicht sauer.«

»Aber warum bist du dann eben davongelaufen, als wäre der Leibhaftige hinter dir her?«

»Frag bitte nicht weiter.«

»Ach so! Ihr beiden seid gar nicht mehr zusammen«, dämmerte es Bergmann.

Sandra blieb abrupt stehen und sah ihren Partner zornig an.

»Keine Fragen mehr, Sascha!«, warnte sie ihn.

»Das war keine Frage, nur ein logischer Schluss«, entschuldigte sich Bergmann halbherzig.

»Bist du eigentlich nur auf dieser Welt, um mich zu ärgern? Verarschen kann ich mich auch selber!«, schrie Sandra ihn an.

»Ich kann es aber viel besser«, konterte Bergmann.

Wäre sie nicht grundsätzlich gegen Gewalt gewesen, hätte sie ihm spätestens jetzt eine Ohrfeige verpasst. Wie konnte man nur so unsensibel sein? Spürte dieser Idiot nicht, dass er auf ihren Gefühlen herumtrampelte? Und was ging ihn überhaupt ihr Privatleben an? Rein gar nichts! Wutschnaubend stapfte sie weiter, zurück in Richtung Planai. Noch immer waren ungewöhnlich viele, vorwiegend junge Leute unterwegs, einige von ihnen schwer angeheitert. Und immer wieder begegneten ihnen die prominenten Gesichter der Ski-Stars, deren Fans sie als Fotomaske vor dem Gesicht oder, hochgeschoben, über der Haube trugen.

Bergmann sprach Sandra erneut an.

»Wollen wir Lukas Wintersberger noch einen Besuch abstatten, wenn wir schon an der Polar-Bar vorbeimüssen?«, fragte er, als wäre nichts geschehen.

»Von mir aus«, stimmte Sandra zu. Wenigstens hatte er endlich damit aufgehört, sie wegen Julius zu sekkieren.

✳

Das kleine Lokal, dessen Form an ein Iglu aus Glas erinnerte, war gesteckt voll. Schon von draußen wummerten ihnen die Bässe der Partymusik entgegen. Wie konnte man sich bei diesem Lärm nur unterhalten? Langsam wurde sie alt, stellte Sandra fest, während sie sich den Weg zur Bar erkämpften. Unglaublich, wie viele Menschen sich hier dicht an dicht drängten. Bestimmt etliche mehr, als bei einer Kontrolle als zulässig durchgingen. Aber irgendwo mussten die Nachtschwärmer unter den WM-Besuchern ja schließlich feiern.

Für die ortsansässigen Gastronomiebetriebe war ein solcher Ansturm nichts Ungewöhnliches, fanden auf der Planai doch alljährlich Nachtslalom-Weltcuprennen statt, die 50.000 Besucher in die knapp 5.000 Seelen zählende Stadtgemeinde lockten. Wie viele Gäste sich an diesem Eröffnungstag in Schladming herumtrieben, vermochte Sandra beim besten Willen nicht einzuschätzen. Hingegen glaubte sie auf Anhieb zu erkennen, welcher der beiden Barkeeper der Sohn des Mordopfers war und tippte prompt auf den falschen. Nicht der große, breitschultrige Mann war Lukas Wintersberger, sondern der kleinere, schwammige, blasse, der weder seiner Mutter und schon gar nicht dem toten Vater ähnelte.

»Meine Mutter hat es mir schon erzählt!«, brüllte Lukas über die Bar hinweg, nachdem Sandra sich zu erkennen gegeben hatte.

»Mein herzliches Beileid!«, entgegnete sie in ähnlicher Lautstärke. Lukas Wintersberger in diesem Remmidemmi einzuvernehmen war utopisch. Auch hier war es sicher ratsam, einen Termin für den nächsten Tag zu vereinbaren, da er mit dem Partyvolk bis zur Sperrstunde um drei Uhr morgens alle Hände voll zu tun haben würde. Morgen würde der Nachtvogel allerdings etwas früher als sonst aufstehen müssen. Um zehn Uhr wollten ihm die Ermittler einen Besuch abstatten, um ihn zu vernehmen.

»Aber nicht daheim bei der Mutter«, sagte er und schrieb ihnen die Adresse seiner Freundin auf, bei der er in letzter Zeit meistens schlief. »Es stehen keine Namen unten an den Klingelknöpfen. Sie müssen bei Nummer 8 anläuten«, meinte er zum Abschied.

Sandra war heilfroh, dem verqualmten, lauten Lokal zu entkommen. Draußen sah sie auf die Uhr.

»Schon so spät! Wir müssen uns beeilen, sonst können wir die Nacht im Auto verbringen.«

»Lieber im Blauen Engel. Ich wette, die haben gemütliche Hinterzimmer«, meinte Bergmann.

Sandra ignorierte seinen hoffentlich nicht ernst gemeinten Vorschlag. So genau wusste man das bei ihrem Partner aber nie.

»Ich ruf lieber mal diesen Toni aus Tunzendorf an und

warne ihn vor, dass wir jetzt aufbrechen. Hoffentlich schläft er noch nicht.«

»Spielverderberin.« Bergmann wickelte einen Kaugummi aus. »Möchtest du auch einen?«

»Nein, danke«, lehnte Sandra ab und schlug den Weg in Richtung Dienstwagen ein, der unweit der Polar-Bar auf dem Parkplatz der Polizeiinspektion auf sie wartete.

*

»Dort drüben muss es sein«, meinte Sandra, als sie das Licht auf der Anhöhe erblickte. Bei näherer Betrachtung war es ein einziges Fenster, das hell erleuchtet war.

»Ein Bauernhof?«, fragte Bergmann ungläubig.

»Was dachtest du denn, was dich in Tunzendorf erwartet? Hast du etwa mit einem Luxus-Chalet à la Madame Wintersberger gerechnet?«

»Das nicht. Aber mit Bauernhöfen hab ich's nicht so. Vor allem nicht mit solchen, die Tiere halten.« Bergmann rümpfte die Nase.

»Stinkt dem feinen Städter wohl zu sehr«, stichelte Sandra. »Oder hast du Angst, dass du in die Scheiße trittst?«

»Wäre nicht das erste und sicher nicht das letzte Mal …« Bergmann grinste.

»Na, dann … Worauf warten wir noch?« Sandra schaltete die Autoscheinwerfer aus und stellte den Motor ab.

Bergmann löste seufzend seinen Gurt.

»So ein Mist!«, schimpfte er, als er aus dem Wagen stieg. Wenigstens hatte er diesmal feste Winterschuhe an.

»Du bist so ein Rearbeitl«, kommentierte Sandra sein Verhalten. Die Launen ihres Partners waren manchmal wirklich anstrengend. Die Frau an seiner Seite konnte einem leidtun, wobei es ausgeschlossen war, dass es eine gab, die mehr Zeit mit ihm verbrachte als sie selbst. Da *sie* das arme Schwein war, das seine Launen tagaus, tagein ertragen musste, traf sie die Realität in voller Härte.

»Was bin ich?«, fragte Bergmann auf dem Weg zur Eingangstür.

»Ein Rearbeitl bist – eine männliche Heulsuse«, übersetzte Sandra ihm den steirischen Ausdruck, als sich die Tür des Bauernhofs öffnete, noch ehe sie angeläutet hatten. Der junge Mann in Jeans und Flanell-Karohemd hatte sie in der Stille hier wohl kommen hören.

»Ihr müssts die Kollegen von der Miriam sein.« Er streckte Sandra seine tellergroße Hand entgegen. »Griaß eich!«

»Entschuldigen Sie bitte, dass wir so spät kommen«, sagte Sandra, »unsere Ermittlungen haben ein wenig länger gedauert als angenommen.« Sein Händedruck war noch fester, als sie es erwartet hatte. Beinahe hätte sie aufgeschrien.

»Kein Problem. Kommts eini. Ich zeig euch gleich euer Zimmer.«

Sandra hoffte inständig, dass sie sich verhört hatte, als Bergmann unvermittelt zur Seite sprang. Im nächsten Moment entdeckte sie die Ursache für sein schreckhaftes Verhalten. Die rothaarige Katze, die auf der Treppenstufe hockte, sah sie an, als würde sie noch überlegen, wohin sie am besten flüchten sollte. Bergmann hielt sich die Nase zu.

»Beeilen Sie sich!«, zischte er durch die Zähne.

Der Jungbauer sah ihn verwundert an.

»Katzenhaarallergie«, erklärte Sandra und lächelte Toni an.

»Ach so. Na, dann kommts. Nix wie aufi«, lächelte ihr kerniger, nicht unattraktiver Gastgeber zurück und nahm Sandra die Reisetasche ab, um sie hinaufzutragen. Die Katze entschied sich indessen, an ihnen vorbei nach unten zu huschen, was Bergmann veranlasste, sich mit seinem Rücken gegen die Wand zu drücken, um nur ja keine Berührung mit dem fliehenden Tier zu riskieren.

Sandra und Toni mussten lachen, Bergmann gleich dreimal hintereinander heftig niesen.

Im ersten Stock öffnete Toni eine Tür.

»Des is euer Zimmer«, meinte er und deutete ihnen einzutreten. »Is' ned sehr groß, aber katzenfrei. Und für eine Nacht langt's hoffentlich.«

»Moment mal, Toni«, sagte Sandra, »Sie meinen, wir sollen uns das Zimmer teilen?«

Der Bursche zuckte mit den Schultern.

»Is' des leicht a Problem?«, fragte er grinsend.

Sandra nickte.

»Ist es. Und was machen wir jetzt?«

»Einer von euch muss halt in der Stub'n unten schlafen. Bei den Katzen.« Noch immer lächelte er Sandra an.

Die seufzte.

»Schon gut, zeigen Sie mir bitte das Bad«, sagte sie. Bergmann war bereits im Zimmer verschwunden und hatte die Tür von innen geschlossen.

KAPITEL 3

Dienstag, 5. Februar 2013

Die Sonne strahlte vom wolkenlosen Himmel. Die hohen Tannen zu ihrer Rechten flogen an Sandra vorbei, während sie die glitzernde Piste beschwingt hinuntercarvte, nur wenige Meter hinter Julius her. So glücklich war sie schon lange nicht mehr gewesen. Fast glaubte sie zu fliegen, als sich ein störendes Geräusch in ihr Bewusstsein drängte. Erst leise, dann immer lauter, bis ihr Gehirn das lästige Klingeln in den Ohren endlich mit ihrem Handy assoziierte.

Sandra schlug die Augen auf, um sich im Dunkel wiederzufinden. Nur das Display ihres Mobiltelefons war hell erleuchtet. Ihr fiel ein, dass sie ihr Nachtlager auf dem Sofabett in der Stube eines Bauernhofs aufgeschlagen hatte. Wie hieß dieses Kaff gleich noch mal? Tunzendorf, richtig.

Sandra griff nach dem Handy auf dem Couchtisch und nahm das Gespräch an.

»Sascha, wie spät ist es?«, krächzte sie ins Telefon. Auf jeden Fall viel zu früh zum Aufstehen, fügte sie gedanklich hinzu.

»Dreiviertel sieben«, hörte sie einen putzmunteren Bergmann antworten. »Husch, husch, raus aus den Federn! In 45 Minuten haben wir einen Termin mit Tobias Autischer. Und ich brauch dringend einen Kaffee.«

»Den kann dir der Toni ja schon mal zustellen«, entgegnete Sandra schwach. Dass Bergmann Frühaufsteher war, machte ihn für sie, die morgens nur mit höchster Überwindung und eiserner Disziplin aus dem Bett kam, nicht gerade sympathischer.

»Ich trinke meinen Kaffee doch nicht unter einem Dach mit diesen Katzenviechern. Lieber geh ich an der frischen Luft spazieren. Wir treffen uns in 20 Minuten unten beim Auto. Also, hopp«, ordnete der Chefinspektor an.

Sandra trennte die Verbindung. Erst jetzt nahm sie das warme Fellknäuel neben ihrem Kopfpolster wahr. Vorsichtig tastete sie nach der Stehlampe und suchte den Kippschalter am Kabel. Die dreifarbig gefleckte Glückskatze neben ihr hob langsam den Kopf, warf ihr einen vorwurfsvollen Blick zu und streckte sich dann genüsslich. Der rote Kater, der ihnen bei der Ankunft über den Weg gelaufen war, lag auf der schmalen Holzbank vorm Kachelofen, der über Nacht erkaltet sein musste, und leckte sich akribisch das Fell.

Schweren Herzens stand Sandra auf und schleppte sich barfuß in Höschen und T-Shirt über den kühlen Flur ins Badezimmer, das ebenfalls kaum geheizt war.

Fröstelnd stieg sie in die alte, emaillierte Badewanne und drehte das Wasser so heiß auf, dass das Abbrausen gerade noch auszuhalten war, ohne Verbrennungen zu riskieren. Das Glück, das sie eben noch im Traum empfunden hatte, war längst wieder der schmerzhaften Erinnerung an Julius gewichen. Dass sie ihm gestern mit einer hübschen, halbnackten Frau hatte begegnen müssen, trug nicht unbedingt zur Besserung ihrer Laune bei.

20 Minuten später hatte sich Sandra bei Toni für die Gastfreundschaft bedankt und sein Frühstücksangebot abgelehnt. Der naturtrübe Apfelsaft aus eigener Herstellung, den sie in einem Zug hinuntergekippt hatte, reichte ihr fürs Erste.

In der Morgendämmerung trat Sandra ins Freie. Bergmann lehnte schon am Auto und telefonierte. Sandra drückte auf die Fernbedienung, die die Schlösser des Dienstwagens freigab.

Das klackende Geräusch ließ den Chefinspektor das Gespräch beenden. Lächelnd wandte er sich Sandra zu.

»Na? Gut geschlafen?«, erkundigte er sich beinahe fröhlich.

Sandra hob ihre Reisetasche in den Kofferraum und ließ ihn für Bergmanns Gepäck offenstehen.

»Zu kurz«, antwortete sie so knapp wie möglich. Es war viel zu früh, um eine Konversation zu führen. Noch dazu mit diesem gut gelaunten Morgenmenschen, der bereits einen Spaziergang und mindestens ein Telefongespräch hinter sich hatte, einmal abgesehen von dem kurzen Weckruf, der bedauerlicherweise ihr gegolten hatte.

Wortlos holte sie den Eiskratzer aus dem Seitenfach der Fahrertür und machte sich daran, die Scheiben abzuschaben.

Bergmann warf den Kofferraum zu und stieg in den Wagen.

Als Sandra zuletzt über sein Fenster kratzte, sah sie ihn schon wieder telefonieren. Wen um Himmels willen quälte der Mann in aller Herrgottsfrüh mit seinen Anrufen?

Sandra stieg ein und startete den kalten Dieselmotor, der nur widerwillig ansprang, um schließlich angestrengt vor sich hinzustottern. Sie konnte es ihm nur allzu gut nachfühlen.

Während sie losfuhr, wünschte Bergmann jemandem, der ihm offenbar sehr nahe stand, einen zauberhaften Tag. Dann steckte er endlich das Handy weg.

*

Zwei Minuten vor halb acht stellte Sandra den Wagen in der videoüberwachten Tiefgarage jenes Viersterne-Hotels ab, in dem die Mannschaft und die Betreuer des ÖSV während der Alpinen Ski-WM untergebracht waren. Der Schranken hatte sich für den Passat erst geöffnet, nachdem die Fahrerin dem privaten Security-Mann ihren LKA-Ausweis gezeigt hatte.

Die Ermittler beeilten sich, den Fahrstuhl zu erreichen, um noch einigermaßen pünktlich zu ihrem Termin ins Restaurant zu gelangen. Dort herrschte trotz der frühen Uhrzeit bereits reger Betrieb. Die meisten Gesichter hier kannte Sandra aus den Medien, gehörten sie doch den besten Skifahrerinnen und Skifahrern Österreichs, wenngleich manche von ihnen noch etwas zerknittert wirkten. Der Frauenanteil im Raum war eindeutig höher, fiel Sandra auf. Vermutlich, weil in wenigen Stunden der Super-G der Damen als erstes WM-Rennen auf dem Programm stand. Ein paar Herren hatten sich womöglich noch einmal die Bettdecke über den Kopf gezogen, um ein wenig länger zu schlafen, hing Sandra den eigenen Wunschgedanken nach.

Bergmann deutete zu einem der Tische am Fenster, wo Tobias Autischer sein Müsli löffelte. Der Rennläufer bot ihnen Platz an und erkundigte sich, ob sie mit ihm frühstücken wollten.

»Für mich nur Kaffee«, meinte Bergmann und zog die Tasse vor sich näher heran, während Tobias Autischer ihm die Thermoskanne mit Kaffee hinüberschob.

Sandra griff in das Holzkästchen, das in der Mitte des Tisches stand, und wählte unter all den Teebeuteln einen Darjeeling aus, den sie in ihre Tasse hängte und mit heißem Wasser aus der zweiten Thermoskanne übergoss.

Ihr Frühstück würden sie später, vor ihrem nächsten Termin mit den Eltern von Gregor Fitzner einnehmen, hatte Bergmann auf der Fahrt hierher beschlossen. Schließlich waren sie nicht auf Winterurlaub, sondern im Einsatz, hatte er gemeint, als hätte die Gefahr bestanden, beides zu verwechseln. Sandra war das nur recht. Ihr Magen war sowieso daran gewöhnt, erst einige Stunden nach dem Aufstehen feste Nahrung zu sich zu nehmen. Sie war nicht nur ein Morgen-, sondern auch ein Frühstücksmuffel. Einmal abgesehen von einem späten Brunch, für den sie sich an arbeitsfreien Tagen gern viel Zeit nahm. Am liebsten zusammen mit Julius. Verdammt! Schon wieder drängte er sich in ihre Gedanken!

»Sie und Herr Wintersberger sind am frühen Morgen des 24. Dezember im Streit auseinandergegangen?«, kam Bergmann direkt zur Sache.

Der Spitzenathlet ließ den Müslilöffel in seiner Hand sinken, sodass eine Himbeere zurück in die Schüssel kullerte.

»Was denn für ein Streit?« Tobias Autischer wirkte überrascht.

»Sie haben nicht miteinander gestritten, weil sie seiner Meinung nach zu viel getrunken hatten?«, fragte Bergmann nach.

»Ach so, das meinen Sie. Ja, ich hatte ein bisschen zu viel intus. Aber als Streit würde ich das nicht bezeichnen.«

»Wollte er sie deshalb nicht aus dem Kader werfen?«

»Das hat er doch nicht ernst gemeint. Er war doch selbst angeheitert.«

»Er hatte weniger als 0,5 Promille Alkohol im Blut.«

»Ach so? Keine Ahnung, wie viel ich hatte …« Tobias Autischer sah Bergmann mit blauen Augen an, als könne er kein Wässerchen trüben, und griff nach seinem Orangensaft.

Er hätte glatt Julius' jüngerer Bruder sein können, fiel Sandra auf einmal die Ähnlichkeit mit ihrem Exfreund auf. Wieso hatte sie das nicht längst bemerkt? Sie konnte nur hoffen, dass sie Julius kein weiteres Mal in Schladming über den Weg laufen würde. Momentan tat es ihr noch viel zu weh, ihn zu sehen. Erst recht an der Seite einer anderen.

»Mir ist völlig egal, wie viel Sie getrunken haben«, hörte sie Bergmann sagen. »Es sei denn, es stellt sich heraus, dass Sie Roman Wintersberger ermordet haben. Dann könnte sich der Grad Ihrer Alkoholisierung auf das Strafausmaß auswirken. Dürfte aber schwierig für Ihren Anwalt werden, das im Nachhinein zu beweisen. Er kann sich höchstens auf Zeugenaussagen berufen.«

Tobias Autischer setzte das Glas ab und ein ungläubiges Gesicht auf. Wieder kam Sandra Julius in den Sinn.

»Was denn für Zeugen? Welcher Anwalt? Ich hab den Roman doch nicht ermordet. Das ist doch nicht Ihr Ernst …« Der junge Mann lächelte die Ermittler unsicher an.

»Und was, wenn doch?«, fragte Bergmann zurück.

Autischers Miene blieb freundlich.

»Ich hab Ihnen doch schon gesagt, dass Roman für mich wie ein zweiter Vater war. An meinen ersten kann ich mich kaum noch erinnern ...«

»Aber daran, wann Sie den Blauen Engel in jener Nacht verlassen haben, schon«, fuhr Bergmann fort.

»Ja, sicher. Ich bin kurz nach Roman gegangen. Um halb drei. Das hab ich doch schon im Dezember ausgesagt.« Tobias Autischer nahm einen Schluck von seinem Orangensaft.

»Wissen wir. Und was war danach?«, fragte Bergmann weiter.

»Danach bin ich nach Hause gefahren.«

»In Ihrem Zustand? Das haben Sie uns bisher aber verschwiegen.«

Autischer schluckte. Das Lächeln war ihm vergangen.

»Ich weiß, ich hätte nicht mehr Autofahren dürfen«, meinte er, auf einmal genervt.

»Sind Sie aber.«

»Himmelherrgott, ja. Wollen Sie mich deswegen verhaften? Ich trink doch nur ganz selten Alkohol. Deshalb vertrag ich ja kaum was. Es soll nicht wieder vorkommen«, gelobte der junge Mann Besserung, was Sandra ihm nicht ganz abkaufte.

»Das hoffe ich«, mischte sie sich ein. »Einmal abgesehen davon, dass Sie sich und andere gefährden, sollten Sie als Sportler ein positives Vorbild abgeben«, redete sie ihm ins Gewissen.

»Schon klar«, meinte Tobias Autischer kühl.

Vorhaltungen ließ er sich offenbar nicht gerne machen. Ansonsten wusste Sandra nicht recht, was sie von dem jungen Mann halten sollte. Dass ihm ihre Standpauke unangenehm war, war nicht zu übersehen. Seine Reaktion auf Bergmanns Anschuldigung, Wintersberger umgebracht zu haben, war vergleichsweise emotionslos ausgefallen. Als würde er diese gar nicht ernst nehmen. Lag das daran, dass er diesbezüglich ein reines Gewissen hatte? Oder war das Gegenteil der Fall?

»Herr Wintersberger hat mehrmals in der Nacht versucht, Sie anzurufen. Warum sind Sie nicht rangegangen?«, spielte Sandra auf das Anrufprotokoll von Wintersbergers Handy an.

»Ich hatte mein Handy auf lautlos gestellt. Erst im Auto hab ich gesehen, dass er angerufen hat. Ich wollte ihn lieber am nächsten Tag zurückrufen.«

»Das haben Sie dann ja auch getan. Ohne ihn zu erreichen«, ergänzte Sandra.

Der Skirennläufer nickte.

»Sie waren etwa um drei Uhr morgens zu Hause?«, setzte Bergmann die Befragung fort.

»2 Uhr 51. Ich hab die Angewohnheit, auf die Uhr am Armaturenbrett zu sehen, bevor ich aussteige.«

»Hat Sie jemand kommen sehen?«

Tobias Autischer wischte sich mit der Serviette den Mund ab und warf sie auf die Schüssel. Entweder war er satt oder es war ihm der Appetit vergangen.

»Meine Leut' haben alle schon geschlafen«, erwiderte er.

»Also keine Zeugen.«

»Nein«, bestätigte der Skirennläufer. »Verdächtigen Sie mich wirklich, den Roman umgebracht zu haben?« Der junge Mann senkte seinen Blick und schluckte. Offenbar kapierte er erst jetzt, dass er ein Motiv aber kein Alibi hatte. »Ich hab ihn doch …« Er stockte.

»Was haben Sie?«, forderte Bergmann ihn auf, weiterzureden.

»Sie mochten ihn sehr gern, nicht wahr?«, hakte Sandra nach.

Tobias Autischer nickte und blickte wieder auf.

»Er hat sich um mich gekümmert. Von klein auf. Meine Mutter hat ja kaum Zeit für mich gehabt. Die war mit dem Gasthof so angehängt nach dem Papa seinem Tod. Wenn ich gewusst hätte, dass ich den Roman nie wieder seh', hätt' ich mich noch bei ihm entschuldigt.« Die Maske des coolen Spitzensportlers war endlich gefallen. Wie Tobias Autischer es allerdings schaffte, dass die Tränen in seinen Augen versiegten, anstatt ihm über die Wangen zu laufen, war Sandra ein Rätsel. Dennoch wirkten seine Trauer und die Reue echt auf sie.

»Wofür hätten sie sich entschuldigt?«, fragte Bergmann nach.

»Dass ich an diesem Abend die Sau hab rauslassen und ihn damit provoziert hab. Aber manchmal ist er mir mit seinen Verboten einfach auf den Wecker gegangen. Am liebsten hätte er mich eingesperrt und nur fürs Training oder zu den Rennen rausgelassen. Dabei bringe ich meine Leistung doch auch so.«

»Verzeihen Sie mir die intime Frage, aber sind Sie und Herr Wintersberger sich auch sexuell nahe gestanden?«, fragte Sandra leise.

Fast hätte sich der Sportler an seinem Orangensaft verschluckt.

»Was?«, fragte er entsetzt. »Wie kommen Sie darauf? Ich bin doch nicht schwul. Und der Roman war es auch nicht.« Das Glas stieß scheppernd gegen seine Müslischüssel.

Sandras Blick scannte blitzschnell den Raum. Niemand schien in all dem Stimmengewirr und Geschirrgeklapper etwas vom Inhalt ihres Gesprächs mitbekommen zu haben.

»Hatte Herr Wintersberger eine Freundin?«, fragte Bergmann.

»Er war verheiratet.«

»Das wissen wir. Trotzdem frage ich Sie noch einmal: Hatte er eine Freundin?«

»Nichts Ernstes, soweit ich weiß.«

»Keine Namen?«

»Nein. Tut mir leid.« Tobias Autischer sah auf seine Uhr. »Hören Sie, ich hab keine Zeit mehr. Ich muss gleich zu einem Pressetermin.«

»Eine Frage noch.«

»Was denn noch?«

»Haben Sie eine Idee, wer Ihrem Cheftrainer nach dem Leben getrachtet haben könnte?«

»Das hab ich mich auch schon gefragt«, meinte Autischer.

»Und?«

»Ich kann mir beim besten Willen niemanden vorstellen.«

»Kennen Sie diese Uhr?« Wieder zeigte Sandra das Foto der Breitling her.

»Der Albert hat so eine. Aber nicht einmal der hat ihn so sehr gehasst. Oder doch?«

»Albert Kronthaler?«

»Ja. Aber wie gesagt, ich glaube nicht, dass er …«

»Sonst noch jemand mit einer solchen Uhr?«

»Ja, der Norbert Bachler«, bestätigte Tobias zögerlich. »Ansonsten fällt mir keiner ein.«

»Gibt es bei Ihnen zu Hause jemanden, der Herrn Wintersberger nicht mochte? Immerhin ist seine Leiche quasi vor Ihrer Haustür gefunden worden«, fragte Bergmann.

»Nein! Völlig ausgeschlossen, dass das wer von meinen Leuten war«, versicherte der Skirennläufer.

»Vielleicht hatte jemand Streit mit ihm?«

Tobias Autischer schüttelte den Kopf.

»Sie kennen meine Familie nicht.«

»Doch, wir kennen sie bereits«, widersprach Sandra. »Alles sehr nette Leute.«

»Richtig. Sie waren ja dort, hat man mir erzählt.«

»Und die Angestellten?«

»Sind auch alles nette Menschen.«

»Selbst der oder die Netteste kann im Affekt schon mal zum Mörder werden«, meinte Bergmann.

»Mag sein. Aber niemand von uns besitzt eine Schusswaffe.«

»Und Sie haben auch keinen Schuss gehört, als Sie nachts heimgekommen sind? Oder vielleicht an einem der darauffolgenden Tage oder Nächte?«

»Nein. Aber in unseren Wäldern wird öfter Wild geschossen. Deshalb kann ich mich nicht konkret an jeden Schuss erinnern. So, jetzt muss ich wirklich weiter.«

Der junge Mann erhob sich. Sandra und Bergmann folgten seinem Beispiel. Die Bitte, sich in den nächsten Tagen zu ihrer Verfügung zu halten und nicht zu verreisen, hätte sich Sandra sparen können. Solange der Skifahrer seine WM-Rennen nicht absolviert hatte, bestand vermutlich keine Fluchtgefahr. Dennoch sprach sie der Ordnung halber den Standardsatz aus.

»Wo sollte ich denn hinfahren?«, kam es zurück, »mein Leben findet bis Ende nächster Woche ausschließlich hier statt. Bis dahin brauche ich allerdings meine Ruhe, wenn es irgendwie geht. Ich muss mich nämlich auf meine Rennen konzentrieren. Romans Tod und der Presserummel machen es mir schon schwer genug. Ich hoffe, Sie verstehen das.«

»Wir werden Ihren Wunsch so gut es geht berücksichtigen«, versprach Sandra. »Alles Gute«, meinte sie und schüttelte der größten Medaillenhoffnung Österreichs die Hand.

»Kannst du dir vorstellen, dass er es war?«, fragte sie Bergmann im Aufzug.

»In jedem Fall ist er ganz schön abgebrüht«, meinte Bergmann. »Wir sollten nicht locker lassen.«

»Und ihm die Goldmedaillen versauen? Ganz Österreich wird uns dafür hassen«, sagte Sandra.

»Damit kann ich leben. Aber jetzt muss ich dringend etwas essen. Ich sterbe sonst vor Hunger«, erwiderte Bergmann.

*

Es dauerte eine Weile, bis sich die Haustür in der Schladminger Roseggerstraße für die LKA-Ermittler öffnete.

»Zweiter Stock links«, dirigierte sie die raue Männerstimme, die sich erst nach mehrmaligem Klingeln gemeldet hatte, nach oben. Ein zerzauster Lukas Wintersberger empfing sie in Jeans und dunkelblauer ›Abercrombie & Fitch‹-Kapuzenjacke, die sein Wohlstandsbäuchlein wesentlich geschickter kaschierte als das T-Shirt von vergangener Nacht.

»Ich mach mir gerade Kaffee. Wollen Sie auch einen?«, fragte er.

Sandra lehnte, im Gegensatz zu Bergmann, der inzwischen schon drei Tassen getrunken hatte, ab.

»Schwarz mit Zucker, bitte«, fügte er hinzu.

Wintersberger junior bot ihnen Platz im kleinen Wohnzimmer an, das mit wenigen schwedischen Möbeln eher bescheiden eingerichtet war. Sandra und Bergmann setzten sich auf das einzige Sofa im Raum, der gleichzeitig auch Küche und Esszimmer war. Obwohl kein Aschenbecher zu sehen war, roch es nach kaltem Zigarettenrauch.

»Ihre Freundin wohnt hier?«, fragte Sandra, während Lukas Wintersberger an der Küchenzeile Kaffee einschenkte.

»Ja«, sagte er. »Aber nicht mehr lange. Wir suchen uns gerade eine bessere Bleibe. Wir wollen zusammenziehen. Wird höchste Zeit, dass ich von zu Hause abhaue.«

»Warum?«

»Ich bin 23 und verdiene mein eigenes Geld.«

Darüberhinaus würde er demnächst einen schönen Batzen erben, vermutete Sandra.

Lukas Wintersberger stellte die Kaffeehäferln auf dem Couchtisch ab und ließ sich auf einem der beiden Sisal-Hocker gegenüber den Ermittlern nieder.

»Das ist ein Grund, aber noch keine Notwendigkeit. Haben Sie Streit mit Ihrer Mutter? Oder mit deren Freund?«, fragte Bergmann direkt.

»Nein. Ich find's zwar ziemlich beschissen, dass mein alter Kumpel Gregor meine noch viel ältere Mutter vögelt, aber ansonsten ist alles in Ordnung.« Lukas Wintersbergers Antwort ging mit einem zynischen Grinsen einher.

»Wusste Ihr Vater davon?«

»Kann schon sein. Geredet wird hier schließlich genug. Vor mir hat er aber nie was erwähnt.«

Regine Fitzner, der die Ermittler unmittelbar zuvor einen Besuch abgestattet hatten, wusste von der Beziehung ihres einzigen Sohnes zur wesentlich älteren Irene Wintersberger. Der bodenständigen Frau, die sich seit Jahrzehnten in der katholischen Kirchengemeinde engagierte, war die Geschichte zwar peinlich, sie ertrage sie jedoch, hatte sie gemeint. Was konnte sie auch dagegen tun? Immerhin war Gregor erwachsen. Aber das Getuschel in der Gemeinde setzte ihr gehörig zu. Sein Alibi hatte sie jedoch bestätigt, zumal sie ihn zur angegebenen Zeit sogar heimkommen gehört haben wollte. Sandra glaubte der Frau. Im Gegensatz zu Bergmann, für den die Aussage einer Mutter prinzipiell wenig Wert hatte.

»Wie haben Sie sich mit Ihrem Vater so verstanden?«, hörte sie ihn weiterfragen.

»Geht so. Er hat selten Zeit für mich gehabt. Das Skifahren war ihm immer wichtiger als die Familie«, erzählte er, ohne erkennbare Gefühle.

»Und Tobias Autischer? Mit dem hat er doch recht viel Zeit verbracht, nicht wahr?«

Lukas nickte gleichgültig.

»Für den wär mein Vater sogar durchs Feuer gegangen. Dabei ist der Toby nur ein rücksichtsloses Arschloch, das jeden für seine Zwecke benutzt. Hauptsache, er bekommt, was er möchte und steht immer im Mittelpunkt.« Auch die letzte Antwort hatte erstaunlich emotionslos geklungen. Offenbar hatte sich Lukas Wintersberger längst damit abgefunden, dass er nicht der Traumsohn war, den sein skibegeisterter Vater sich gewünscht hatte.

»Man könnte diese Eigenschaften auch als ehrgeizig, zielstrebig und erfolgsorientiert bezeichnen«, meinte Bergmann.

Lukas lachte hämisch.

»So stellen es die Medien gerne dar. Unser Superarsch hat jedenfalls genug Dreck am Stecken, den mein Vater für ihn wegräumen durfte.«

»Ach ja? Zum Beispiel?«

Lukas Wintersberger hustete einige Male heftig, ehe er zu seinem Grinsen zurückfand.

»Entschuldigen Sie. Der viele Rauch in der Bar … Fragen Sie das den Tobias doch selbst. Auch wenn wir nicht die besten Freunde sind, möchte ich ihn lieber nicht anzünden.«

»Warum denn nicht, wo wir schon mal hier sind?«, blieb Bergmann beharrlich.

»Na, schön. Er hat in der Skihandelsschule illegale Pokerrunden veranstaltet und einige Jungs böse abgezockt. Wenn mein Vater sich nicht für ihn stark gemacht hätte, wäre er garantiert von der Schule geflogen. Dann hätte er sich seine Bilderbuchkarriere aufzeichnen können. Man munkelt auch, dass er mal ein Drogenproblem hatte. Kokain …«

»Wer ist *man*?«, hakte Bergmann nach.

»Die Schladminger Szene halt.«

»Irgendwelche Namen?«

Lukas Wintersberger schüttelte den Kopf.

Offenbar vernebelte der viele Rauch in der Polar-Bar auch das Erinnerungsvermögen, dachte Sandra. Von Drogen stand jedenfalls nichts in der Fahndungsakte, wusste sie. Sie würde Miriam bitten, die Kollegen aus der Suchtgiftabteilung zu befragen, ob im Dunstkreis von Tobias Autischer etwas aktenkundig war. Die Pokergeschichte klang für sie eher nach einer Jugendsünde. Dennoch würden sie auch dieser nachgehen.

Was die vermeintliche Homosexualität seines Vaters betraf, so wollte sie den Sohn damit lieber nicht konfrontieren. Den bisherigen Reaktionen der Zeugen nach zu schließen, war die Annahme, dass Roman Wintersberger und Tobias Autischer intim miteinander gewesen waren, vermutlich ohnehin nur das Hirngespinst einer frustrierten Ehefrau. Oder sie hatten deren spitze Bemerkung einfach falsch interpretiert. Die Frage nach einer möglichen Freundin seines Vaters erschien Sandra jedoch angebracht, zumal der Sohn ja auch vom außerehelichen Verhältnis seiner Mutter wusste.

»Ich hab keine Ahnung, mit wem mein Vater rumgevögelt hat. Das war echt kein Thema zwischen uns. Tut mir leid.«

»Sie sagten vorhin doch, dass geredet wird …«, sagte Bergmann.

»Mein Vater hat zuletzt in Innsbruck gelebt. Bis nach Schladming reicht die Stille Post nun auch wieder nicht.« Der junge Mann nahm einen großen Schluck aus seinem Kaffeehäferl.

»Ich möchte Ihnen nicht zu nahe treten, aber besonders traurig wirken Sie nicht auf mich. Dafür, dass Ihr Vater kürzlich verstorben ist«, stellte Sandra fest.

»Mein Vater wurde sechs Wochen lang vermisst. Das war schrecklich. Endlich Gewissheit zu haben, macht es für mich erträglicher. Aber natürlich bin ich traurig, auch wenn ich es nicht so zeige. Schließlich kenne ich Sie doch gar nicht«, meinte Lukas Wintersberger, weiterhin unaufgeregt.

»Sie waren der Letzte, der mit ihm telefoniert hat in jener Nacht«, sagte Sandra. Dass Roman Wintersberger danach noch mehrmals vergeblich versucht hatte, Tobias Autischer zur erreichen, behielt sie für sich.

»Ob ich der Letzte war, weiß ich nicht. Jedenfalls hat mich mein Vater gegen zwei Uhr angerufen. Er wollte wissen, ob ich arbeite, dann wäre er noch auf einen Sprung bei mir in der Bar vorbeigekommen.«

»Weswegen?«

»Um noch einen Drink zu nehmen? Um zu reden? Um ein bisschen Spaß zu haben? Keine Ahnung. Ist das wichtig?«

»Momentan ist alles wichtig. Wir suchen schließlich den Mörder Ihres Vaters«, meinte Bergmann.

»Den werden sie hier aber nicht finden. Ich weiß nur, dass mein Vater wieder mal mit dem Toby gestritten hat, weil der zu viel gesoffen hat. Es hat meinen Vater rasend gemacht, dass der Idiot immer wieder über die Stränge schlägt. Toby gibt immer 120 Prozent. Egal, was er tut … Und scheißt dabei auf die anderen.«

»Das hat Ihr Vater Ihnen am Telefon erzählt?«

Lukas Wintersberger nickte.

»Mein Vater war ein sehr impulsiver Mensch. Und ein Despot. Möchten Sie noch einen Kaffee?«

»Nein, danke«, lehnte Bergmann ab.

»Und Sie waren hier, als Ihr Vater Sie angerufen hat?«, fuhr Sandra fort.

Ihr Gegenüber nickte nochmals.

»Ich hatte mir ein paar Tage freigenommen.«

»Und danach?«

»Bin ich liegen gegangen.«

»Allein?«

»Ja. Meine Freundin hat bis halb drei gearbeitet.«

»Ihre Freundin arbeitet auch nachts?«

»Sie tanzt im Blauen Engel.«

»Ach ja?« Bergmanns Augenbrauen gingen nach oben.

»Ja. Deshalb wohnt sie hier. Das Haus gehört unserem Chef. Die Wohnungen vergibt er ausschließlich an Angestellte, die von auswärts kommen.«

»Wie ist denn der Name Ihrer Freundin?«

»Elena Novacek.«

»Ach … Und wo ist Frau Novacek jetzt?«

»Nebenan. Sie schläft noch. Soll ich sie aufwecken?«

»Wenn es keine Umstände macht«, sagte Bergmann.

Einige Minuten später betrat ein zierliches, fast unscheinbares Mädchen im pinkfarbenen Nickianzug den Raum, das Sandra weder auf den ersten, noch auf den zweiten Blick als Elena Novacek wiedererkannte. Ihre feinen, blonden Haare waren nur halb so lang, wie es das Haarteil, das sie in der Nacht zuvor getragen hatte, vorgetäuscht hatte. Ihre Körpergröße lag – ohne die aberwitzig hohen Absätze ihrer ansonsten eher spärlichen Berufsbekleidung – mit geschätzten 1,60 Metern unter dem Durchschnitt.

Bergmann wirkte irritiert.

»Frau Elena Novacek?«, fragte er ungläubig, während die junge Frau wenig grazil auf den Hocker plumpste, um sich die Zigarette zwischen ihren Fingern anzuzünden.

»Ja?«, fragte sie mit heiserer Stimme zurück und nahm einen Schluck vom Kaffee ihres Freundes. Der stand auf, um eine weitere Tasse und einen Aschenbecher zu holen.

Sandra entschuldigte sich, dass sie sie hatten aufwecken lassen, und stellte ihre Frage nach dem Alibi ihres Freundes. Elena bestätigte, am 24. Dezember spätestens um 2.45 Uhr zu Hause gewesen zu sein und Lukas schlafend im Bett vorgefunden zu haben. Weitere neue Erkenntnisse waren weder der jungen Dame, noch ihrem Freund zu entlocken.

Im Treppenhaus klingelte Sandras Handy. Miriam berichtete ihr, dass sie inzwischen Albert Kronthaler erreicht und für zwölf Uhr einen Termin auf der Polizeiinspektion in Schladming vereinbart hatte. Das konnte ihr nur Bergmann in aller Herrgottsfrüh aufgetragen haben. War das etwa Miriam gewesen, mit der er im Auto telefoniert hatte?, überlegte Sandra. Für ihre Ohren hatte der Ton, mit der er seiner Gesprächspartnerin einen zauberhaften Tag gewünscht hatte, viel zu vertraut geklungen. Nein, er musste wohl schon vorher mit Miriam telefoniert oder ihr zumindest auf die Mobilbox gesprochen haben.

»Außerdem bittet Irene Wintersberger dringend um euren Rückruf«, fuhr die junge Kollegin fort. »Sie hat deine Karte mit der Handynummer verlegt.«

»Worum geht's denn?«

»Das wollte sie mir nicht verraten. Klingt ein wenig arrogant, die Tussi ... Und wie war eure Nacht beim Toni? Hat eh alles gepasst?«

Bergmann stieg ins Auto ein.

»Ja. Danke dir nochmals, Miriam«, antwortete Sandra und ging vorbei an der Motorhaube zur Fahrertür. »Von Saschas Katzenhaarallergie hast du nichts gewusst?«, fügte sie an, ehe auch sie einstieg.

»Nein ... oje. War's sehr schlimm?«, fragte Miriam. »Für die Katzen, meine ich?« Die junge Kollegin am anderen Ende der Leitung lachte in einer Lautstärke, die selbst Bergmann am Beifahrersitz nicht überhören konnte.

Sandra stimmte in ihr herzliches Gelächter ein. Der Chefinspektor musterte sie argwöhnisch, bis sie schließlich auflegte und sich wieder beruhigt hatte.

»Und? Was hab ich da eben versäumt?«, fragte er.

Sandra legte den Gurt an.

»Irene Wintersberger möchte dringend von uns zurückgerufen werden. Kannst du das bitte gleich übernehmen?« Immer noch grinsend drehte sie den Schlüssel im Zündschloss um.

»Und was ist daran so lustig?«

»Nichts.« Alles musste er nun wirklich nicht wissen, fand Sandra und stieg aufs Gas.

Bergmann griff zu seinem Handy und rief Irene Wintersbergers Nummer aus der Anrufliste ab.

»Bringen Sie ihn auf alle Fälle mit«, meinte er, nachdem er der Witwe eine Weile zugehört und mit ihr für 13 Uhr einen Termin in der Polizeiinspektion Schladming vereinbart hatte.

»Und? Was will die Dame? Und wen soll sie mitbringen? Ihren Lover?«, erkundigte sich Sandra.

Bergmann schüttelte den Kopf.

»Nichts.« Demonstrativ wandte er sich ab, um fortan aus dem Fenster zu starren.

Wie konnte ein erwachsener Mann nur so kindisch sein? Sandra beschloss, auf seine Retourkutsche nicht einzugehen. Erstens würde ihn ihr vermeintliches Desinteresse noch mehr ärgern, und zweitens würde sie demnächst ohnehin erfahren, was Irene Wintersberger von ihnen wollte und wen sie mitbringen sollte. Dass Bergmann sie ausgerechnet zu jener Zeit in die Planai-nahe Polizeiinspektion bestellt hatte, wenn das Skirennen vorbei sein und Tausende Menschen gleichzeitig aus dem Skistadion strömen würden, war nicht ihr Problem.

*

Inspektionskommandant Peter Klement wirkte gestresst, als die Ermittler aus Graz auftauchten. Trotz der eher bescheidenen Raumtemperatur in der Schladminger Polizeiinspektion, die von außen ein wenig an ein Fachwerkhaus erinnerte, standen ihm kleine Schweißperlen auf der Stirn. Seine Handflächen waren ebenfalls feucht, stellte Sandra bei der kurzen Begrüßung fest.

Klement wies eine Verwaltungsangestellte an, den Kollegen vom LKA den Vernehmungsraum zu zeigen. Er selbst müsse sich gleich wieder verabschieden. Der Damen Super-G sei demnächst zu Ende, was den Einsatz aller verfügbaren Exekutivkräfte verlange, erklärte er geschäftig. Wenngleich Polizeiverstärkung aus ganz Österreich, jede Menge private Security-Leute und sogar die Sondereinheit Cobra vor Ort war, wusste Sandra.

Albert Kronthaler traf wenig später, zum Mittagsläuten, ein. Viel Zeit habe er nicht, meinte auch er zur Begrüßung und hängte seinen Anorak über die Sessellehne. Sein strenger Tagesplan sehe das Mittagessen für Punkt 12.30 Uhr vor. Nachdem der Rennläufer Platz genommen hatte, rieb er sich die Hände, um sie aufzuwärmen. Die Breitling an seinem rechten Handgelenk fiel Sandra sofort auf.

»Dürfte ich mir Ihre Uhr mal näher ansehen?«, fragte sie.

»Meine Uhr? Ja, klar …«, meinte Kronthaler verwundert und nahm seinen Chronographen ab.

Selbst, wenn Sandra nicht gewusst hätte, dass der Mann im Trainings-Outfit des rumänischen Skiteams aus Tirol stammte, hätte ihr die kehlige Aussprache des Buchstabens K sofort seine Herkunft verraten. An der Position des Logos auf dem Ziffernblatt der Breitling erkannte sie nunmehr, dass die Uhr ein anderes Navitimer-Modell war als jenes, das inzwischen zur DNA-Spurenauswertung ins Zentrallabor geschickt worden war.

»Wie lange besitzen Sie diese Uhr schon?«

»Gute drei Jahre. Ich hab sie mir selbst zu meinem 30er geschenkt.«

»Besitzen Sie noch andere Uhren dieser Marke? Oder ist Ihnen vielleicht eine abhanden gekommen?«, fragte Sandra nach.

»Nein. Das ist die einzige Breitling, die ich jemals gehabt hab. Eine TAG Heuer liegt noch bei mir daheim. Und ein paar Swatch-Uhren von früher.«

Sandra gab dem Sportler seine Uhr zurück.

»Wie war denn Ihr Verhältnis zu Roman Wintersberger?«, fragte sie weiter.

»Nun, Freunde waren wir nicht gerade«, gab Kronthaler unumwunden zu.

»Und warum nicht?«, stellte sich Sandra ahnungsloser, als sie war.

»Der Roman hat mich aus der österreichischen Mannschaft gekickt. Dabei war ich auf dem besten Weg, nach meiner Verletzung wieder den Anschluss an die Spitze zu finden. Aber er hat den Toby mir vorgezogen. Und mir nicht einmal mehr eine Chance gegeben.«

Dass die Entscheidung des damaligen Gruppentrainers objektiv betrachtet nicht ganz falsch gewesen war, behielt Sandra lieber für sich. Stattdessen konfrontierte sie den Skirennläufer und ehemaligen Athletensprecher nun doch mit der umstrittenen Carving-Reform, die er bisher nicht erwähnt hatte.

»Sie glauben aber nicht, dass ich den Roman deswegen ermordet hab', oder?«, fragte Kronthaler, nachdem er auch diese Frage beantwortet hatte.

»Haben Sie denn ein Alibi für die Nacht vom 23. auf den 24. Dezember?«, fragte Bergmann zurück.

»In der Nacht vor dem Weihnachtsfest war ich längst bei meiner Familie daheim im Zillertal. Das können Sie gern überprüfen.« Kronthaler verschränkte die Arme vor der Brust und lehnte sich entspannt zurück.

»Das werden wir«, meinte Bergmann.

»Vielen Dank, Herr Kronthaler. Hals- und Beinbruch für die WM«, wünschte Sandra dem Skifahrer alles Gute. Auch wenn er vermutlich keine Medaille einfahren konnte, so sollte er doch wenigstens heil ins Ziel kommen. Wie hoffentlich alle WM-Teilnehmer.

Die vierte Einvernahme dieses Tages hatten sie schneller hinter sich gebracht als erwartet. Dafür mussten sie, falls Albert Kronthalers Alibi wasserdicht war, einen Verdächtigen von ihrer Liste streichen.

Die Nächste, die ein Motiv gehabt hatte, Roman Wintersberger zu beseitigen, erschien unmittelbar nach den Leberkässemmeln, die die Verwaltungsangestellte der örtlichen Polizeiinspektion ihnen freundlicherweise besorgt hatte. Bei dem Chaos, das nach dem Skirennen draußen vor der Tür herrschte, war Sandra ihr für diesen Service mehr als dankbar. Für ein anständiges Mittagessen hätte die Zeit bis zur nächsten Befragung ohnehin nicht gereicht. Außerdem waren sicher alle Lokale heillos überfüllt.

Die Witwe betrat das Verhörzimmer allein und, zu Sandras Verwunderung, trotz des Tohuwabohu da draußen fast pünktlich. Anscheinend sollte sie *etwas*, nicht *jeman-*

den mitbringen, rief sie sich die kryptische Bitte des Chefinspektors in Erinnerung.

Irene Wintersberger warf ihren edlen, pastellblauen Ledermantel, der mit weichem Fell im selben Farbton gefüttert war, über einen freien Stuhl. Nach ordinärem Lammfell sah das nicht aus, überlegte Sandra.

Diesmal begann Bergmann mit der Einvernahme.

»Haben Sie den Kontoauszug mitgebracht?«, fragte er.

Sandra war gespannt zu erfahren, was es damit auf sich hatte.

Irene Wintersberger öffnete ihre beige Designerhandtasche und zog die gewünschten Belege heraus, um sie dem Chefinspektor über den Tisch zu reichen.

»Bankkarte Nummer 1 ist eindeutig die meines verstorbenen Mannes«, erklärte sie. »Ich habe vorhin extra noch einmal mit meinem Bankberater telefoniert und sie sperren lassen«, fügte sie hinzu, während Bergmann die Kontoauszüge studierte.

»Die Bargeldbehebung am 23. Dezember 2012 hat vermutlich noch Ihr Mann getätigt«, überlegte er laut.

Und? Was sollte daran so außergewöhnlich sein?, fragte sich Sandra insgeheim.

»Die 400 Euro wurden erst gestern beim Bankomat in der Schulgasse in Schladming abgehoben. Sind Sie sicher, dass das nicht Ihre Karte ist? Oder dass Sie die beiden Karten irrtümlich miteinander vertauscht haben?«, fragte Bergmann nach.

»Ganz sicher. Ich kenne doch Romans PIN-Code gar nicht. Außerdem war ich gestern weder in Schladming, noch habe ich sonst wo Geld von unserem Konto abgehoben.«

Das war allerdings wirklich merkwürdig, wunderte sich Sandra, zumal die Karte des Toten zusammen mit seiner Brieftasche verschwunden war.

»Wir werden die Bildaufzeichnungen des Bankomaten in der Schulgasse anfordern. Von jeder Transaktion gibt es Porträtaufnahmen des Benutzers.« Bergmann notierte die genaue Uhrzeit der Geldabhebung, wie sie am letzten Kontoauszug ersichtlich war.

Mit den Fotos sollten sie demnächst den Kartenbenutzer und vermutlich auch den Mörder von Roman Wintersberger fassen können, hoffte Sandra.

»Gibt es jemanden, der den PIN-Code kannte, außer Ihrem Mann?«, fragte er.

»Das glaube ich nicht, nein. Vielleicht hätte ich die Karte doch lieber gleich sperren lassen sollen, nachdem Roman verschwunden ist. Aber Ihre Kollegen haben gemeint, dass sie eine zusätzliche Chance wäre, meinen vermissten Mann zu finden, falls er seine Karte benutzt.« Da Irene Wintersberger erst seit 24 Stunden wusste, wie ihr Mann verstorben war, habe sie seinen Tod bisher weder der Bank noch den Versicherungen gemeldet, erzählte sie. Sie habe dies im Laufe der Woche oder spätestens in der darauffolgenden vorgehabt, meinte sie auf Sandras Rückfrage.

Mit der Auszahlung der Lebensversicherung hatte es die Witwe demnach auch nicht besonders eilig, überlegte Sandra und griff zu den Kontoauszügen am Tisch, die die Umsätze ab Anfang Jänner auflisteten.

»Gibt es sonst noch Kontobewegungen, die Sie sich nicht erklären können, seitdem Ihr Mann verschwunden ist?«, fragte sie. Der hohe fünfstellige Kontostand war in ihren Augen mehr als beachtlich. Für die Witwe schien er hingegen ganz normal zu sein.

»Nein. Ansonsten ist alles in Ordnung.« Irene Wintersberger nahm die Kontoauszüge wieder an sich und steckte sie zurück in ihre Tasche.

»Okay. Dann war's das fürs Erste«, antwortete Bergmann abschließend. »Vielen Dank.«

Irene Wintersberger rückte mit ihrem Stuhl nach hinten, um sich zu erheben.

»Noch etwas, Frau Wintersberger«, stoppte Sandra sie.

»Ja? Bitte?«

»Ihre Anspielung von gestern geht mir nicht aus dem Kopf.«

»Welche Anspielung denn?«

»Dass Ihr Mann ein intimes Verhältnis mit Tobias Autischer gehabt haben könnte.«

»Das war keine Anspielung.«

»Sondern?«

»Ich wollte nur zum Ausdruck bringen, dass ich keine Ahnung habe, was mein Mann außerhalb unserer Ehe getrieben hat. Es hat mich schon lange nicht mehr interessiert.«

»Also glauben Sie nicht, dass er homosexuelle Neigungen hatte?«, versuchte Sandra sie festzunageln.

Irene Wintersberger schüttelte den Kopf.

»Nein. Eigentlich nicht.«

Sandra seufzte. Mit einer solchen Andeutung vor den falschen Zuhörern hätte die Möchtegernpsychologin gehörigen Schaden anrichten können, wusste sie. Was, wenn die Medien davon Wind bekommen und womöglich beide Männer zu Unrecht geoutet hätten? Dem Toten konnte es egal sein. Nicht aber den Menschen, die ihn geschätzt hatten. Erst recht nicht Tobias Autischer, seinen Fans, den Sponsoren und dem Skiverband. Entweder die möglichen Folgen waren der Witwe gleichgültig oder sie wollte diese absichtlich provozieren. Für so dumm, dass ihr diese Gefahr nicht bewusst war, hielt Sandra sie nicht. Noch überlegte sie, ob und wie sie der Frau ins Gewissen reden sollte, als ihr Handy lautlos am Tisch vibrierte, um den Eingang einer SMS zu verkünden.

Irene Wintersberger nutzte die Gunst des Moments und stand auf.

»Kann ich jetzt gehen?«, wandte sie sich an Bergmann.

Der Chefinspektor nickte ihr wortlos zu.

Irene Wintersberger verabschiedete sich von ihnen, warf ihren sündhaft teuren Mantel über den Arm und stöckelte aus dem Verhörzimmer.

»Ich hol mir noch rasch einen Kaffee, bevor wir mit dem Direktor weitermachen«, sagte Bergmann und verließ den Raum.

Sandra griff nach ihrem Handy. Ihr Puls schnellte schlagartig in die Höhe. Der fettige Leberkäse in ihrem Magen drohte wieder hochzukommen. Julius! Er hatte ihr eine Nachricht geschickt. ›Bist du noch in Schladming? Können wir uns treffen? Bitte! J.‹, las sie auf dem Display.

Warum wollte Julius sie treffen? Sollte sie ihm antworten? Und wenn ja, was?, drehten sich ihre Gedanken im Kreis.

Sandra stellte sich die Frage, ob sie ihren Exfreund überhaupt noch sehen wollte. Was für einen Sinn sollte ein solches Treffen machen? Andererseits konnte sie nur schwer ignorieren, dass sich jede Faser in ihr nach ihm sehnte. Schließlich siegte das Gefühl über die Vernunft, und Sandra wählte seine Nummer.

Julius meldete sich sofort.

»Schön, dich zu hören«, vernahm sie seine samtige Stimme. »Ich muss dich unbedingt sehen«, drängte er.

»Warum? Du hast Schluss gemacht. Schon vergessen?«

»Das war ein Fehler. Bitte, Sandra …«

»Hör mal, ich weiß nicht …«

»Bitte …«

Sandra schnaufte durch und sah auf die Uhr.

»Okay. Wo bist du jetzt?«

»Im Media Center.«

»Lass uns lieber woanders in der Stadt treffen. Das Gewusel rund um die Planai wird mir allmählich zu viel.«

»Wie wär's bei mir im Hotel? In einer halben Stunde?«

Bergmann würde hoffentlich nichts gegen eine Pause einzuwenden haben, überlegte Sandra. Den Direktor der Skihauptschule Schladming konnte er schließlich auch allein befragen. »Von mir aus. Ich versuch's. Wenn es nicht klappt, ruf ich dich gleich nochmal an«, willigte sie ein.

Julius gab ihr den Namen seines Hotels gegenüber der Apotheke und seine Zimmernummer durch und beendete das Gespräch.

Sie musste sich zusammenreißen, damit Bergmann nicht die Schmetterlinge in ihrem Bauch flattern hörte, wenn er zurückkam. Kaum gedacht, öffnete sich schon die Tür.

»Können wir dann?«, fragte Bergmann und schnappte seine Jacke.

»Kannst du den Termin mit dem Direktor allein wahrnehmen? Ich hab noch was zu erledigen.«

»Auf einmal? Was hast du denn plötzlich vor?«

Kurz überlegte Sandra, ob sie den Chefinspektor anflunkern sollte, aber wie sie ihn kannte, würde er ihr früher oder später sowieso auf die Schliche kommen. Also gestand sie ihm lieber gleich, dass sie sich kurz mit Julius treffen wollte.

Bergmann erklärte sich einverstanden und verzichtete wider Erwarten auf einen spitzen Kommentar. Er war wirklich stets für eine Überraschung gut. Zur Abwechslung sogar mal für eine positive, wunderte sich Sandra.

»Soll ich dich zur Skihauptschule fahren oder gehst du lieber zu Fuß?«, fragte sie ihn auf dem Weg nach draußen. »Du brauchst keine zehn Minuten von hier«, erklärte sie ihm.

»Schau dir mal den Verkehr an. Besser, ich vertrete mir ein wenig die Beine. Wie komme ich dorthin?«, fragte er vor der Polizeiinspektion.

Sandra deutete zum Kreisverkehr hinüber, der die heimfahrenden WM-Besucher nach wie vor nur sehr zäh in die verschiedenen Himmelsrichtungen verteilte. Sie war froh, dass sie das Auto noch eine Weile hier stehen lassen und zu Fuß in die Stadt gehen konnte. Überhaupt bei diesem herrlichen Wetter. Noch immer zeigte sich der fast wolkenlose Winterhimmel über den schneebedeckten Bergen tiefblau.

»Erste Ausfahrt links, zweite Straße rechts und dann links in die Erzherzog-Johann-Straße. Dort siehst du das Gebäude schon. Wann und wo treffen wir uns wieder?«

»Wie lange brauchst du denn für dein Schäferstündchen?« Bergmann grinste sie provokant an.

Also doch! Sie hätte wissen müssen, dass er sich einen dämlichen Kommentar über kurz oder lang nicht verkneifen würde können.

»Das wird kein Schäferstündchen«, fuhr sie ihn ärgerlich an.

»Schade«, meinte er, »also, wann und wo?«

Sandra schluckte den emotionalen Teil ihrer nächsten Antwort hinunter.

»In einer Stunde hier auf dem Parkplatz«, bemühte sie sich um einen sachlichen Ton.

»Sagen wir eineinhalb Stündchen. Ihr habt doch sicher einiges zu klären«, meinte Bergmann mit verschmitztem Blick auf die Uhr.

Sandra wandte sich ab, um weiteren überflüssigen Bemerkungen aus seinem Mund zu entkommen. Schleunigst entfernte sie sich in Richtung Hauptplatz. Ihr Ärger war rasch vergessen. Dafür wurde sie immer nervöser, je näher sie dem Hotel kam. Da half auch der halbherzige Schaufensterbummel nichts, den sie einlegte, um die Viertelstunde bis zur Begegnung mit Julius totzuschlagen.

Auf der Treppe, die in den ersten Stock des Hotels führte, schlug ihr Herz bis zum Hals. Einen Moment lang überlegte sie umzukehren, blieb dann aber doch bei ihrer Entscheidung, Julius eine Aussprache zu gewähren. Davonrennen war schließlich auch keine Lösung. Das war ihr in der vergangenen Nacht schmerzhaft klar geworden. Vor seiner Zimmertür atmete sie noch einmal tief durch und klopfte an.

Ein strahlender Julius öffnete ihr die Tür. »Da bist du ja!«, begrüßte er sie lächelnd.

Glaubte er, dass mit ihrem bloßen Erscheinen wieder alles in Ordnung war? Ehe Sandra etwas erwidern konnte, fand sie sich in seinen Armen wieder.

»Ich bin so froh, dass du gekommen bist«, meinte er und drückte sie fest an sich.

»Juli …«, hob Sandra zum Protest an, doch seine Lippen stoppten ihren Versuch, ihm zu widersprechen. Widerstrebend, aber unaufhaltsam spürte sie jenes Verlangen in sich aufkeimen, das sie seit Monaten vermisst hatte. Dass sie auch seine Lust deutlich durch den dicken Stoff ihrer Winterkleidung spüren konnte, brach auch noch den letzten Rest ihres Widerstandes. Hastig zog er ihr die Jacke aus, während er sie zum Bett führte, um sich dort erneut auf sie zu stürzen. Nach und nach fielen auch die restlichen Kleidungsstücke zu Boden.

Entgegen jeglicher Vernunft ließ Sandra ihn gewähren und gab sich ganz dem Feuer hin, das er in ihr entfacht hatte. Als er schließlich in sie eindrang, stockte ihr der Atem. Voller Leidenschaft stieß er zu, um erst kurz vor ihrem Höhepunkt innezuhalten, den Blick noch immer direkt in ihre Augen gerichtet. Sandra fühlte ihn hart, aber regungslos in sich verweilen, was ihre Begierde ins Unermessliche steigerte. Länger konnte sie nicht mehr warten. Sehnsüchtig flehte sie ihn an, weiterzumachen, bevor er sie in den Wahnsinn trieb. Nur langsam, aber umso gefühlvoller, setzte er seine Stöße fort. Immer tiefer drang er in sie ein, dann immer schneller, bis beide die ersehnte Erlösung fanden.

»Das war einfach wundervoll«, meinte Julius als Erster.

Sandra rührte sich nicht von der Stelle. Die Reue würde früh genug folgen, fürchtete sie, immer noch außer Atem.

»Ja, das war es«, murmelte sie und ließ sich von Julius über Hals und Brust streicheln. Und wie sollte es jetzt weitergehen? Wie spät war es überhaupt? Blieb ihnen noch Zeit für eine Aussprache? Sandra blickte auf ihre Uhr, die in der Hitze des Gefechts als Einziges auf ihrem Körper verblieben war.

»Ich muss in einer halben Stunde aufbrechen«, holte sie auch Julius in die Realität zurück. »Bergmann wartet auf mich.«

Julius schnaufte tief durch und vergaß dabei, Sandra weiter zu streicheln.

»Ihr seids wegen dem Mord am Wintersberger hier, gell? Das ist doch euer Fall. Hab ich recht?«, meinte er als Nächstes.

Selbstverständlich hatte er eins und eins längst zusammengezählt. Er war schließlich ein cleveres Bürschchen. Vor allen Dingen aber war er verdammt sexy, kam Sandra nicht umhin zu bemerken, während ihr Blick über seinen durchtrainierten Körper streifte.

»Lassen wir das besser, Julius. Du weißt doch, dass ich mit dir nicht über meine Fälle rede. Wir sollten uns lieber über uns unterhalten, falls es ein *Uns* überhaupt noch gibt.«

»Wie kannst du nur daran zweifeln? Nach dieser Nummer?« Julius lächelte sie an und streichelte sie weiter.

»Du willst es also ernsthaft noch einmal versuchen?« Julius nickte.

»Ich liebe dich, Sandra. Dass es ein Fehler war, Schluss zu machen, hab ich dir ja schon am Telefon gesagt.«

Sandra seufzte. An mangelnder Liebe lag es wahrlich nicht, dennoch musste sich einiges ändern, sollte ihre Beziehung in Zukunft besser funktionieren.

»Ich hab mir überlegt, wie wir's vielleicht hinkriegen könnten«, kam Julius ihrer Antwort zuvor.

Überrascht löste sich Sandra aus seiner Umarmung und setzte sich auf.

»Ach ja?«

»Erstens muss ich akzeptieren, dass dein Job vorgeht. Auch, wenn mir das sehr schwer fällt. Aber ich versprech dir, ich werde mich bemühen.«

Die Kernbotschaft ihrer Predigten war also spät aber doch bei ihm angekommen, freute sich Sandra.

»Und zweitens?«, fragte sie lächelnd, während er über ihren Bauch streichelte.

»Zweitens suche ich mir besser wieder eine eigene Wohnung – in deiner Nähe natürlich. Ich möchte dich wirklich nicht ersticken.«

Na, bitte! Warum denn nicht gleich?, dachte Sandra erleichtert. Hätte er das mal früher kapiert, hätten sie sich das ganze Theater sparen können. Nun ja, einen nicht unwesentlichen Part davon wenigstens.

»Eine Bedingung habe ich allerdings noch«, meinte sie wieder ernst.

»Und die wäre?« Julius sah zu ihr auf.

»Frag mich in den nächsten Monaten nicht nach Kindern. Wenn ich 35 bin, reden wir weiter. Ich muss mir erst klar werden, ob ich dieses Abenteuer wirklich wagen will, okay?«

»35«, wiederholte er, »versprochen?«

Sandra nickte. »Versprochen.« Hauptsache, sie würde bis dahin ihre Ruhe vom Thema Schwangerschaft haben, dachte sie, als ihr Handy klingelte.

»Das wird Bergmann sein«, sagte sie und stand auf, »du kannst gleich damit anfangen, den ersten Teil deines Versprechens einzulösen.«

Julius rollte auf ihre Seite des Betts und verpasste ihr einen Klaps auf den Hintern.

Es war Miriam, die anrief.

»Ihr müssts gleich noch mal zum Fischerwirt«, sprudelte die Kollegin drauf los. »Katharina Knobloch hat dort die Brieftasche von Roman Wintersberger gefunden. Du glaubst nicht, wo …«

»Miriam, bitte keine Rätsel.«

»'tschuldigung. In der Wohnung von Tobias Autischer.«

»Was?«, fragte Sandra erstaunt, »ehrlich?«

Julius musterte sie aufmerksam.

»Ich mach doch keine Scherze mit so was …«, empörte sich Miriam unterdessen.

»Hast du die Spurensicherung schon verständigt?« Sandra bewegte sich zügig in Richtung Badezimmer, verfolgt von Julius' Blicken.

»Ich wollte zuerst mit dir reden.«

»Okay. Dann mach das bitte gleich im Anschluss.«

»Wird erledigt. Was ist mit dem Staatsanwalt?«

»Um den kümmern wir uns. Gib mir doch nochmal rasch die Telefonnummer vom Fundort durch«, sagte Sandra und schloss die Badezimmertür hinter sich. Dass Julius die unerwartete Wendung im Mordfall mitbekam, fehlte ihr gerade noch. Obgleich sie nicht glaubte, dass er noch einmal vertrauliche Informationen hinter ihrem Rücken preisgeben würde. Besser war es jedoch, ihn gar nicht erst in Versuchung zu führen.

»Hat Katharina Knobloch schon mit irgendjemandem über diesen Fund gesprochen? Außer mit dir.«

»Nein. Und ich hab sie auch gebeten, dass sie das vorerst für sich behält.«

»Okay. Ruf bitte auch den Inspektionskommandanten Seitinger in Haus im Ennstal an. Oder die Gruppeninspektorin Grübler. Sie sollen uns jemanden schicken, der den Schranken aufsperrt. In etwa 30 Minuten müssten wir dort sein.«

Sandra legte auf und wählte Bergmanns Nummer.

»Na, wie war's, *Liebling*? Ich bin schon unterwegs

zum Auto«, meldete sich der Chefinspektor ansatzlos am Telefon.

Jetzt war definitiv der falsche Zeitpunkt, um auf seine Provokation einzugehen, auch wenn sie ins Schwarze traf.

»Es gibt Neuigkeiten in unserem Fall«, informierte ihn Sandra über den Brieftaschenfund und gab ihm die Nummer von Katharina Knobloch weiter. »Kannst du bitte gleich einen Termin mit ihr ausmachen? Ich bin in einer Viertelstunde am Parkplatz. Die SpuSi hat Miriam schon verständigt. Bis gleich.« Sandra legte das Handy auf dem Toilettendeckel ab. Dann stieg sie eilig unter die Dusche, um die physischen Spuren ihrer Versöhnung mit Julius zu beseitigen. Das prickelnde Gefühl, das sie beim Gedanken daran überkam, blieb glücklicherweise länger haften.

Sie küsste Julius zum Abschied und versprach ihm, dass sie sich spätestens nach der WM in Graz wiedersehen würden. Seine Begegnung mit der Tänzerin im Blauen Engel, die sie hatte ansprechen wollen, hob sie sich für einen späteren Zeitpunkt auf.

Julius versicherte Sandra, dass er es kaum erwarten konnte, sie wiederzusehen, und ließ sie gehen. Diesmal, ohne sie zurückhalten zu wollen und ohne sich zu beklagen.

Sandra startete den Wagen, während Bergmann das Blaulicht auf dem Autodach fixierte. Das Verkehrsaufkommen auf der Coburgstraße nach dem Super-G der Damen hatte etwas nachgelassen, dennoch kamen die Kolonnen in beiden Richtungen nur zäh voran.

»Hast du in der Schule was Neues herausgefunden?«, fragte Sandra, als sie den Wagen mit eingeschaltetem Blaulicht und Martinshorn vom Parkplatz der Polizeiinspektion lenkte. Ihre Aufmerksamkeit galt den Lücken, die zwischen den Fahrzeugen vor ihnen freiwurden, damit ihr ziviler Einsatzwagen passieren konnte.

»Nichts, was uns weiterhilft. Wintersberger war wohl einer der erfolgreichsten Trainer, die dort jemals beschäftigt waren. Der Direktor hat ihn als streng und nicht immer ganz objektiv beschrieben. Wenn er jemanden nicht mochte, war er oft ungerecht. Für seine Günstlinge kämpfte er aber wie ein Löwe.«

»Zum Beispiel für Tobias Autischer.«

»Für den ganz besonders.«

»Was ist mit der Pokergeschichte?«

»Der Direktor konnte sich noch gut daran erinnern. Autischer muss es faustdick hinter den Ohren gehabt haben.« Bergmann grinste verschmitzt.

Wahrscheinlich war der Chefinspektor in jungen Jahren selbst der Alptraum seiner Lehrer gewesen, vermutete Sandra.

»Und was ist mit Drogen?«, wollte sie wissen.

»Davon will der Direktor nichts mitbekommen haben. Bei der Drogenfahndung scheint der Name Tobias Autischer auch nirgends auf.«

Das hatte Bergmann inzwischen also auch schon gecheckt, während sie sich mit Julius vergnügt hatte, meldete sich bei Sandra das schlechte Gewissen.

»Und was ist mit Homophilie oder sexuellen Übergriffen?«, fragte sie. Endlich hatten sie den zähen Verkehr hinter sich gelassen, und sie konnte aufs Gas steigen.

»Nichts. Ich denke, dass wir dieses Thema endgültig abhaken können. War wohl wirklich nur das dumme Gerede einer vernachlässigten Ehefrau«, meinte Bergmann.

»Wie kann man nur so dämlich sein?«, fragte sich Sandra einmal mehr. »Und so jemand schreibt Bücher, die anderen das Leben erleichtern sollen.«

»Hüte dich vor verschmähten Weibern«, sagte Bergmann. Dass Sandra ihn damals abgewiesen hatte, ließ er an dieser Stelle zwar unerwähnt, dennoch glaubte sie einen leisen Vorwurf herauszuhören.

»Was ist mit Katharina Knobloch?«, überging sie seine letzte Bemerkung.

»Die wartet schon auf uns«, fügte er hinzu. »Der Hausdurchsuchungsbefehl ist auch schon unterwegs. Mit allen weiteren Schritten möchte ich noch abwarten, bis wir uns vor Ort ein Bild gemacht haben. Tobias Autischer wird uns nicht so schnell davonlaufen, denke ich«, meinte Bergmann.

»Seh' ich auch so«, bestätigte Sandra, »seine WM-Rennen wird er allerdings vergessen können, sollte sich der Mordverdacht gegen ihn erhärten.«

»Dafür könnte er einen neuen Geschwindigkeitsrekord aufstellen. So schnell wie ihn konnten wir noch keinen Täter überführen.«

»Warten wir's mal ab«, warnte Sandra ihren Partner vor allzu voreiligen Schlüssen.

*

Am Parkplatz vor der Seewigtalhütte stand ein halbes Dutzend Autos, deren Insassen den traumhaften Wintertag vermutlich für eine Wanderung mit anschließender Jause beim Fischerwirt genutzt hatten. Vielleicht warteten sie dort auch schon auf ein frühes Abendessen. Demnächst würde die Sonne untergehen und eine weitere kalte, sternenklare Nacht folgen, so man den Wetterprognosen Glauben schenken durfte. Bisher hatten die Veranstalter der Alpinen Ski-WM und die ganze Region immenses Glück mit dem Wetter gehabt. Dass die Vorarlbergerin Marie-Therese Watteck mit wenigen Tausendstel Sekunden Vorsprung vor der zweitplatzierten Französin den Super-G für sich und das Veranstalterland entschieden hatte, sorgte ebenfalls für gute Laune. Für Montag bis Mittwoch war allerdings Wintertief ›Marcel‹ mit weiteren heftigen Schneefällen angekündigt, die den Organisatoren einiges abverlangen würden, um die bisher so gelungene WM auch weiterhin programmgemäß durchführen zu können.

Dem Streifenwagen auf dem Parkplatz entstieg ein fröhlich winkender Johann Seitinger, der den Schranken für die LKA-Ermittler und sich selbst öffnete, um ihn hinterher wieder abzusperren. Er folgte ihnen zum Fischerwirt, wo er seinen VW Touran direkt hinter ihrem Passat abstellte.

»Und? Wie laufen die Ermittlungen?«, fragte der Inspektionskommandant, nachdem sie sich ausführlicher begrüßt hatten.

Sandra hob ihre Tatorttasche aus dem Kofferraum. Mit Siebenbrunner und seinen Kriminaltechnikern, die aus Graz anreisten, war frühestens in einer Stunde zu rechnen.

»Besser, als wir hoffen durften«, antwortete sie und ließ den Deckel des Kofferraums wieder zufallen. »Wie es aussieht, wurde die Brieftasche von Roman Wintersberger gefunden«, berichtete sie dem uniformierten Polizisten auf dem Weg zum Eingang.

»Wirklich?«, fragte Seitinger überrascht. »Und wo?«

»Hier beim Fischerwirt.« Sandra betrat als Erste das Wirtshaus. Katharina Knobloch kam ihnen entgegen, kaum dass sie ihre Jacken aufgehängt hatten. Die Wangen der drallen Rotblonden waren noch stärker gerötet als bei ihrer letzten Begegnung. Trotz des kurzärmeligen Dirndls, das sie mitten im Winter trug, wirkte sie erhitzt.

»Super, dass Sie schon da sind«, meinte sie hektisch, »wir erwarten eine große Gesellschaft zum Abendessen.«

»Dann sollten wir uns beeilen. Haben Sie die Brieftasche?«

»Nein. Ich hab sie in Tobys Wohnung gelassen, wo ich sie gefunden hab.«

»Umso besser. Dann bringen Sie uns bitte gleich dorthin«, sagte Sandra.

»Ich geb nur rasch meiner Kollegin Bescheid, dass ich kurz weg bin.«

Die Polizisten folgten der Kellnerin in den hinteren Teil des Hauses, in dem die privaten Räume der Familie Knobloch lagen, und weiter hinauf ins Dachgeschoss. Vor einer der beiden Mansardentüren blieb die jüngere Schwester des Wirts stehen und steckte einen der Schlüssel auf ihrem Bund ins Schloss.

»Moment noch«, sagte Sandra. »Wir wollen möglichst keine Spuren verunreinigen«, fügte sie hinzu und holte die weißen Overalls, Schuhüberzüge und Einweghandschuhe für sich und Bergmann aus ihrer Tasche. »Bleiben Sie bitte mit der Zeugin draußen«, sagte sie zu Seitinger, der aus Platzmangel auf der Treppe stand, und zog sich die Spezialmontur über.

»Wo haben Sie die Brieftasche denn genau gefunden?«, erkundigte sie sich bei der Kellnerin, während sie die Handschuhe überstreifte. Die war inzwischen ein paar Schritte zurückgewichen und ebenfalls auf der Treppe, unmittelbar vor Seitinger, zu stehen gekommen. Der Inspektionskommandant war seinerseits zwei Stufen weiter nach unten gestiegen, um der jungen Frau Platz zu machen.

»Unter dem Kopfpolster. Zwischen dem Spannleintuch und der Matratze. Dort hab ich sie auch wieder hingelegt, nachdem ich hineingeschaut hab. Ich weiß ja, dass mich das eigentlich nichts angeht, aber …« Katharina Knobloch suchte nach einer Entschuldigung für ihre Neugier.

»Nun, in diesem Fall geht das schon in Ordnung«, meinte Sandra. »Aber sagen Sie, was hatten Sie eigentlich im Schlafzimmer Ihres Schwiegerschwagers zu suchen?«, wollte sie wissen.

»Ich hab der Astrid geholfen, die Betten frisch zu überziehen«, erzählte Katharina Knobloch. »Ich wohn' ja gleich hier gegenüber«, fügte sie an und deutete zur zweiten Wohnungstür im Dachgeschoss.

»Aber Herr Autischer wohnt doch derzeit gar nicht hier. Warum wurde dann sein Bett frisch überzogen?«, fragte Sandra.

»Es ist vor Weihnachten das letzte Mal überzogen worden, zu den Feiertagen war der Toby ja zu Hause. Und wo wir schon mal dabei waren …«

»Sie haben einen Schlüssel zu Tobias Autischers Wohnung?«

»Ja.«

»Wer hat noch einen?«

»Die Astrid und die Vroni. Wobei der ihre Schlüssel im Abstellkammerl bei den Putzmitteln hängen. Dann braucht sie sie nicht immer mit sich rumzuschleppen.«

»Vroni?«, fragte Sandra nach.

»Veronika Zwinz«, erläuterte Katharina Knobloch.

Der Name war Sandra beim Durchsehen der Dienstpläne schon untergekommen. Außerdem hatte Miriam bereits deren Alibi telefonisch überprüft.

»Die Reinigungskraft?«, vergewisserte sie sich.

Katharina nickte.

»Im Sommer arbeitet die Vroni als Stubenfrau für die Gästezimmer. In der Wintersaison kommt sie nur einmal in der Woche ins Haus, um alles soweit wie möglich in Schuss zu halten.«

»Mittwochs?«, glaubte Sandra sich zu erinnern.

»Genau.«

»Wo befindet sich denn dieses Putzkammerl?«, fragte Sandra.

»Im Erdgeschoss. Die letzte Tür im Korridor, der zum Privatteil des Hauses führt. Wir sind vorhin daran vorbeigekommen.«

»Und ist dieses Kammerl üblicherweise abgesperrt?«

»Nein, das ist eigentlich immer offen.« Sandra tauschte Blicke mit Bergmann aus. Jeder hatte demnach Zugriff auf die Schlüssel gehabt, auch auf den Wohnungsschlüssel von Tobias Autischer. Jeder, der wusste, dass die Schlüssel dort aufbewahrt wurden, was laut Katharina Knobloch nur auf die Familie zutraf. Und eben auf Veronika Zwinz, die so gut wie dazugehörte.

»Haben Sie etwas aus der Brieftasche herausgenommen?«, kam Sandra wieder auf das Beweisstück zu sprechen.

»Nein! Ich hab nur hineingeschaut. Niemals würde ich jemandem etwas stehlen.« Ihre Entrüstung klang echt.

»Schon gut. Ich musste Sie das fragen«, erklärte Sandra. »Ich glaube Ihnen ja. Sie hätten wohl sonst kaum die Polizei gerufen ...«

Katharina Knobloch nickte.

»Eben.«

Ein wenig seltsam fand Sandra es dennoch, dass sie zu allererst die Polizei verständigt hatte. Wäre es nicht naheliegender gewesen, erst mit jemandem aus der Familie über den Fund zu sprechen? Andererseits ging es hier um Mord. Und die junge Dame war anscheinend nicht nur neugierig, sondern auch vorsichtig.

»Trauen Sie Tobias Autischer denn zu, Roman Wintersberger erschossen zu haben?«, fragte Sandra ohne Umschweife.

Katharina Knobloch zuckte mit den Schultern.

»Wenn sich die beiden gestritten haben, sind schon ordentlich die Fetzen geflogen. Die Schreierei konnte ich bis in meine Wohnung hören.«

»War das öfter der Fall?«

»Ich kann mich nur an zwei- oder dreimal erinnern.«

»Wann zuletzt?«

Katharina Knobloch überlegte.

»Zu Astrids Geburtstag – Anfang August.«

»Hatten Sie mit Tobias auch mal Streit?«

»Ich? Na ja, er hat schon mal mit mir rumgeschrien, wenn ihm etwas nicht gepasst hat. Er ist eben auch in der Familie der Superstar, der sich gern alles hinterhertragen lässt. Aber ich hab's halt hingenommen. So oft ist er ja eh nicht da.«

»Sie mögen ihn nicht besonders?«

»Aber ja. Den Toby mag doch jeder«, versicherte Katharina Knobloch.

Kein Mensch wurde von jedem gemocht, dachte Sandra. Schon gar kein großspuriger Superstar. Die meisten bewunderten Tobias Autischer vielleicht für seine sportlichen Leistungen, manche sonnten sich sogar in seinem Erfolg. Doch blieb dieser erst einmal aus, würde sich rasch zeigen, wer den Burschen wirklich mochte.

»Bitte reden Sie mit niemandem über die Brieftasche, bevor wir nicht geklärt haben, wie sie in das Bett gekommen ist«, sagte Sandra. »Wir wollen Ihren Schwager doch nicht vorverurteilen und ihm damit schaden.«

»Ich halt meine Gosch'n. Das hab ich Ihrer Kollegin am Telefon schon versprochen«, erwiderte das rotwangige Mädchen mit den wasserblauen Augen.

Irgendwie wirkte sie heute lebendiger und hübscher, als Sandra sie in Erinnerung hatte. Ob das am Dirndl lag, das ihrem Babyspeck weibliche Kurven verlieh? Dass auch Bergmann sie an diesem Tag anders wahrnahm, verriet der eine oder andere Blick auf ihr Dekolletee, was die junge Frau nicht zu bemerken schien.

»Was passiert denn nun mit dem Toby?«, fragte sie.

»Wir werden ihn noch einmal ausführlich befragen«, antwortete Sandra.

»Muss er ins Gefängnis?«

»Das kommt ganz darauf an«, meinte Sandra wenig konkret.

»Sagen Sie ihm bitte nicht, dass ich die Brieftasche bei ihm gefunden hab.«

»Warum nicht?«

»Ich möchte nicht, dass er bös auf mich ist. Vielleicht gibt es ja eine völlig harmlose Erklärung dafür. Und ich hab die Brieftasche ja auch nicht absichtlich gefunden.«

Auf die Erklärung, wie die Brieftasche des Opfers in das Bett des Skirennläufers gelangt war, war Sandra mehr als gespannt. Dass es dafür eine harmlose Begründung gab, bezweifelte sie.

»Machen Sie sich mal keine Sorgen«, beruhigte sie Katharina Knobloch. »Nicht Sie haben einen Fehler begangen, sondern er, wie es aussieht. Dass Sie die Brieftasche gefunden haben, wird er von uns nicht erfahren.«

Die Kellnerin bedankte sich, und Sandra ließ sie zurück an die Arbeit gehen. Mit spitzen Fingern drehte sie den Schlüssel um und drückte die Türschnalle möglichst vorsichtig hinunter, obwohl die Fingerabdrücke dort vermutlich ohnehin unbrauchbar waren, wie an fast allen stark frequentierten Stellen, an denen ein Abdruck den anderen überlagerte und meist verschmierte.

Bergmann betrat, ebenfalls in Schutzkleidung, hinter Sandra die Wohnung des Skirennläufers. Der erwartete rustikale Stil, der im Gasthaus und an der Rezeption vorherrschte, fehlte hier gänzlich. Stattdessen überraschten die hellen Wohnräume mit urbanem Lounge-Stil, der von weißen, hochglänzenden Lackmöbeln und Akzenten in Erdtönen geprägt war.

Das Badezimmer war ebenso hochwertig wie modern ausgestattet. Die naturgrauen Schieferfliesen waren quer auf Boden und Wänden verlegt, die Sanitäreinrichtungen glänzten in Weiß und mit klaren Linien.

Eine Küche gab es in der Mansardenwohnung nicht. Nur einen Kühlschrank mit Getränken, jedoch ohne Alkohol, im Wohnzimmer. Tobias Autischer kam vermutlich in den Genuss der Restaurantküche, wenn er sich hier aufhielt.

Im Schlafzimmer hob Sandra an der genannten Stelle Polster und Spannleintuch hoch und fand sofort, wonach sie suchte.

»Machst du bitte mal ein Foto?«, sagte sie zu Bergmann und wartete, bis er den Fundort mit dem Smartphone fotografiert hatte. Dann klappte sie die schwarze Lederbrieftasche vorsichtig auf und sah zuerst nach den Karten. Unterhalb des Führerscheins im Scheckkartenformat, der Touringclub-Mitgliedskarte und den zwei Kreditkarten steckte jene Bankkarte, mit der am Tag zuvor Bargeld abgehoben worden war. Vom Geld selbst fehlte jede Spur. Außer ein paar Münzen, einem KFZ-Zulassungsschein für einen nigelnagelneuen Audi Q7, der erst seit 10.12.2012 auf den Österreichischen Skiverband lief, der e-Card der Sozialversicherung, einer Waffenbesitzkarte für eine Glock 17 und einiger ÖSV-Visitenkarten, die auf ›Roman Wintersberger, ÖSV Alpin, Sportlicher Leiter Herren‹ lauteten, war nichts in der Brieftasche des Mordopfers.

Sandra legte sie zurück auf das Bett, während Bergmann einen Blick in den Kleiderschrank des Spitzensportlers warf.

»Willst du das nicht lieber der SpuSi überlassen?«, fragte sie.

»Vielleicht springt mich ja irgendetwas an«, meinte Bergmann und schloss den Schrank wieder, um sich danach dem Nachtkästchen zu widmen.

»Na bitte! Wer sagt's denn?«, verkündete er und winkte Sandra zu sich.

Die Glock in der Schublade entlockte ihr einen Pfiff durch die Zähne.

»Genauso eine ist auf Roman Wintersberger zugelassen«, erklärte sie Bergmann.

»Würde mich nicht wundern, wenn das hier seine Waffe ist«, meinte er.

Sandra bückte sich, um die Glock aus der Nähe zu betrachten.

»Und vielleicht auch die Tatwaffe. Da vorne auf der Mündung klebt etwas. Könnte Gewebe des Opfers sein, das beim Nahschuss auf die Waffe geschleudert wurde. Lass sie lieber da drinnen liegen«, meinte sie. »Siebenbrunner müsste ohnehin bald hier eintrudeln. Er soll sich um die Pistole kümmern.«

»Du glaubst doch nicht, dass ich sie angefasst hätte?« Bergmann legte die Stirn in Falten.

»Nein, natürlich nicht«, beeilte sich Sandra zu antworten. Der Chefinspektor hielt sich zwar nicht immer an alle Regeln, aber das Risiko, Spuren an der möglichen Tatwaffe zu vernichten, wäre er keinesfalls eingegangen.

Sandra atmete tief durch.

»Tobias Autischer ... Wer hätte das gedacht?«, fragte sie in den Raum. Auf einmal wurde ihr bewusst, dass sie mit einer Festnahme des beliebten Ski-Stars eine Lawine lostreten würden, die die gesamte WM in Schladming niederwalzen konnte.

KAPITEL 4

Mittwoch, 6. Februar 2013

Die Vernehmung von Tobias Autischer in Anwesenheit seines Rechtsanwaltes hatte fast die ganze Nacht gedauert. Morgens um fünf brach Bergmann das Verhör ab, damit er und Sandra noch ein wenig schlafen konnten, ehe sie die Befragung fortsetzten und der Rummel losging.

Noch hatten die Medien nicht darüber berichtet, dass der Ski-Held der Nation unter dringendem Tatverdacht stand, den Sportlichen Leiter des ÖSV, Roman Wintersberger, ermordet zu haben. Die Presserklärung der Landespolizeidirektion ließ bis auf Weiteres auf sich warten.

Um sieben Uhr morgens holte Generalmajor Stickler den Chefinspektor mit einem persönlichen Anruf aus dem Bett und zitierte ihn zu sich, damit er ihm direkt berichtete. Der Strafverteidiger, den Norbert Bachler unmittelbar nach der Festnahme seines Schützlings im Hotelzimmer beauftragt hatte, hatte keine Zeit verstreichen lassen und noch vor dem Morgengrauen an höchster Stelle interveniert, um seinen Mandanten gegen Kaution freizubekommen. Doch momentan war da nichts zu machen. Weder mit politischem Einfluss, noch mit persönlichen Kontakten oder mit allem Geld der Welt. Die Indizien belasteten Tobias Autischer schwer. Sowohl die Brieftasche als auch die Pistole des Mordopfers waren in seiner Wohnung sichergestellt worden. Am Magazin der Glock hatten sich Fingerabdrücke von beiden Männern, Opfer und mutmaßlichem Täter, befunden. Daran war nichts zu rütteln. Zudem gab es Zeugen für einen Streit, aber niemanden, der das Alibi des Sportlers bestätigen konnte.

Bergmann lieferte Stickler genügend Munition, um gegen etwaige Angriffe aus einflussreichen Kreisen gewappnet zu sein. Der Generalmajor gab ihm umgekehrt zu verstehen, dass ihn der kleinste Fehler Kopf und Kragen kosten würde. Die Pressekonferenz wurde für 11.30 Uhr anberaumt. Bis dahin sollte Bergmann am besten mit einem Geständnis des Verdächtigen aufwarten können. Als ob ein Verhör ein Wunschkonzert wäre und der Chefinspektor dessen Dirigent.

Erschöpft ließ sich Bergmann auf seinen Bürostuhl fallen, sodass der frische Kaffee beinahe über den Tassenrand schwappte.

»Lass Autischer dann wieder in den Verhörraum bringen. Und ruf seinen Anwalt an. Wir machen in einer halben Stunde weiter. Stickler erwartet sich bis zur Pressekonferenz ein Geständnis«, meinte er, zu Sandra gewandt.

»Hat er zufällig auch erwähnt, wie wir ihm das entlocken sollen?«

Bergmann schüttelte nachdenklich den Kopf.

»Das ist mein Problem«, murmelte er, während er einen Bleistift in den Spitzer steckte und ihn ein paar Mal herumdrehte – eine merkwürdige Angewohnheit, die ihn von seinem Verlangen nach Nikotin ablenken sollte, wusste Sandra. Angeblich half sie ihm auch, sich zu konzentrieren.

»Aber die Indizien reichen doch für eine Anklage«, erwiderte sie.

Bergmann zuckte mit den Schultern.

»Sascha?«, meldete sich Miriam zu Wort, während Sandra zum Telefon griff.

»Hm?«, meinte er gedankenverloren.

»Schau dir doch mal meine letzte E-Mail an, bevor ihr mit dem Verhör weitermacht. Ich hab dir die Fotos von Paylife weitergeleitet.«

Bergmann fragte nicht nach. Er legte Bleistift und Spitzer beiseite, nahm die Maus zur Hand und richtete seinen müden Blick auf den Monitor.

Im Gegensatz zu ihm kannte Sandra die Nachricht bereits, wusste aber dennoch nicht so recht, was sie von den Fotos, die die Bankomat-Kamera des Kartendienstleisters wie bei jeder Bargeldbehebung automatisch aufgenommen hatte, halten sollte. Viel länger als Bergmann hatte auch sie nicht geschlafen. Dementsprechend müde war sie nun, und es fiel ihr schwer, einen klaren Gedanken zu fassen. Erneut griff sie zum Telefon.

Tobias Autischers Anwalt hob sein Handy nicht ab, also sprach sie ihm auf die Mobilbox, dass das Verhör mit seinem Mandanten in einer halben Stunde fortgesetzt werden sollte. Vorgewarnt hatten sie beide Männer schon bevor sie die Befragung frühmorgens unterbrochen hatten.

Bergmann lachte auf.

»Das ist ja mal ein geiles Täterfoto«, meinte er. Trotz des Schlafentzugs war ihm sein spezieller Humor noch immer nicht abhanden gekommen. Augenblicke später hörte Sandra den Fotoprinter rattern. Noch einmal prüfte der Chefinspektor die Bilder, diesmal ohne zu lachen. Stattdessen kratzte er sich am Kinn, während er ein Foto nach dem anderen betrachtete.

»Was hältst du davon, Sandra?«, fragte er schließlich und schob die Bilder auf seinem Schreibtisch zu einem Haufen zusammen.

»Ehrlich gesagt werde ich nicht besonders schlau daraus. Entweder, der Mann am Bankomat ist Tobias Autischer, der sein Gesicht hinter einer Fotomaske mit dem eigenen Konterfei verbirgt, oder es ist ein anderer Mann mit derselben Absicht. Diese Fan-Masken sind uns in Schladming zuhauf begegnet.«

Bergmann nickte.

»Diese schwarze Wollmütze ist leider auch nicht besonders hilfreich. Haare sind darunter keine zu erkennen«, meinte er.

»Einzig und allein der Anorak liefert uns einen Hinweis auf den ÖSV. Das ist eindeutig eines dieser Modelle, das auch Norbert Bachler trägt. Das sind doch dieselben Sponsorenlogos auf seinem Anorak, oder nicht?«, fragte Sandra.

»So ist es«, warf Miriam ein. »Die Sponsorenlogos auf den Anoraks sind bei allen in der österreichischen Herrenmannschaft gleich. Auch bei den Trainern, weil dort nämlich die Großsponsoren des Austria Ski Teams angebracht sind. Nur die privaten Kopfsponsoren der einzelnen Rennläufer unterscheiden sich voneinander, und damit auch die Logos auf den Stirnbändern, Mützen und Helmen. Das sind die einzigen freien Werbeflächen, die den ÖSV-Athleten bleiben, um sich ein hübsches Körberlgeld zu verdienen. Aber ein solches Logo fehlt auf der Mütze am Foto ja.«

»Jedenfalls können diese Bilder Tobias Autischer auch nicht entlasten«, meinte Bergmann. »Dass wir es mit einem ÖSV-Insider zu tun haben, ist höchst wahrscheinlich. Miriam, check doch bitte mal, wer alles so einen Anorak bekommen hat.«

»Mach ich.«

»Lass uns gehen, Sandra. Bis zur Pressekonferenz bleibt uns nicht mehr viel Zeit.« Bergmann schnappte sich die Fotos und sein Kaffeehäferl und erhob sich mit einem Ruck.

Sandra stand etwas langsamer auf. Ihr Kreislauf war ein wenig angeschlagen.

»Ich konnte seinen Anwalt noch nicht erreichen«, sagte sie.

»Probier es unterwegs noch mal.« Bergmann war bereits bei der Tür angelangt.

Tobias Autischer wirkte trotz seiner Jugend nicht weniger erschöpft als die beiden LKA-Ermittler, die ihn in der Nacht verhört hatten. Seine Augen waren rot und geschwollen, als hätte er viel geweint. Aus dem unbesiegbaren, coolen Helden war über Nacht ein Häuflein Elend geworden.

»Wir müssen auf Ihren Anwalt warten, bevor wir mit dem Verhör weitermachen. Möchten Sie einen Kaffee oder irgendetwas anderes zu trinken?«, fragte Sandra.

»Einen Orangensaft. Frisch gepresst …«, erwiderte der junge Mann schwach.

Als ob sie hier im Restaurant wären, dachte Sandra und überhörte den zweiten Teil der Bestellung. Ein herkömmlicher Orangensaft aus dem Tetrapack würde es in diesem Fall auch tun müssen. Sandra bat den uniformierten

Kollegen, der den Verdächtigen vorgeführt hatte, einen Saft und Wasser für alle kommen zu lassen.

»Ich hab den Roman nicht erschossen. Das müssen Sie mir glauben«, beteuerte Tobias Autischer zum wiederholten Mal.

Sandra schaltete das Mikrofon auf dem Tisch ein und startete die Tonaufzeichnung. Einen Formfehler konnten sie sich nicht erlauben. Der Anwalt wartete nur auf einen solchen, um seinen Mandanten freizubekommen. Ansonsten hatte er nämlich nicht viel in der Hand.

Unvermittelt legte Bergmann die Beweisfotos von der Bargeldbehebung offen auf den Tisch. Tobias Autischer rutschte auf seinem Stuhl nach vorn.

»Darf ich?«, fragte er, den Blick auf die Fotos gerichtet.

»Nur zu. Sehen Sie sich die Aufnahmen ruhig schon mal an«, meinte Bergmann.

»Das bin ich nicht«, behauptete sein Gegenüber wie aus der Pistole geschossen, und warf das erste Foto zurück auf den Stapel. »Ich hab Ihnen doch schon gesagt, dass ich nicht beim Bankomat war. Und dass ich Romans PIN-Code gar nicht kenne. Außerdem bin ich doch nicht so blöd und setze mir ausgerechnet eine Fan-Maske mit meinem Gesicht auf.«

»Warum denn nicht? Das wäre sogar sehr schlau, finde ich«, erwiderte Bergmann.

Sandra warf dem Chefinspektor einen Blick zu, der ihn zum Schweigen brachte.

»Alles Weitere heben wir uns besser für Ihren Anwalt auf«, setzte sie hinzu.

»Was soll das alles überhaupt? Ich bin unschuldig!«, wurde Tobias Autischer nicht zum ersten Mal laut.

Weder Bergmann noch Sandra gingen auf seinen Ausbruch ein. Der junge Mann kaute fortan schweigend auf seiner Unterlippe herum, bis sich die Tür des Verhörraums öffnete, und sein Anwalt eintrat, gefolgt vom Beamten, der die Getränke brachte.

»Ich gehe davon aus, dass Sie die Einvernahme meines Mandanten nicht ohne mich fortgesetzt haben«, sagte Doktor Theo Streiter, dessen Name Programm war.

»Das würden wir uns niemals erlauben«, meinte Bergmann süffisant. »Guten Morgen, Herr Doktor Streiter«, fügte er im selben Tonfall hinzu.

»Morgen«, brummte der Strafverteidiger, der offenbar noch immer nicht dazu gekommen war, sich zu rasieren, und schüttelte seinem Mandanten die Hand, ehe er neben diesem Platz nahm. Sandra konnte sich nicht erinnern, Doktor Theo Streiter jemals so ungepflegt gesehen zu haben. Normalerweise war der Staranwalt, der in Gerichtssälen und Klatschmedien gleichermaßen zu glänzen wusste, auch optisch aalglatt. Die grauen Bartstoppeln ließen ihn im Vergleich zu sonst um einige Jahre älter erscheinen, fiel ihr auf. Ob das bei Bergmann auch der Fall war?, kam ihr plötzlich in den Sinn. Ihr waren glatt rasierte Männer jedenfalls lieber. Wie Julius, den sie längst hatte anrufen wollen. Sobald sie hier fertig waren, würde sie das nachholen, schweifte sie gedanklich noch weiter ab und unterdrückte ein Gähnen.

Der Verteidiger setzte seine Lesebrille auf und sah sich die Fotos der Überwachungskamera an.

»Damit werden Sie nicht weit kommen«, sagte er, zu Bergmann gewandt. »Das hier könnte doch jeder sein.«

»Jeder, der vom ÖSV ausgestattet wurde, meinen Sie. Und damit scheiden die meisten Leute auch schon wieder aus«, erwiderte Bergmann bestimmt.

Der Anwalt kramte einige Papiere aus seinem Leder-koffer und blätterte demonstrativ darin herum.

»Mein Mandant hat es doch gar nicht nötig, sich ille-gal Geld zu beschaffen. Schon gar nicht so eine lächerli-che Summe. 400 Euro. Pah ... Seine Preisgeldeinnahmen sind beachtlich, bei den durchwegs exzellenten Platzie-rungen der letzten beiden Jahre. Sein Kopfsponsoren-vertrag bringt ihm einen sechsstelligen Betrag ein. Aber sehen Sie selbst. Hier ist der Vertrag ...«

»Das mag schon sein«, unterbrach Bergmann den Anwalt, die Papiere ignorierend. »Dennoch könnte Herr Autischer doch zum Beispiel Spielschulden haben.«

»Ich habe Ihnen doch schon gesagt, dass ich seit der Geschichte in der Schule nicht mehr um Geld gespielt habe. Und das mit den Drogen ist überhaupt eine Unter-stellung. Schon mal was von Dopingtests gehört, Herr Inspektor? Wie sollte ich unbemerkt Drogen nehmen?«, mischte sich Tobias Autischer ein.

»Sie sollten besser schweigen«, erinnerte Doktor Strei-ter den jungen Mann an die vereinbarten Spielregeln.

»Ich will aber reden! Ich hab nämlich nichts getan!«, echauffierte sich Tobias Autischer lautstark.

»Bitte, Herr Autischer! Schweigen Sie jetzt!«, herrschte Doktor Theo Streiter seinen Mandanten an und fixierte ihn über den Rand seiner Lesebrille hinweg mit seinem strengsten Blick.

»Auf alle Fälle wird Herr Autischer um 13.00 Uhr dem Untersuchungsrichter vorgeführt«, sagte Bergmann und zählte noch einmal alle Fakten auf, die gegen den Ski-rennläufer sprachen.

»Über meinen Mandaten die Untersuchungshaft zu verhängen, halte ich für reichlich überzogen«, wiederholte Doktor Streiter und ratterte einige Paragraphen herunter.

»Angesichts des zu erwartenden Strafausmaßes sehe ich das völlig anders«, konterte Bergmann. »Vergessen Sie bitte nicht, dass die Indizien eine klare Sprache sprechen.«

»Die meinem Mandanten allesamt untergeschoben wurden.«

»Mutmaßung.«

»Aber …«, wollte sich Tobias Autischer zu Wort melden und kassierte damit einen weiteren mahnenden Blick seines Strafverteidigers, der ihn abrupt zum Schweigen brachte.

»Die Fingerabdrücke auf dem Magazin stammen von einem früheren Zeitpunkt«, wiederholte Doktor Streiter die Aussage seines Mandanten. »Herr Autischer hat doch zugegeben, mit der Waffe von Herrn Wintersberger probehalber geschossen zu haben, nachdem dieser sie vor etwa einem Jahr rechtmäßig erworben hatte. Anschließend hat Roman Wintersberger meinem Mandanten das Magazin gereicht, der hat die Waffe geladen und sie wieder zurückgegeben. Daher stammen seine Fingerabdrücke.«

»Heben Sie sich Ihre Argumente besser für den Richter auf«, signalisierte der Chefinspektor dem Strafverteidiger klar und deutlich, dass er sich auf keine weitere Diskussion mit ihm einlassen wollte. Für Bergmann schien die Einvernehmung vorerst abgeschlossen zu sein.

»Könnten Sie mich mit meinem Mandanten eine Weile allein lassen?«, fragte Streiter.

Bergmann sah auf die Uhr.

»Bis 10.30 Uhr sollten Sie sich darüber einig werden, ob Sie ein Geständnis ablegen wollen oder nicht«, meinte er, »um spätestens elf Uhr informiere ich unseren Pressedienst über den aktuellen Stand der Ermittlungen. Und den werden wir dann eine halbe Stunde später den Medien präsentieren.«

Tobias Autischer sah seinen Anwalt ängstlich an und schluckte.

»Das ist doch alles nur ein Alptraum, aus dem ich gleich wieder aufwache«, stöhnte er. »Ich muss zurück zum Training. Immerhin geht es um die Weltmeisterschaft! Dafür hab ich mein Leben lang hart trainiert!« Dass es in allererster Linie um die Aufklärung des Mordes an seinem Zweitvater ging, schien der Skirennläufer noch immer nicht begreifen zu wollen. Erst recht nicht, dass er als Beschuldigter die Konsequenzen zu tragen hatte. Offenbar war sein Fokus so sehr auf die WM gerichtet, dass alles andere zweitrangig war. Von Trauer und Schmerz über den Verlust eines Menschen, der ihm sehr nahe gestanden hatte, war kaum noch etwas zu bemerken.

Sandra fragte sich, was die Kriminalpsychologin Christiane Reichelt zu diesem interessanten Phänomen zu sagen hatte. Ob es einen Fachbegriff für dieses Verhalten gab, das Sandra an ein Rennpferd mit Scheuklappen erinnerte?

»Beruhigen Sie sich bitte, Herr Autischer«, riet ihm sein Anwalt. »Ich tue alles, was in meiner Macht steht, um Sie möglichst rasch freizubekommen. Konzentrieren Sie sich lieber noch einmal auf die Frage, wer Ihnen die Brieftasche und die Schusswaffe untergeschoben haben könnte und warum«, rückte er die Prioritäten zurecht.

»Ich hab Ihnen doch schon hundert Mal gesagt, dass ich keine Ahnung hab. Vermutlich hat sie der wahre Täter irgendwie in meine Wohnung geschmuggelt. Ich war jedenfalls schon seit Wochen nicht mehr dort. Aber was weiß denn ich? Sie sind doch die Polizei, also finden Sie es gefälligst heraus, verdammt noch mal!« Die Faust des jungen Mannes knallte auf die Tischplatte.

»Wir konnten in Ihrer Wohnung keine einzige Einbruchsspur feststellen«, wiederholte Sandra ruhig.

»Und was ist mit diesen Ersatzschlüsseln, auf die auch jeder Fremde Zugriff gehabt haben könnte?«, warf Streiter ein.

»Nicht einmal Ihr Mandant wusste etwas von diesen Schlüsseln.« Schon wieder drehten sie sich im Kreis, dachte Sandra erschöpft und stoppte die Sprachaufzeichnung, ehe Bergmann und sie den Verhörraum verließen.

»Schon merkwürdig, dass er die Brieftasche und die Waffe bei sich zu Hause verwahrt hat«, meinte Sandra draußen. »Er musste doch damit rechnen, dass zumindest die Brieftasche beim nächsten Bettenüberziehen gefunden werden würde. Und ehrlich gesagt: Die 400 Euro sind in seinem Fall wirklich ein lächerlicher Betrag.«

»Mag sein. Aber mir reicht es, dass er die Gelegenheit hatte, die Brieftasche in seiner Wohnung zu deponieren.«

»Nur in der Nacht von Montag auf Dienstag, nachdem er die 400 Euro gezogen hat. Sonst wäre die Bankomatkarte nicht in der Brieftasche gewesen. Und das Motiv?«, blieb Sandra stur.

»Er ist Spitzensportler und vermutlich ein Adrenalin-Junkie. Vielleicht hat ihm das einen Kick gegeben.«

»Nicht erwischt zu werden?«

»Soll doch vorkommen.«

»Du weißt aber auch, dass ihn die Überwachungskameras beim Hoteleingang und in der Garage in dieser Nacht nicht aufgenommen haben. Die Videos hat Miriam heute Morgen überprüft.«

»Fakt ist, dass er sich genauso gut über den Personaleingang unbemerkt aus dem Staub gemacht haben könnte.«

»Das schon … Ach, ich weiß nicht … Sollten wir die Familie Knobloch nicht doch noch einmal befragen? Vielleicht haben die uns nicht die ganze Wahrheit gesagt.«

Bergmann sah Sandra skeptisch an.

»Glaubst du etwa wirklich, dass einer von denen ihm die Beweismittel untergejubelt hat? Warum sollten sie das denn tun? Und warum sollte einer von ihnen Roman Wintersberger ermordet haben?«

»Vielleicht gibt es ja ein Motiv, von dem wir noch nichts wissen. Oder es hat sich wirklich ein Außenstehender die Reserveschlüssel gekrallt«, überlegte sie laut. »Oder wir haben etwas anderes übersehen.«

Bergmann seufzte.

»Also gut. Miriam soll die Knoblochs vorladen. Und die Angestellten. Ich für meinen Teil kaufe dem Bürschchen seine Verschwörungstheorie aber nicht ab. Alles spricht glasklar gegen ihn. Du solltest dich von dem Typen nicht um den Finger wickeln lassen, nur weil er ausschaut wie dein Julius.«

Sandra blieb abrupt im Korridor stehen, während Bergmann weiterging.

»Wie bitte? Bist du jetzt schon völlig … Was soll der Blödsinn?«, herrschte sie ihn an. Ihm war die Ähnlichkeit also auch nicht entgangen. Aber ihr deshalb vorzuwerfen, dass sie sich von einer solchen Äußerlichkeit beeinflussen ließ, war ein starkes Stück. Sandra legte ein paar flotte Schritte ein, um den Chefinspektor wieder einzuholen. Der Kollege aus der Abteilung Straßenkriminalität, der ihnen entgegenkam, sah sie verwundert an.

»Du solltest nicht von dir auf andere schließen«, zischte sie Bergmann zu, wenngleich der Vorwurf auf ihn ebenso wenig zutraf wie auf sie. Sie waren beide übermüdet und nervlich angespannt. »Lassen wir das. Konzentrieren wir uns lieber auf den Fall«, lenkte sie ein, bevor Bergmann etwas erwidern konnte, was ihnen beiden später leid tat.

Doch der Chefinspektor versuchte erst gar nicht, eine Reaktion zu zeigen.

»Ich bin kurz in der Kantine, danach im Verhörraum und in der Presseabteilung«, sagte er im Weitergehen.

»Willst du mich bei der Pressekonferenz dabeihaben?«, fragte Sandra.

»Die Mohr hat ihre Schuldigkeit getan, die Mohr kann gehen«, versuchte er, einen seiner schlechtesten Scherze anzubringen.

Sandra schluckte ihre Antwort hinunter.

»Bevor ich's vergesse«, sprach Bergmann sie noch einmal an. »Besorg uns eine Liste mit allen Konkurrenten unseres Unschuldslamms. Die sollten wir dann auch noch überprüfen. Wenn wir schon weiterermitteln«, sagte Bergmann, ehe er zur Treppe abbog, die nach unten führte.

Sandra trat den Weg nach oben ins Büro an. Die Ermittlungen gingen also weiter, obwohl Bergmann seinen Schuldigen bereits gefunden zu haben glaubte. Sicher spielte Stickler eine gewaltige Rolle bei seiner Entscheidung, dachte Sandra, die einmal mehr froh war, nicht in Bergmanns Haut zu stecken.

Albert Kronthaler und die Skirennläufer, die im Blauen Engel gefeiert hatten, konnten sie schon einmal abhaken, überlegte sie unterwegs. Deren Alibis hatten sie bereits überprüft und, bis auf Tobias Autischer, als Täter ausgeschieden.

Miriam blickte vom Bildschirm auf, als Sandra das Büro betrat.

»Und? Hat er gestanden?«, fragte die junge Kollegin mit sorgenvoller Miene. Mit ihrem flauschigen, maisgelben Pullover, der blonden Mähne und den großen, blauen Augen erinnerte sie Sandra an ein Küken, das mit 1,80 Metern deutlich zu groß geraten war.

»Er bleibt dabei, dass er unschuldig ist. Sein Anwalt unterhält sich jetzt noch mal mit ihm. Dann werden wir weitersehen.«

»Und wenn Tobias Autischer wirklich nicht der Täter ist?«

Sandra seufzte und setzte sich an ihren Schreibtisch. »Derzeit spricht alles gegen ihn.«

»Aber wenn er doch unschuldig sein sollte, kann er die WM trotzdem vergessen. Stell dir mal vor, was das für einen Skirennläufer bedeuten muss ...«

»Du solltest diesen Fall nicht so persönlich nehmen, Miriam.«

Miriam nickte und widmete sich wieder ihrem Bildschirm. Allmählich entspannte sich ihr Gesichtsausdruck.

»Du hast ja recht. Ich hab hier Neuigkeiten aus der Kriminaltechnik«, kam sie auf die neuesten Fakten zu sprechen.

»Und?« Sandra war neugierig zu erfahren, ob Roman Wintersberger tatsächlich mit der eigenen Waffe erschossen worden war, wie sie es bisher angenommen hatten.

»Der Ballistiker hat bestätigt, dass das einzige neun-Millimeter Parabellum-Geschoss, das im Magazin der

Glock fehlte, für die beachtliche Sprengwirkung im Schädel und im Hirn des Opfers verantwortlich sein könnte. Erhöhte CO-Werte, Schmauch- oder Pulverspuren konnten keine mehr festgestellt werden, weil die Eintrittswunde und der Schusskanal durch die lange Lagerung der Leiche im Wasser völlig ausgewaschen waren. Auf der Waffe selbst waren keine brauchbaren Fingerabdrücke, nur auf dem Magazin, was wir ohnehin schon wussten, dafür aber Blut- und Gewebespuren an der Pistolenmündung und im Lauf. Für deren Überprüfung braucht das Labor noch zwei bis drei Tage. Ebenso für den DNA-Befund der Breitling Navitimer.«

»Gut ... Was gibt es sonst Neues?«

»Der Telefonspeicher in Roman Wintersbergers Handy ist hinüber. Die SIM-Karte ist noch intakt. Bloß befinden sich auf der keine Informationen, die uns weiterbringen könnten. Seine SMS und die meisten Telefonnummern waren wohl im Telefonspeicher gespeichert. Willst du dir die Daten von der SIM-Karte trotzdem ansehen?«

Sandra nickte. »Ich werfe mal einen Blick darauf, damit wir nichts übersehen.«

»Die Daten stehen in der Kriminaltechnik bereit. Auch die von Wintersbergers Laptop und vom USB-Stick kannst du dir jederzeit ansehen«, fuhr Miriam fort.

Sandra schnaubte.

»Ich werde meinem Lieblingskollegen am Nachmittag einen Besuch abstatten«, spielte sie auf Manfred Siebenbrunner an. »Zuerst müssen aber dringend noch eine paar Vorladungen raus«, meinte sie und bat Miriam, die Familie Knobloch und die Angestellten des Fischerwirts so rasch wie möglich zur neuerlichen Einvernahme ins Landeskriminalamt zu bestellen. Sie selbst schickte

Siebenbrunner eine E-Mail mit ihrem Terminvorschlag, um sich anschließend den Athleten auf der offiziellen Ski-WM-Homepage des ÖSV zu widmen. Die Profile der direkten Konkurrenten des Verdächtigen druckte sie aus. Dann rief sie Norbert Bachler an, damit er die Liste der Slalom-, Riesenslalom- und Kombinationsläufer mit ihr am Telefon durchging, um eine Vorladung nach Graz zu vermeiden. Schlussendlich hatten sie zwölf Skifahrer unterschiedlicher Nationen herausgefiltert, die sich durch die Abwesenheit des Favoriten ernsthafte Chancen auf WM-Medaillen in technischen Disziplinen und in der Super-Kombination ausrechnen durften. Sechs davon waren Österreicher, die sich zur Tatzeit kurz vor Weihnachten vermutlich zu Hause aufgehalten hatten, wobei die beiden größten Konkurrenten des Favoriten, Daniel Sturm und Konstantin Thaller, bereits überprüft worden waren. Potenzielle Überraschungsgewinner, die bei Weltmeisterschaften und Olympischen Spielen manchmal aus den hinteren Reihen auftauchten, um einen einmaligen, unvorhersehbaren Sensationserfolg einzufahren, konnte auch Bachler in seiner Auswahl nicht berücksichtigen, aber irgendwo musste Sandra ja ansetzen, um auszuschließen, dass der falsche Mann wegen Mordes an Roman Wintersberger angeklagt wurde.

Sandra sah auf die Uhr und wunderte sich, dass Bergmann ihr gar nicht Bescheid gegeben hatte, was beim Verhör offiziell herausgekommen war. Die Pressekonferenz musste längst begonnen haben. Wahrscheinlich war ohnehin alles beim Alten, überlegte sie. Hätte Tobias Autischer in der Zwischenzeit ein Geständnis abgelegt, hätte der Chefinspektor sie bestimmt darüber informiert.

Kurz vor halb eins läutete ihr Handy.

»Herzlichen Glückwünsch«, hörte sie Julius am anderen Ende der Leitung sagen.

Sandra verstand nicht gleich, bedankte sich aber dennoch reflexartig. Das Fragezeichen hinter ihrer Antwort ließ Julius deutlicher werden.

»Nachdem euer Fall aufgeklärt ist, müsstest du doch Zeit für eine Mittagspause haben. Na? Hast du Lust?«, fragte er.

»Und was genau schwebt Ihnen so vor?«, scherzte Sandra möglichst unauffällig, um Miriams Aufmerksamkeit nicht auf ihr Privatgespräch zu lenken.

Julius lachte und ging auf ihre förmliche Anrede ein.

»Nun, Frau Abteilungsinspektorin. Eigentlich hatte ich nur Mittagessen im Sinn. Aber wenn's ein bisschen mehr sein darf, gerne. Wir treffen uns in fünf Minuten gleich ums Eck in der Grottenhofstraße. Ich warte im Auto auf dich.«

»Bist du … sind Sie etwa hier?«, fragte Sandra überrascht. Miriam telefonierte inzwischen selbst wieder und hatte ihren Versprecher nicht mitbekommen.

»Ich lass mir eure Sensations-Pressekonferenz doch nicht entgehen. Mein Beitrag ist schon beim Sender.«

»Ach so. Dann bis gleich.«

Sandra schlüpfte in ihre Jacke und winkte Miriam zu. Die hielt kurz die Hand vor den Hörer.

»Bist du auf Mittag?«

»In einer Stunde bin ich spätestens wieder hier.«

»Ist gut.« Miriam widmete sich erneut ihrem Telefongespräch.

Sandra huschte zur Tür hinaus, um auf der Treppe prompt Bergmann in die Arme zu laufen.

»Ich geh hinaus essen«, erklärte sie ihm. »Gibt's was Neues?«

Bergmann schüttelte den Kopf.

»Kein Geständnis, wenn du das meinst. Ich war noch kurz bei Stickler. Er ist förmlich entzückt darüber, dass wir uns nicht mit dem Status quo zufrieden geben wollen, sondern weiterermitteln. Dem geht der Arsch auf Grundeis ... Und was gibt's bei euch?«, fragte Bergmann.

»Ich hab die Liste mit den Skirennläufern fertig, die du einvernehmen wolltest. Bachler hat mir dabei geholfen. Miriam kümmert sich jetzt um die Termine mit den Herren. Wir werden wohl noch mal nach Schladming fahren müssen. Ach ja, um 14 Uhr bin ich bei Siebenbrunner, um mich auf Stand bringen zu lassen«, informierte Sandra den Chefinspektor.

»Na dann, viel Spaß«, brummte er.

Ob Bergmann damit ihre Mittagspause oder den Termin bei Siebenbrunner meinte, hinterfragte Sandra erst gar nicht. Jetzt freute sie sich erst einmal darauf, Julius wiederzusehen.

»Lass Babyface bloß nicht zu lange warten.«

Bergmann hatte Julius bei der Pressekonferenz also nicht übersehen, wie Sandra es insgeheim gehofft hatte. Kommentarlos wandte sie sich ab, um ihren Weg nach unten fortzusetzen. Dass Bergmann ihr hinterherblickte, konnte sie in ihrem Rücken spüren.

*

»Du siehst müde aus, Sandra«, sagte Julius, nachdem sie in seinen BMW eingestiegen war.

»Kein Wunder. Die letzten Tage waren ganz schön anstrengend. Heute Nacht habe ich keine zwei Stunden geschlafen.« Sandra legte den Gurt an.

»Wir sollten uns mal ein paar Tage Urlaub gönnen«, schlug Julius vor. »Am besten gleich nach der WM«, fügte er hinzu und startete den Wagen.

»Mal sehen«, sagte Sandra. »Vorerst wäre ich schon für ein warmes Mittagessen und eine Mütze voll Schlaf dankbar.«

»So bescheiden?« Julius hatte sich offenbar mehr von ihrem Treffen erhofft.

»Mehr ist vorerst leider nicht drin«, erwiderte Sandra. »Ich hab noch eine Menge im Büro zu tun.«

»Schade. Ich muss nämlich spätestens am Abend wieder in Schladming sein.«

Julius verzichtete darauf, sie auf einen Urlaubstermin festzunageln, um sie nur ja nicht wieder unter Druck zu setzen.

»Ich hab am Wochenende frei«, kam sie ihm entgegen.

»Ich aber leider nicht«, entgegnete er enttäuscht.

»Bleibst du noch lange in Schladming?«

»Elf Tage noch. Bis zum Ende der WM.« Julius biss sich auf die Lippen, während er nach einem Parkplatz Ausschau hielt.

»Würdest du dich freuen, wenn ich dich besuchen komme?«, fragte Sandra.

Ein Lächeln huschte über sein jungenhaftes Gesicht.

»Sogar sehr«, meinte er und fasste an ihren Oberschenkel. »Wir könnten uns gemeinsam die Herren-Abfahrt anschauen. Ich schleuse dich schon irgendwie rein, wenn du möchtest.«

Sandra lächelte zurück.

»Sehr gern. Da vorne ist ein Parkplatz.«

»Hab ich schon gesehen«, meinte er und steuerte auf die Parklücke zu.

»Wie war denn die PK?«, erkundigte sich Sandra nach der Pressekonferenz, die sie versäumt hatte.

»Bummvoll«, meinte Julius, während er sich einparkte. »Eh klar, bei einer solchen Geschichte. Ich hab dafür sogar extra den Super-G der Herren sausen lassen und den Beitrag dem Erwin überlassen. Wahnsinn! Wie seids ihr bloß auf Tobias Autischer gekommen? Wer vermutet denn in diesem netten Burschen einen eiskalten Mörder?«

»Eiskalt? Beziehst du dich etwa auf den Leichenfundort?«, zog Sandra ihren Journalistenfreund auf.

Der löste seinen Gurt und sah sie an.

»Schon gut. Du musst mir nichts erzählen.«

»Du schneidest unser Gespräch nicht zufällig für deine Sendung mit?« Sandra grinste ihn an.

»Hey, was soll das? Du hast mich gefragt, wie die PK war. Ich hätte sicher nicht damit angefangen.«

»Ich wollte dich doch nur ein bisschen pflanzen. Lass uns hinein gehen. Ich verhunger gleich.« Sandra stieg aus. Es war dumm von ihr gewesen, ihn auf dieses Thema anzusprechen und ihn damit auch noch aufzuziehen. Was hatte sie sich dabei nur gedacht?, rügte sie sich selbst. Offenbar färbten Bergmanns Angewohnheiten auf sie ab. Es war wirklich höchste Zeit für einen Urlaub.

Die nächsten 40 Minuten ließ sie sich von Julius berieseln, während sie das deftige Erdäpfelgulasch genoss, das ihre Lebensgeister wieder wecken sollte.

Kein Wunder, dass ihr Freund beim Radio gelandet war. Seine Stimme klang nicht nur sexy, er hatte auch stets unterhaltsame Themen parat, mit denen er seine Zuhörer zu fesseln vermochte. Auch im Privatleben.

Dennoch war Sandra nach dem Essen hundemüde. Da half auch der Espresso nichts, den sie sich ausnahmsweise genehmigte.

✳

Pünktlich um 14 Uhr schleppte sich Sandra in die KT, um mit Manfred Siebenbrunner die Daten, die seine Leute ausgewertet hatten, zu besprechen. Dass sie dabei nicht einschlief, grenzte an ein Wunder, zumal sie nicht wesentlich mehr erfuhr, als sie schon von Miriam wusste. Wenigstens war Siebenbrunner diesmal etwas besser gelaunt als bei ihrer letzten Begegnung am Steirischen Bodensee. Sandra war trotzdem heilfroh, dem staubtrockenen Kriminaltechniker nach 40 Minuten wieder den Rücken kehren zu können. Gegen diesen verdorrten Frosch war Bergmann der reinste Prinz. So gesehen hatte sie ja noch Glück im Unglück mit ihrem direkten Vorgesetzten. Und mit der entzückenden Miriam sowieso.

Als Sandra ihr Büro betrat, stand der Chefinspektor mit verschränkten Armen hinter der jungen Kollegin am Schreibtisch und blickte wie diese aufmerksam auf deren Bildschirm. Am Ton aus den Lautsprecherboxen erkannte Sandra, dass sich die beiden die Aufzeichnung der Pressekonferenz anschauten, die die Presseabteilung inzwischen zum Download bereitgestellt hatte. Sandra hörte mit einem Ohr hin, während sie sich dem Papierkram zuwandte, den sie zu erledigen hatte, bis Bergmann die Einvernahmen für den nächsten Tag besprechen wollte.

»Den Wirten sollten wir ganz besonders genau unter die Lupe nehmen«, meinte er.

»Warum? Gibt's dafür einen konkreten Grund?«, fragte Sandra.

Bergmann nickte.

»Tobias Autischer hat mir auf Anraten seines Anwalts eine alte, hoch interessante Geschichte erzählt.«

»Ach ja? Und zwar welche?«, fragte Sandra.

Bergmann griff zu Bleistift und Spitzer. Wieder einmal schien es dem Chefinspektor einen Heidenspaß zu bereiten, seine Kolleginnen ein wenig auf die Folter zu spannen, ehe er mit den Neuigkeiten herausrückte.

KAPITEL 5

Donnerstag, 7. Februar 2013

Im Verhörraum erkundigte sich Sandra als Erstes, wie es Jakob und Jonas ging und erfuhr von deren Mutter, dass die beiden Buben wohlauf waren. Keine Spur von Alpträumen oder auffälligem Verhalten, versicherte ihr Astrid Knobloch.

»Stimmt es, dass Sie mit Roman Wintersberger ein Verhältnis hatten?«, kam Bergmann ohne Umschweife zur Sache, kaum dass sie Platz genommen hatten.

Die Fischerwirtin zog Farbe auf.

»Mein Gott, ja«, stammelte sie und räusperte sich verlegen. »Das ist doch schon eine Ewigkeit her. Roman war meine große Jugendliebe«, gab sie mit leiser Stimme zu.

»Die wie lange genau gedauert hat?«, hakte Bergmann nach.

»Ich war 19, als das mit Roman begonnen hat. Gekannt haben wir uns schon länger. Schluss gemacht hab ich mit ihm, nachdem ich meinen heutigen Mann kennengelernt hab. Das muss drei Jahre später gewesen sein.«

»Sie haben uns also eine dreijährige intime Beziehung mit dem Mordopfer verschwiegen«, fasste Bergmann zusammen.

»Wieso denn verschwiegen? Ich dachte nicht, dass diese Beziehung von Bedeutung für Sie wäre. Sie ist doch schon seit zehn Jahren beendet.«

»Es geht uns auch weniger um Ihre Beziehung zum Mordopfer«, erklärte Bergmann. »Vielmehr interessiert uns zum Beispiel, wie Ihr Mann zu Ihrem Ex-Geliebten stand.«

Astrid Knobloch seufzte und verschränkte ihre Finger, beide Ellenbogen auf die Tischplatte gestützt.

»Mein Bruder hat es Ihnen also erzählt … Das war ja zu erwarten gewesen.«

»Ja, davon durften Sie ausgehen«, sagte Bergmann. »Immerhin sitzt er in der JVA und hat genügend Zeit, über alles Mögliche nachzudenken. Da fällt einem bestimmt so Einiges wieder ein. Auch, dass Ihre Beziehung zu Roman Wintersberger noch nicht beendet war, als sie bereits mit Ihrem Mann zusammen waren.«

Astrid Knobloch atmete tief ein und blies die Luft hörbar wieder aus. Sie löste ihre Finger und ließ die Hände unter der Tischplatte verschwinden.

»Das wissen Sie also auch schon. Was soll ich dazu noch sagen?«

»Dann stimmt es also?«

»Ja. Ich war mir anfangs nicht sicher, für wen ich mich entscheiden sollte. Für den Roman oder für den Werner.«

»Roman Wintersberger war aber doch gar nicht zu haben«, meinte Sandra, » immerhin war er verheiratet und hatte einen kleinen Sohn.«

Die Wirtin nickte nachdenklich.

Ob Astrid Knobloch, wie so viele Geliebte gebundener Männer, vergeblich darauf gewartet hatte, dass er sich für sie von seiner Frau trennen würde?, fragte sich Sandra insgeheim.

»Deshalb hab ich mich ja dann auch für den Werner entschieden. Schließlich wollte ich auch Kinder haben.

Außerdem hat mein Mann die Tourismusschule in Bad Gleichenberg abgeschlossen und wollte später mit mir zusammen den Fischerwirt übernehmen. Was wir dann ja auch getan haben.«

Wie praktisch, dachte Sandra. Die Vernunft hatte wieder einmal über das Gefühl gesiegt.

»Ich nehme an, Ihr Mann war entsprechend verstimmt, als er damals dahinter gekommen ist, dass Sie zweigleisig fahren?«, fragte Bergmann.

Wieder nickte Astrid Knobloch.

»Werner war sehr verletzt, als er draufgekommen ist. Er wollte mich verlassen. Aber ich hab's irgendwie wieder hingebogen und mich sofort vom Roman getrennt. Der hat meine Entscheidung ohne viel Tamtam akzeptiert. Er hat mir ja nie was versprochen, trotzdem hab ich natürlich die ganze Zeit über gehofft ...«

Natürlich. Der Klassiker, bestätigte sich Sandras unausgesprochene Vermutung.

»Er hat Sie also sang- und klanglos Ihrem Mann überlassen?«, fragte sie.

Astrid Knobloch nickte mit geschlossenen Augen, als würde sie die Bilder der Vergangenheit so deutlicher sehen können. Mit offenen Augen fuhr sie schließlich fort.

»Der Roman hat mich so sehr geliebt, dass einzig und allein mein Glück für ihn gezählt hat. Er hat sich ganz uneigennützig für mich gefreut, dass ich einen so netten Kerl wie den Werner gefunden hab, mit dem ich eine Familie gründen kann.«

Soso. Gleich würden der Frau die Tränen kommen, befürchtete Sandra. Derlei selbstlose Liebe kannte sie zur Genüge von den Berichten ihrer Freundin, die mit Vorliebe an verheiratete Männer geriet. Allerdings sah

Andrea ihre Beziehungen inzwischen als das an, was sie auch für die Männer waren: erotische Ausflüge abseits des grauen Alltags.

Dass ihr heißgeliebter Roman Wintersberger einfach nur froh gewesen sein könnte, sie ohne großen Aufwand wieder loszuwerden, war Astrid Autischer – wie sie damals noch geheißen hatte – wohl niemals in den Sinn gekommen.

»Ich hab gehofft, die beiden könnten irgendwann Freunde werden. Von Roman aus hätte das bestimmt auch geklappt, aber der Werner hat ihn abgrundtief gehasst, seit er uns draufgekommen ist«, erzählte sie weiter.

»Da hätten wir also ein Mordmotiv«, hakte Bergmann ein.

»Wie bitte? Nein!«, widersprach ihm Astrid Knobloch. »Mein Mann ist dem Roman aus dem Weg gegangen. Aber er hat ihn doch nicht umgebracht.«

»Wie können Sie sich da so sicher sein?«, fragte Bergmann. »Wissen Sie denn genau, was Ihr Mann in der Mordnacht getan hat, während Sie geschlafen haben?«

»Ich hab einen sehr leichten Schlaf, seit der Jakob auf der Welt ist«, behauptete Astrid Knobloch. »Es wäre mir ganz bestimmt aufgefallen, wenn er in der Nacht aufgestanden wär.«

»Aber einen Schuss wollen Sie nicht gehört haben«, rief Bergmann der Zeugin ihre Aussage ins Gedächtnis.

Astrid Knobloch zuckte mit den Schultern und lehnte sich zurück. »Wie schon gesagt: Bei uns knallt's öfter. Ich registrier das gar nicht mehr. Nicht einmal, wenn ich davon aufwache, kann ich mich am nächsten Tag erinnern.«

»Müssen Sie auch nicht. Als Ehefrau können Sie die Aussage verweigern, um Ihren Mann nicht zu belasten«, erklärte Bergmann trocken.

Astrid Knobloch sah den Chefinspektor entsetzt an.

»Nicht genug, dass Sie das Leben meines Bruders zerstören, beschuldigen Sie jetzt auch noch meinen Mann? Warum sollte er den Roman nach all den Jahren denn umbringen?«

»Vielleicht ist Ihr Verhältnis mit dem smarten Chefcoach ja wieder aufgeflammt«, mutmaßte Bergmann.

»Was unterstellen Sie mir da? Ich bin meinem Mann seither immer treu gewesen. Ich liebe ihn nämlich«, empörte sich Astrid Knobloch.

Immerhin kam nun doch noch die Liebe ins Spiel. Wenn auch reichlich spät, fand Sandra. Sie hatte schon zuvor ihre Zweifel gehabt, dass sie den richtigen Täter festgenommen hatten. Jetzt noch viel mehr. Wenn Bergmann mit seiner Unterstellung richtig lag, hatte Werner Knobloch ebenfalls ein starkes Motiv, aber kein Alibi, und mit dem Schlüssel seiner Frau oder aus dem Putzkammerl jederzeit Zutritt zu Tobias Autischers Wohnung gehabt. Doch warum sollte er ausgerechnet seinen Schwager mit der Tat belasten?

»Wie ist denn das Verhältnis zwischen Ihrem Mann und Ihrem Bruder?«, fragte Sandra.

»Ausgezeichnet. Wenn nicht gerade der Roman in Tobys Nähe war.«

»Hatten die beiden oft Streit wegen Roman Wintersberger?«

Astrid Knobloch verneinte.

»Er war überhaupt kein Thema zwischen den beiden. Mein Mann hat den Roman beharrlich ignoriert. Er hat es sogar vermieden, seinen Namen in den Mund zu nehmen.«

»Er hat Herrn Wintersberger also totgeschwiegen, anstatt ihn zu erschießen«, meinte Bergmann süffisant.

Astrid Knobloch sah den Chefinspektor irritiert an, schwieg aber.

»Weiß Irene Wintersberger von dem Verhältnis, das Sie mit ihrem Mann hatten?«, fuhr Bergmann fort.

»Die Irene hat es nie erfahren, glaub ich. Sie hat sich jedenfalls nie was anmerken lassen oder mich gar darauf angesprochen, wenn wir uns über den Weg gelaufen sind.«

»Wann war das denn zum letzten Mal der Fall? Und wo?«

Astrid Knobloch überlegte eine Weile, ehe sie fortfuhr.

»Das muss im November gewesen sein. Wir haben uns ganz zufällig beim Friseur in Schladming getroffen.«

»Bei Gregor Fitzner?«

»Ja, genau.« Astrid Knobloch senkte den Blick. Ihre Antwort auf den Volltreffer des Chefinspektors hatte keineswegs verwundert geklungen, obgleich es in Schladming doch mehrere Friseursalons gab.

Sandra schloss aus ihrer Reaktion, dass die Wirtin vom Verhältnis der Wintersberger mit dem jungen Starfigaro schon gehört hatte. Sie danach zu fragen, ersparte sie sich jedoch. Für die Ermittlungen brachte es nichts, und Tratsch und Klatsch mussten nicht noch zusätzlich geschürt werden. Schließlich gab es auch ein Leben nach den Ermittlungen.

Streng genommen, war auch Irene Wintersberger noch nicht aus dem Schneider, überlegte Sandra weiter. Lediglich das Alibi ihres Lovers war von dessen Pokerkumpanen bestätigt worden. Dass sie selbst in jener Nacht zu

Hause geblieben war, nachdem ihre Freundin gegangen war, konnte niemand bezeugen. Wegfahren hatte sie aber auch keiner gesehen. Den Nachbarn war nichts aufgefallen. Sandra stellte sich dieselbe Frage wie schon zuvor beim Fischerwirt: Warum sollte sie ausgerechnet Tobias Autischer belasten? Und wie vor allem hätte sie das unbemerkt anstellen sollen?

Solange die Ermittler keinen glaubwürdigen Hinweis fanden, dass Pistole und Brieftasche des Mordopfers durch einen anderen als Tobias Autischer selbst in dessen Wohnung gelangt waren, sah es nach wie vor düster für ihn aus. Es sei denn, sein Anwalt konnte den Richter mit berechtigten Zweifeln überzeugen.

»Wusste sonst noch jemand von Ihrem Verhältnis zu Roman Wintersberger? Ihre Schwägerin Katharina vielleicht?«, fragte Sandra.

»Die Kathi? Nein. Die ist doch erst vor knapp drei Jahren zu uns gekommen, nachdem meine Mutter zu ihrer Schwester nach Gössenberg gezogen ist. Davor hat sie bei meiner Schwiegermutter, also bei ihrer Mutter, in Leibnitz gewohnt und in einem Betrieb im südsteirischen Weinland gearbeitet.«

»Und wie war das Verhältnis zwischen Tobias und Katharina?«, wollte Sandra wissen.

»Gut. Die beiden haben sich immer ganz gut verstanden, wenn der Toby da war. Er ist ja im Winter nur zu den Weihnachtsfeiertagen zu Hause. Gleich danach geht der Weltcup wieder weiter. Erst im Frühjahr kommt mein Bruder für ein paar Wochen heim, wenn er nicht auf Urlaub fährt, um sich von den Strapazen des Winters zu erholen. Spätestens im Mai beginnt ja dann schon wieder das Sommertraining, das bis zum Saisonstart im

Oktober geht. Dazwischen fliegt er mit der Mannschaft ans andere Ende der Welt, um dort auf Schnee zu trainieren.«

Sandra mochte sich gar nicht vorstellen, noch mehr Tage pro Jahr bei winterlichen Temperaturen zu verbringen, als es in Österreich ohnehin schon gab. Wenngleich auch die kalte Jahreszeit ihre Reize hatte, waren es für ihren Geschmack doch viel zu wenige warme Tage im Jahr.

»Was ist mit Veronika Zwinz? Wie ist sie zu Roman Wintersberger gestanden? Und zu Ihrem Bruder Tobias?«, kehrte sie zum Fall zurück.

»Die Vroni ist die gute Seele des Hauses. Sie arbeitet schon seit 15 Jahren bei uns und hat in dieser Zeit noch nie ein böses Wort über irgendjemand verloren oder gar irgendwas angestellt. Der vertrau ich blind meine Buam an. Viel lieber als meiner Schwiegermutter.«

»Gut, Frau Knobloch. Haben Sie uns jetzt alles gesagt, was wir wissen müssen? Oder fällt Ihnen noch etwas ein?«, fragte Sandra nach.

Astrid Knobloch zögerte, ehe sie fortfuhr.

»Nun ja, da wär schon noch was … Ich weiß aber nicht, ob es wichtig für Sie ist.«

»Ja?«

»Der Roman hat seit ewigen Zeiten einen Schlüssel für den Schranken gehabt – den von unserem verstorbenen Papa. Davon weiß mein Mann aber nichts«, gestand sie kleinlaut.

»Ich denke, das muss er auch nicht unbedingt wissen«, meinte Sandra. Astrid Knobloch lächelte ihr dankbar zu.

Sandra bedankte sich ihrerseits für die Offenheit. Immerhin war es nicht besonders angenehm, vor fremden Leuten die intimsten Geheimnisse auszubreiten. Sie selbst tat dies noch nicht einmal vor Leuten aus ihrem Bekanntenkreis. Außer in extrem belastenden privaten Situationen. Und auch dann offenbarte sie sich nur ihrer besten Freundin Andrea. Oder, wenn sie in einer ernsthaften Krise steckte, einer Therapeutin.

»Noch was …«

»Ja, bitte?«

»Ich glaub, der Roman hat eine solche Uhr getragen, wie sie mir gezeigt haben. Damals, als wir zusammen waren.«

»Sind Sie sicher?«, fragte Sandra und zückte noch einmal ihr Handy, um der Zeugin das Foto der Breitling zu zeigen.

»Nicht 100prozentig. Aber sie kommt mir schon sehr bekannt vor.«

Besser die Frau redete jetzt als nie, dachte Sandra und legte ihr Mobiltelefon wieder beiseite. Aber warum konnte sich die Witwe des Opfers nicht an eine solche Uhr erinnern? Oder wollte sie es nicht?

»Außerdem«, fuhr die Wirtin fort, »die Irene Wintersberger hat seit einigen Monaten ein Panscherl mit dem jungen Friseur, erzählt man sich.«

Sandra nickte.

»War das jetzt alles?«

»Ja«, versicherte Astrid Knobloch.

Werner Knobloch warf seiner Frau einen prüfenden Blick zu, während sie die Plätze tauschten. Sicher ahnte er schon, was auf ihn zukam. So ganz gelang es ihm jedenfalls nicht, seine Nervosität zu verbergen, was vor allem das häufige Zwinkern seiner Augenlider verriet. Kaum hatte Astrid Knobloch den Verhörraum verlassen, um draußen auf ihren Mann zu warten, setzte er sich auf den Stuhl, der noch warm von ihrem Körper war.

Direkt auf das Verhältnis seiner Frau mit Roman Wintersberger angesprochen, gab der Wirt zu, dass er für den Rivalen große Abneigung empfunden hatte. Dennoch schwor er, ihn nicht umgebracht zu haben. Mit der Schusswaffe des Mordopfers wollte Werner Knobloch ebenso wenig zu tun gehabt haben, wie mit dessen Brieftasche.

»Wie sollte ich überhaupt an Wintersbergers Waffe kommen?«, stellte er die Frage, die sich Sandra längst selbst gestellt hatte, und die sie nicht beantworten konnte. Es sei denn, der Cheftrainer hatte die Glock in der Nacht seiner Ermordung bei sich gehabt, und der Wirt hatte sie ihm irgendwie abnehmen können. Was Sandra angesichts der körperlichen Überlegenheit von Roman Wintersberger für unwahrscheinlich hielt, zumal der Ex-Spitzensportler größer, muskulöser und bestimmt um einiges fitter als der zwar jüngere, aber unsportliche Wirt gewesen war.

Katharina Knobloch wurde als letzte der Familie in den Verhörraum gebeten. Sandras Vermutung, dass ihr nicht mehr zu entlocken war, als sie ohnehin schon ausgesagt hatte, bestätigte sich. Die Wintersbergers hatte sie kaum gekannt, also fehlte das Mordmotiv. Von den restlichen Angestellten, die morgen einvernommen werden sollten, erwartete sich Sandra auch nicht viel mehr. Blieb abzuwarten, was die Befragungen der sportlichen Konkurrenten von Tobias Autischer ergeben würden. Hatte einer von den Skirennläufern ein Motiv gehabt, Roman Wintersberger zu ermorden? Norbert Bachler war beim besten Willen keines eingefallen. Aber alles, was hinter den Kulissen des Skizirkus geschah, musste ja auch ein Insider wie er nicht wissen.

KAPITEL 6

Freitag, 8. Februar 2013

»Ich hab hier gerade die DNA-Spurenauswertung erhalten«, meldete sich Sandra gegen zehn Uhr vormittags zu Wort.

»Und?«, fragte Bergmann, während Sandra bereits die Ergebnisse des Gutachtens auf ihrem Bildschirm studierte. Gleichzeitig ratterte der Drucker los, um das gesamte Dokument auf Papier auszuwerfen.

»Moment noch …«, sagte sie und las stumm ein paar Zeilen weiter.

Miriam blickte ebenso erwartungsvoll in ihre Richtung wie der Chefinspektor.

»Roman Wintersberger wurde tatsächlich mit der eigenen Waffe getötet. Die DNA von der Mündung und vom Lauf stammt zweifelsfrei von ihm«, verkündete Sandra schließlich.

»Gut. Dann noch einmal: Wer außer Tobias Autischer war in der Lage, Wintersberger die Waffe abzunehmen und ihn damit zu töten?«, überlegte Bergmann laut.

»Die Pistole könnte ihm schon vor der Mordnacht entwendet worden sein«, wiederholte Sandra eines der Szenarien, die sie gestern durchgespielt hatten, nachdem sie mit Irene Wintersberger wegen der Waffe ihres Mannes telefoniert hatten. Die Witwe hatte die Pistole in dessen Wohnung in Innsbruck vermutet, war sich aber nicht sicher, wo er sie zuletzt aufbewahrt hatte. Genauso gut hätte sie sich in seinem Schreibtisch in der Villa oder sonst wo befinden können, hatte sie ausgesagt.

Nur dass die Glock da wie dort längst der Spurensicherung in die Hände gefallen wäre, die beide Wohnsitze des Opfers doppelt abgesucht hatte. Einmal, als Roman Wintersberger vermisst worden war, ein zweites Mal im Zuge der Mordermittlungen.

Der Witwe wäre es bedeutend lieber gewesen, zu Lebzeiten ihres gelegentlich jähzornigen Mannes keine Schusswaffe im Haus zu wissen, hatte sie weiter gemeint. Zwar habe er nie die Hand gegen jemanden erhoben, dennoch hatte sie nicht ausgeschlossen, dass er im Affekt auch zur Pistole greifen und Menschen verletzen oder töten hätte können. Die selbst ernannte Psychologin schätzte ihre Mitmenschen weitaus realistischer ein als Astrid Knobloch, die schnell mal die Hand für andere ins Feuer legte. Wahrscheinlich, weil sie sich noch nie richtig verbrannt hatte. Dafür konnte sich die Witwe noch immer nicht an die Breitling Navitimer erinnern, die ihr Mann früher angeblich besessen haben sollte, schloss dies aber auch nicht aus.

»Tobias Autischer stand dem Opfer sehr nahe«, fuhr Bergmann fort. »Und er hatte kurz vor dessen Tod Streit mit ihm.«

»Da wir jedoch nicht wissen, wo die Waffe aufbewahrt wurde, lässt sich auch nicht feststellen, ob Tobias Autischer Zugang dazu hatte«, gab Sandra zu bedenken.

»Ausschließen können wir es aber auch nicht. Er gibt zu, von der Existenz der Waffe gewusst zu haben. Und dass Wintersberger ihn sogar mal damit schießen hat lassen, wovon ja angeblich auch seine Fingerabdrücke auf dem Magazin stammen. Alles andere streitet er nach wie vor ab. Jedenfalls wäre er wohl auch körperlich dazu in der Lage gewesen, dem Cheftrainer die Waffe gewaltsam zu entwenden«, sagte Bergmann.

»Es wurden aber keine Verletzungen bei der Leiche diagnostiziert, die auf Gewalteinwirkung hinweisen. Mal abgesehen von dem Kopfschuss«, entgegnete Sandra.

»Falls Roman Wintersberger die Waffe in seiner Villa in der Ramsau aufbewahrt hat, hatten doch wahrscheinlich auch Irene Wintersberger, ihr Sohn Lukas und ihr Lover Gregor Fitzner Zugang dazu«, meinte Miriam.

»Und die Putzfrau …«, ergänzte Bergmann, nicht ganz ernst gemeint.

»Personal würde ich eher ausschließen«, meinte Sandra. »Wenn Tobias Autischer nicht der Mörder ist, ist der wahre Täter doch sehr berechnend vorgegangen, um den Verdacht auf ihn zu lenken. In diesem Fall wollte er dem Skirennläufer entweder ganz gezielt schaden, oder es war am einfachsten, ihn zu belasten.«

Miriam nickte zustimmend.

»Okay, noch einmal von vorn: Gregor Fitzner hat ein Alibi, das sein Freund bestätigt hat. Und seine Mutter hat ihn zur angegeben Zeit heimkommen gehört«, fuhr Sandra fort.

»Mütter lügen doch gern mal für ihre Söhne«, meinte Miriam. Da war sie sich mit Bergmann einig.

»Kann sein. Aber Regine Fitzner scheint mir eine ziemlich fromme Frau zu sein, die die Zehn Gebote wirklich achtet. Sie engagiert sich seit Jahrzehnten in der Kirchengemeinde.«

Bergmann schnaubte belustigt, sparte sich jedoch einen Kommentar über die Kirche, mit dem Sandra eigentlich gerechnet hatte.

»Was ist mit Lukas Wintersberger?«, ging Miriam die Liste weiter durch.

»Der hat ebenfalls ein Alibi. Die Zeit, um von Schladming an den Steirischen Bodensee zu gelangen, dort seinen Vater umzubringen und um Dreivierteldrei wieder im Bett zu liegen, als die Freundin nach Hause kommt, ist, mit maximal 13 Minuten zwischen Wintersbergers letztem Anruf bei Tobias Autischer um 2.32 Uhr, viel zu knapp bemessen. Außerdem fehlt ihm ein Motiv.«

»Na ja«, warf Bergmann ein.

»Fällt dir eines ein?«, fragte Sandra.

»Das Erbe seines Vaters?«

»Lukas Wintersberger hat doch behauptet, sein eigenes Geld zu verdienen. Auf mich hat er keinen bedürftigen oder unzufriedenen Eindruck gemacht.«

Bergmann zuckte mit den Schultern.

»Frag mal bei seinem Chef nach. Auch nach dem Trinkgeld, das so ungefähr herausschaut«, sagte er zu Miriam.

»Während der Saison ist das bestimmt eine ganze Menge«, erwiderte die. »Das weiß ich von Freunden, die in ähnlichen Bars in Tourismusregionen arbeiten.«

»Die Witwe hatte dasselbe Motiv wie ihr Sohn«, fuhr Bergmann fort. »Immerhin hat sie einen jungen Lover. Den muss man doch auch irgendwie erhalten.«

»Das ist doch ein dummes Klischee«, erwiderte Sandra. »Fitzners Friseursalon boomt angeblich.«

»Aber er pokert auch gerne. Vielleicht hat er Schulden. Soll ich mal beim Kreditschutzverband nachfragen?«, meldete sich Miriam zu Wort.

»Ja, bitte. Mach das«, sagte Sandra. »Und bei den Kollegen von der Soko Glücksspiel auch. Vielleicht haben die was über ihn. Trotzdem glaube ich nicht, dass Irene Wintersberger ihren Mann mitten in der Nacht an den Steirischen Bodensee gelockt hat. Sie hätte ihn doch mit ungleich weniger Aufwand zu Hause beseitigen können«, sagte Sandra. »Und hernach einen Einbruch vortäuschen. Oder vorgeben, dass sie ihren Mann irrtümlich mit seiner Waffe erschossen hat, weil sie ihn für einen Einbrecher gehalten hat. Das würde viel eher zu ihr passen«, mutmaßte Sandra.

»Vielleicht wollte Madame sich ihren Nobelschuppen nicht versauen«, meinte Miriam und nahm die steife Haltung einer Lady an. »Stellen Sie sich nur vor«, fuhr sie in gespreiztem Tonfall, ohne die sonst übliche oststeirische Aussprache, fort, »das viele Blut auf den hellen Minotti-Möbeln. Ts ts ts …«

Bergmann grinste über das manierierte Getue der jungen Kollegin.

»Du kannst ja richtig Hochdeutsch sprechen«, foppte er sie.

Miriam grinste den Wiener, der sich über ihren Dialekt oft lustig machte, säuerlich an.

»Und woher weißt du von den hellen Minotti-Möbeln? Du warst doch gar nicht mit uns bei ›Reich und Schön‹«, meinte Bergmann.

»Von den Fotos aus der Fahndungsakte«, half Miriam seinem Gedächtnis auf die Sprünge.

»Ach ja, richtig. Daran hab ich gar nicht mehr gedacht«, gab Bergmann zu.

Wie denn auch?, fragte sich Sandra. Er hatte sich ja nicht die Mühe gemacht, die Fahndungsakte zu durchforsten, sondern hatte dies wie immer seinen Kolleginnen überlassen.

Wusste der Chefinspektor eigentlich, was er an ihnen hatte? Ein Lob aus seinem Mund wäre längst einmal fällig gewesen. Miriam hatte Sandra, die sie immer wieder aufs Neue motivierte. Aber wen hatte sie? Außer sich selbst?

»Bei Katharina Knobloch kann ich kein Mordmotiv entdecken. Und obwohl sie Zugang zu Autischers Appartement hatte, sehe ich keinen Grund, warum sie ihm die Schuld hätte zuschieben sollen«, sagte Bergmann.

»Weil es am einfachsten war«, meinte Sandra. »Aber ich glaube auch, dass sie uns die Wahrheit gesagt hat. Veronika Zwinz scheidet für mich ebenfalls aus. So wie Astrid Knobloch. Die hat den Wintersberger doch noch immer vergöttert, wenn ihr mich fragt. Die hätte ihn nie und nimmer umgebracht.«

»Albert Kronthaler könnte unser Mann sein. Er war Wintersbergers Intimfeind. Und er hat noch dazu die Chance, vom Ausfall des WM-Favoriten zu profitieren«, sagte Bergmann.

»Aber nur unwesentlich«, warf Miriam ein. »Ob er der 26. oder 27. in einem WM-Rennen wird, ist doch wohl ziemlich wurscht.«

»Stimmt. Für eine Rückkehr in die österreichische Mannschaft ist es auch viel zu spät. Am Ende dieser Saison will er angeblich seinen Abschied als Rennläufer bekanntgeben. Darüber hinaus hat er ein wasserdichtes Alibi. Nicht nur die Aussage seiner Familie, auch die Zahlungsbelege von der Tankstelle und der Autobahnraststation sprechen für seine Unschuld«, ergänzte Sandra.

»Nein, meine Damen, ich zweifle nicht wirklich daran, dass wir mit Tobias Autischer den richtigen Mann eingebuchtet haben«, zog Bergmann seine Schlüsse.

»Ich aber …«, meinte Miriam bockig.

Bergmann runzelte die Stirn, verzichtete jedoch auf einen Kommentar.

Dass ihr Bauchgefühl der Kollegin recht gab, behielt Sandra an dieser Stelle lieber für sich. Wie in jedem Fall zählten auch hier die Fakten, und die sprachen derzeit für das Gegenteil, sonst würde Tobias Autischer nicht in Untersuchungshaft sitzen. Und Bergmann hätte nicht gegen den Druck von außen und von oben ankämpfen müssen, der nur der Prominenz des Inhaftierten zuzuschreiben war. Sandra war sich fast sicher, dass die Ermittlungen bei derselben Indizienlage gegen Otto Normalverbraucher längst eingestellt worden wären. Die politischen Motive gingen sie jedoch nichts an. Dafür war sie glücklicherweise zu unbedeutend. Hauptsache, sie konnten weiterermitteln, um sicherzugehen, dass Tobias Autischer zu Recht angeklagt wurde. Oder eben auch nicht.

»Kommen wir zu der Breitling vom Leichenfundort«, kehrte sie zum Gutachten auf ihrem Monitor zurück. »Die DNA stammt eindeutig nicht vom Opfer.«

»Was nicht weiter überraschend ist«, unterbrach Bergmann sie. »Wir wissen ja, dass Roman Wintersberger unter einer Kontaktallergie litt und seit einigen Jahren keine solche Uhr getragen hat.«

»Richtig. Aber neu ist die Erkenntnis, dass die DNA-Auswertung ein Verwandtschaftsverhältnis zwischen dem Mordopfer und dem Träger der Uhr zweifelsfrei ausschließt. Damit scheidet Lukas Wintersberger ebenfalls aus.«

»Als Uhrenträger, aber nicht als Mörder. Du glaubst doch nicht ernsthaft, dass ausgerechnet der Täter die Uhr am Leichenfundort verloren hat? Die könnte doch von jedem Wanderer stammen«, meinte Bergmann.

Sandra musste dem Chefinspektor zustimmen.

»Erkundige dich doch bitte mal, ob in den letzten Monaten eine Verlustanzeige für die Uhr gemacht wurde«, wandte sie sich an Miriam. »Was ist eigentlich mit der DNA von Tobias Autischer?«

»Das Labor braucht noch ein paar Tage für seinen genetischen Fingerabdruck«, antwortete die Kollegin.

»Der DNA-Abgleich der Uhr mit unserer Datenbank hat jedenfalls keinen Treffer ergeben«, fuhr Sandra fort.

»Erstens war damit zu rechnen, zweitens hätte uns ein Treffer auch nicht zwangsläufig zum Täter geführt«, wiederholte Bergmann seine Bedenken.

»Die Möglichkeit hätte aber doch zumindest bestanden«, relativierte Sandra seinen Einwand. Die Chance, dass die DNA-Spuren von der Uhr gleichzeitig auch jene des Mörders von Roman Wintersberger waren, war wirklich minimal. Doch manchmal hatte man auch Glück im Leben. Immerhin wurden in den meisten Lottospielrunden die sechs Richtigen getippt. Dass die Wahrscheinlichkeit, zu gewinnen, für den einzelnen Spieler dabei verschwindend gering war, zählte für den glücklichen Gewinner schließlich auch nicht.

»Wenn die DNA von der Uhr mit Tobias Autischers identisch ist, gebe ich dir recht«, sagte Bergmann. »Warten wir's ab … Inzwischen werden wir uns seine sportlichen Konkurrenten näher ansehen. Sollte sich kein weiterer konkreter Verdacht ergeben, ist endgültig Schluss mit den Ermittlungen. Das wird dann auch Stickler wohl oder übel akzeptieren müssen.« Der Chefinspektor hatte ein Machtwort gesprochen.

Der Landespolizeidirektor würde diese Entscheidung vielleicht akzeptieren, dachte Sandra. Aber was war mit den Herrschaften, die durch die Untersuchungshaft ihres Werbeträgers mit beträchtlichen Imageeinbußen und Einnahmeverlusten rechnen mussten? Würden die ein frühes Ermittlungsende ebenso gelassen hinnehmen? Oder ihren Einfluss geltend machen?

»Lass uns nach Schladming fahren. Du hast doch zwei Zimmer für uns reserviert, nicht wahr, Miriam?«, riss Bergmann Sandra aus ihren Gedanken.

Miriam sah den Chefinspektor erschrocken an.

»Was? Davon habt ihr mir aber gar nichts gesagt«, erwiderte sie, um eine Spur blasser, als sie es im Winter ohnehin schon war.

Bergmann lachte auf.

»Keine Panik, Frau Kollegin. Diesmal war es nur ein Scherz. Ich fahre heute noch mit der Bahn nach Wien. Aber Sandra wird das Wochenende in Schladming verbringen …«

Es hatte sich nicht vermeiden lassen, ihm das zu erzählen, würde er doch allein aus Schladming abreisen müssen. Sandra warf ihm einen strengen Blick zu, der ihn davon abhalten sollte, weiter über ihr Privatleben zu reden.

Bergmann hielt ihrem Blick stand, ein provokantes Grinsen auf den Lippen.

»Brauchst du wirklich ein Zimmer, Sandra?«, wollte Miriam wissen.

»Aber nein. Babyface wartet doch schon auf sie«, kam Bergmann Sandras Antwort zuvor.

»Babyface?«, fragte Miriam verwirrt.

»Alte Gatschn«, raunte Sandra dem Chefinspektor zu und fuhr ihren PC hinunter.

Miriam fragte nicht weiter nach. Wenigstens respektierte sie ihre Privatsphäre, stellte Sandra wohlwollend fest. Den Ausdruck des DNA-Gutachtens steckte sie in ihre Laptop-Tasche, um es in Schladming genauer zu studieren.

*

Kurz vor der Autobahnabfahrt Liezen klingelte Sandras Handy. Sie drückte den Knopf auf der Freisprechein-richtung, um den Anruf von Miriam entgegenzunehmen.

»Ja, was gibt's, Miriam?«

»Bingo!«, plärrte die Stimme der jungen Kollegin so laut durchs Wageninnere, dass Bergmann davon aus sei-nem Nickerchen erwachte. Gähnend rieb er sich die Augen und richtete sich auf, während Miriam bereits darauf losplapperte.

»Am 23. Dezember letzten Jahres hat die Soko Glücks-spiel um 22.31 Uhr eine Razzia im Schladminger ›Löwen‹ durchgeführt. Dreimal dürft ihr raten, wer dort beim illegalen Glücksspiel erwischt und deshalb angezeigt wurde.«

»Gregor Fitzner«, antworteten Sandra und Bergmann unisono. Sie tauschten Blicke aus.

»Bingo!«, wiederholte Miriam.

»Wie lange hat denn der Einsatz gedauert?«

»Die beiden Veranstalter wurden die halbe Nacht von den Kollegen verhört. Von den Spielern wurden nur die Daten aufgenommen. Ihre Einvernahmen haben erst nach den Feiertagen stattgefunden.«

»Also hat Fitzner kein Alibi. Wer waren denn seine Mitspieler?«

»Die, die er uns genannt hat. Die beiden Amis, die über alle Berge sind. Und Martin Kofler, der für seinen

Freund gelogen hat. Vielleicht haben sie ja bei ihm zu Hause weitergespielt.«

»Nach einer Razzia? Ich weiß nicht …« Sandra sah auf die Uhr am Armaturenbrett. »Wir kaufen uns Gregor Fitzner am besten gleich. Bis zu den nächsten Einvernahmen bleibt uns noch genügend Zeit, um ihm einen Besuch abzustatten.«

Bergmann nickte.

»Hast du noch was für uns, Miriam? Was ist mit dem Kreditschutzverband?«, fragte Sandra.

»Die Datenbank wird gerade gewartet. Ich komm nicht rein.«

»Okay. Gib mir bitte Bescheid, sobald sich was Neues tut. Danke!« Sandra beendete das Telefongespräch. »Hält uns dieser Bursche für komplette Vollidioten?«, ärgerte sie sich lautstark über Gregor Fitzners unverschämt erlogenes Alibi. »Oder ist er selbst zu blöd, um sich daran zu erinnern, dass seine Pokerrunde von der Polizei abgebrochen wurde, und wir ihm zwangsläufig irgendwann auf die Schliche kommen mussten?«

»Irgendwann …«, wiederholte Bergmann nachdenklich.

»Und dass sich die beiden anderen Typen inzwischen wieder in den Vereinigten Staaten aufhalten, spielt ihm auch noch in die Karten.« Sandra schüttelte ungläubig den Kopf. Dass sie dies tat, weil sie sich in erster Linie über die eigenen schlampigen Ermittlungen ärgerte, behielt sie für sich. Wenngleich der Blick in Gregor Fitzners Polizeiakte die U-Haft von Tobias Autischer auch nicht hätte verhindern können. Die Indizien sprachen noch immer gegen den Skirennläufer. Fieberhaft dachte Sandra nach. Sowohl Gregor Fitzner als auch Irene Wintersberger hätten vermutlich leicht an die Waffe des Opfers gelangen können. Zumindest gab es in der Villa keinen versperrbaren Waffenschrank. Aber was war mit der verdammten Brieftasche? Die hatte Roman Wintersberger in der Mordnacht bei sich gehabt, hatten die Männer, die mit ihm gefeiert hatten, bestätigt. Wie war beides unbemerkt in die Wohnung von Autischer gelangt?, fragte sie sich zum gefühlten tausendsten Mal.

»Hoffen wir, dass Tobias Autischer nicht unschuldig ist«, unterbrach Bergmann Sandras Gedankenkette, »sonst haben wir nämlich den Scherben auf.« Bergmann streckte den Rücken durch und verzog das Gesicht, als würde ihm diese Vorstellung körperliche Schmerzen bereiten.

»Sag nicht, ich hätte dich nicht gewarnt. Dir war das angeblich völlig egal«, erinnerte Sandra ihn an seine Worte.

Bergmann saß stocksteif in seinem Sitz.

»Das … liebe ich so an … euch Frauen. Ah … im … Nachhinein habt ihr … immer alles schon vorher gewusst«, ätzte er. Sein Atem ging stoßweise.

»Jedenfalls haben wir beide korrekt gehandelt. Alles okay mit dir?«, erkundigte sich Sandra.

»Ich hoffe, … dass ich nicht zu Sticklers Bauernopfer werde. Obwohl du dich vermutlich freuen würdest, mich loszuwerden.«

»Spinnst du?«, entfuhr es Sandra schneller, als ihr lieb war.

»Wie nett von dir, *Liebling*.« Noch einmal streckte Bergmann sich durch. Im nächsten Moment stöhnte er auf.

»Was ist mit dir?«

»Mein Kreuz …«, ächzte Bergmann. Vorsichtig schob er seine flache Hand zwischen Sitz und Lendenwirbel. »Ich hab mir das Kreuz verrissen. Verdammt …«

»Das hat uns gerade noch gefehlt«, sagte Sandra. »Meinst du, du wirst aussteigen können?«

»Ich weiß nicht …« Vorsichtig versuchte Bergmann sich im Sitz aufzurichten und schrie auf. »Scheiße«, fluchte er. Dann schloss er die Augen. Sein Atem ging flach. Jedes Mal, wenn Sandra abbremste oder beschleunigte, stöhnte er auf.

Der Versuch des Chefinspektors, vor dem Friseursalon in der Salzburger Straße aus dem Wagen zu steigen, sah nicht nur jämmerlich aus, er scheiterte auch kläglich. Sandras Bemühungen, ihrem drahtigen, 1,83 Meter großen Partner vom Gehsteig aus vom Sitz zu helfen, misslangen ebenfalls. Die Schmerzen seien viel zu stark, klagte Bergmann, und war sich nun sicher, einen Bandscheibenvorfall erlitten zu haben.

»Unsinn. Das ist bestimmt nur ein Hexenschuss«, versuchte Sandra ihn zu beruhigen. »Bleib du einfach hier sitzen«, schlug sie ihm vor. »Ich knöpf mir Fitzner allein vor. Anschließend hol ich dir was aus der Apotheke gegen die Schmerzen. So ein Wärmepflaster wirkt Wunder. Dabei ist nur Cayennepfeffer drin … Das wird schon wieder, Sascha«, tröstete sie ihn.

»Mach schnell«, erwiderte Bergmann, als läge er im Sterben.

»Ich lass den Schlüssel stecken, falls dir kalt wird.« Sandra warf die Beifahrertür ins Schloss und wandte sich dem Friseursalon zu. Obwohl sie aus eigener Erfahrung wusste, wie heftig Rückenschmerzen sein konnten, und

Bergmann ihr leidtat, musste sie über seine offen zur Schau getragene Wehleidigkeit schmunzeln. Und wenn er noch so lange hier lebte, ein Steirer würde aus dem Wiener Weichei niemals werden.

Sandra betrat den schicken Friseursalon. Alles hier war weiß, so weit das Auge reichte: die Wände, der glänzende Fliesenboden, die Regale, der Empfangstisch und die Ablagen unter den schlichten Spiegeln, die fast bis zur ebenfalls weiß gestrichenen Stuckdecke reichten. Nur die Stühle, von denen die meisten besetzt waren, und die Wand hinter der Rezeption waren in dunklem Violett gehalten.

Die Angestellten und der Chef selbst trugen weiße Sneakers, weiße Jeans und ebenso weiße Shirts, auf denen das violette Firmenlogo prangte, die Kundinnen knielange, violette Umhänge mit demselben Logo in Weiß. Um Gregor Fitzners Hals war ein – wie konnte es anders sein? – violetter Schal geschlungen. Hier war alles strikt dem Corporate Design untergeordnet, was zweifellos einen edlen, wenn auch unterkühlten Eindruck hinterließ, der sich vermutlich in der Preisgestaltung niederschlug. Aber Sandra war nicht zum Haareschneiden oder Stylen hergekommen, obwohl dies längst wieder einmal fällig gewesen wäre. Ihre hellbraunen Haare, die sie am liebsten halblang trug, reichten inzwischen über die Schultern. Was allerdings kaum jemand bemerkte, zumal sie ihre relativ feinen Haare aus praktischen Gründen selten offen trug.

Gregor Fitzner sah Sandra im Spiegel auf sich zukommen. Der Meister hielt mit dem Haareschneiden inne und wandte sich von seiner frisch gemeschten Kundin ab, um sich der Kriminalbeamtin zuzuwenden.

»Sie hier? Das ist jetzt aber nicht besonders günstig«, begrüßte er sie im diskreten Flüsterton.

»Das mag sein, Herr Fitzner. Aber daran sind Sie selber schuld. Ihr Alibi ist geplatzt ... Sie haben uns angelogen.«

Gregor Fitzner schluckte.

»Ich bin gleich wieder bei Ihnen«, sagte er und setzte sich zügig in Bewegung.

»Moment mal!«, rief Sandra ihm hinterher. Dass sie damit die Aufmerksamkeit aller Anwesenden auf sich zog, war ihr egal.

Fitzner war inzwischen beim Empfangstisch angekommen und strebte immer schneller auf eine der beiden Türen im hinteren Bereich des Salons zu.

»Bleiben Sie stehen, Herr Fitzner!«

Der Figaro reagierte nicht.

Sandra zog ihre Dienstwaffe und lief los. Einige der Damen kreischten auf. Dass ihr alle Blicke folgten, bemerkte Sandra nicht mehr. Gregor Fitzner hatte ihr soeben die Tür vor der Nase zugeworfen und versperrt.

»Scheiße«, zischte sie. Es war gar nicht daran zu denken, die schwere Feuertür aufzutreten. »Wo führt diese Tür hin?«, rief sie der Frisörin mit dem leuchtend roten Haarschopf, die ihr am nächsten stand, zu.

»Ins Lager«, antwortete die Frau.

»Gibt's eine Hintertür?«

Die Frisörin nickte, den Blick noch immer auf die Pistole gerichtet. Sandra blieb keine Zeit, um sich auszuweisen.

»Keine Panik«, sagte sie. »Ich bin vom LKA. Wo führt die Hintertür hin? So reden Sie schon!«

»In den Hof!«, rief eine schwarzhaarige Frisörin.

»Zum Parkplatz«, stammelte die Rothaarige ergänzend.

Sandra erinnerte sich an die Einfahrt direkt neben dem Salon. Wenn Fitzner flüchten wollte, musste er höchstwahrscheinlich dort durch. So schnell sie konnte rannte sie aus dem Laden, die Waffe noch immer in ihrer Hand.

Als sie hinaustrat, hörte sie einen Motor aufheulen.

»Vorsicht! Stehenbleiben!«, rief sie der Passantin auf dem Gehsteig zu. Schon schoss ein schwarzer Range Rover aus der Einfahrt, der die Frau um Haaresbreite überfahren hätte. Nur Bruchteile von Sekunden und Sandras Warnung hatten sie vor einem Unglück bewahrt.

Wie ein Irrer raste der schwarze Geländewagen hinaus auf die Straße und zwang einen herannahenden Golf zu einem abrupten Bremsmanöver. Beinahe hätte es gekracht. Der Golffahrer hupte, obwohl es dafür längst zu spät war.

Sandra rannte weiter zum Dienstwagen, der nur wenige Meter entfernt parkte. Sie sah noch, wie der Range Rover Evoque nach rechts abbog. Dann sprang sie in den Passat.

»Was ist los?«, fragte Bergmann.

»Hol das Blaulicht hervor und schnall dich an!« Sandra hatte den Wagen bereits gestartet.

»Mein Rücken …«, jammerte Bergmann.

»Scheiße!« Seine Rückenschmerzen hatte Sandra im Eifer des Gefechts ganz vergessen. Sie griff auf die Rückbank und erwischte das Blaulicht.

»Fitzner ist mir abgeposcht.« Durchs geöffnete Fenster fixierte sie das Signallicht auf dem Autodach. Dann manövrierte sie den Wagen aus der Parklücke.

»Aua!«, beschwerte sich Bergmann lautstark.

»Auf deinen Rücken kann ich jetzt leider keine Rücksicht nehmen, Sascha. Was ist? Bist du angeschnallt?«

»Ja. Au!«

Sandra trat aufs Gaspedal.

»Bitte Sascha, hör jetzt auf rumzurearn! Es hilft doch nichts. Wir müssen den Typ schnappen«, schnauzte sie den Chefinspektor an.

Bergmann schloss die Augen und schluckte hart.

Da musste er jetzt durch, dachte Sandra. Es war offensichtlich, dass er Schmerzen hatte, aber sterben würde er bestimmt nicht daran.

»Kannst du wenigstens Verstärkung anfordern?«, fragte sie.

Er blinzelte und nickte zaghaft.

Sandra bog nach rechts ab und sah gerade noch, wie der schwarze Geländewagen aus dem Kreisverkehr in die Rohrmoosstraße fuhr. Vermutlich versuchte sich Fitzner in vertraute heimatliche Gefilde zu flüchten, überlegte sie.

»Er fährt in Richtung Rohrmoos«, ergänzte sie, während Bergmann über Funk Verstärkung anforderte. Wenigstens hatte er aufgehört, sich über seine Schmerzen zu beklagen. Doch bei jedem abrupten Fahrmanöver stöhnte er erneut auf. Leider ließ es sich bei einer Verfolgungsjagd durch Schladming nicht vermeiden, abzubremsen, wieder Gas zu geben, auszuweichen und da und dort über Bodenunebenheiten zu brettern. Dafür war Sandra inzwischen direkt hinter dem Fahrzeug angelangt, das sie verfolgte. Nach der nächsten Kurve wollte sie zum Überholen ansetzen, um Fitzner anschließend aufzuhalten. Der junge Mann war offenbar wahnsinnig. Er musste diese Straße doch in- und auswendig kennen! Warum fuhr er dann viel zu schnell in die langgezogene Kurve?

Sandra nahm Gas weg.

Der Wagen vor ihr schlingerte.

Sandra bremste.

Der Range Rover schoss wie ein Pfeil aufs Bankett, wo er, manövrierunfähig, frontal gegen einen Baum krachte.

»Setz einen Notruf ab!«, schrie Sandra und sprang aus dem Wagen, um die Unfallstelle abzusichern und nach dem Lenker zu sehen, dessen Fahrzeug mit geschätzten 110 Stundenkilometern ausgerechnet mit der Fahrerseite gegen den Baum geprallt war.

Fitzners Kopf ruhte seitlich auf dem Airbag. Er sah aus, als würde er schlafen. Nur dass Blut aus seinem Ohr tropfte, störte den beinahe friedlichen Anblick.

Sandra klopfte ans Fenster, rief mehrmals den Namen des bewusstlosen Mannes, der jedoch nicht reagierte. Dass sie die verzogene Fahrertür nicht aufbekommen würde, hatte sie befürchtet. Auch die anderen Türen ließen sich nicht öffnen. Obwohl die Zentralverriegelung diese nach dem Crash hätte freigeben müssen. Selbst mit der Brechstange hatte Sandra keine Chance. Wenn sie ein Fenster einschlug, würde sie den Verletzten auch nicht aus dem Wagen herausholen können, ohne ihm womöglich noch mehr Schaden zuzufügen. Und von Bergmann konnte sie in seinem erbärmlichen Zustand auch keine Hilfe erwarten.

Sandra blieb nichts anderes übrig, als auf die Einsatzkräfte zu warten, die Gregor Fitzner aus dem Fahrzeug bergen, erstversorgen und ins Krankenhaus bringen würden. Im Auto sprach sie schon mal Stichworte fürs Einsatzprotokoll ins Diktiergerät, solange die Eindrücke noch frisch waren. Bergmann hörte ihr in stocksteifer Haltung zu.

»Warum ist Fitzner denn geflüchtet?«, fragte er, als sie fertig war. »War das ein Schuldeingeständnis?«

»Möglich.«

»Könnte er von den Reserveschlüsseln im Putzkammerl gewusst haben?«

»Hoffentlich kann er uns überhaupt noch irgendwelche Fragen beantworten. Er schaut nicht besonders gut aus ...«

»Vielleicht war sein Fluchtversuch nur eine Kurzschlusshandlung.«

»Vielleicht ...« Sandra wurde von den Martinshörnern zweier herannahender Streifenwagen unterbrochen. Sie stieg aus, um die Kollegen persönlich zu informieren. Auch deren Versuche, die Türen des Evoque mit der Brechstange zu öffnen, scheiterten.

Keine zwei Minuten nach dem Unfallkommando traf der Rettungswagen am Unfallort ein. Der Notarzt rief den Namen des Verletzten mehrmals durch die Seitenscheibe, was ebenfalls keine Reaktion auslöste. Ohne die Hilfe der Feuerwehr konnte auch er nichts für den bewusstlosen Mann tun.

»Eine Frage, Herr Doktor«, wandte sich Sandra an den Notfallmediziner.

»Ja, bitte?«

»Mein Kollege hat sich vorhin im Auto das Kreuz ziemlich böse verrissen. Er schafft es noch nicht einmal auszusteigen. Könnten Sie ihn vielleicht in der Zwischenzeit behandeln?«

»Waren Sie in den Unfall verwickelt?« Der Notarzt setzte sich in Bewegung. Sandra folgte ihm zum Rettungswagen.

»Nicht direkt. Wir haben den Range Rover verfolgt. Der Fahrer wollte sich unserer Einvernahme durch Flucht entziehen«, erklärte sie knapp. »Das mit dem Rücken des

Kollegen ist unterwegs passiert. Ist wahrscheinlich nur ein Hexenschuss. Aber bewegen kann sich der Chefinspektor trotzdem kaum.«

»Schauen wir mal …« Der Notarzt sprang in den Fond des Rettungswagens und suchte nach einer Ampulle.

»Andreas!«, rief er und winkte den Sanitäter vom Unfallauto herbei. Wenig später schob dieser die Fahrtrage zum Dienstwagen der LKA-Ermittler hinüber und hievte Bergmann nach einem kurzen Wortwechsel mit dem Arzt aus dem Auto.

Sandra wurde von einem der uniformierten Kollegen angesprochen, der das Unfallprotokoll aufnehmen wollte. Der Chefinspektor saß keine fünf Schritte von ihnen entfernt mit nacktem Oberkörper auf der Trage, um sich untersuchen zu lassen. Während sie dem Streifenpolizisten vom Unfall berichtete, beobachtete sie, wie die flinken Hände des Mediziners routiniert den Rücken des Chefinspektors abtasteten, ein Stückchen tiefer glitten und den Hosenbund weiter hinunterschoben. Sandra konnte nicht umhin, die Narbe auf Bergmanns rechter Gesäßbacke zu bemerken. Kein Wunder, dass er den beiden Knobloch-Buben das Andenken an seine Schussverletzung nicht hatte zeigen wollen.

Der Arzt zog die Spritze auf und drückte das Schmerzmittel, das die verkrampfte Muskulatur des Patienten entspannen sollte, in dessen Rücken.

In Bergmanns Dank mischte sich der Klang des Martinshorns der herannahenden Feuerwehr. Vorsichtig rutschte er von der Trage und zog sich wieder an.

Während der Unfallort vermessen und fotografiert worden war, hatte Sandra ihre Aussage zum Unfallhergang vervollständigt. Der Feuerwehrkommandant verschaffte sich als Erstes einen Überblick und wies dann routiniert seine Männer an.

Bergmann ordnete an, den Unfallwagen nach Graz überstellen zu lassen, wo die Kriminaltechniker ihn auf DNA-Spuren untersuchen würden.

»Vielleicht ist Roman Wintersberger damit an den Steirischen Bodensee gefahren worden«, meinte er zu Sandra gewandt. »Lebendig oder tot«, fügte er hinzu.

Der schwerverletzte Unfallfahrer lebte noch und würde umgehend ins Diakonissen-Krankenhaus nach Schladming transportiert werden, erfuhren die LKA-Ermittler. Dann brachen sie auf, um die Skifahrer auf ihrer Liste zu vernehmen. Hier gab es für die beiden nichts mehr zu tun.

Sandra blickte auf die Uhr und stieg ins Auto. Mehr als 20 Minuten würden sie sich nicht verspäten, schätzte sie.

Bergmanns Rücken ging es offensichtlich besser. Während der Fahrt streckte er sich immer wieder behutsam durch, ließ die Schultern und den Kopf langsam kreisen, wie der Notarzt es ihm geraten hatte. Sandra überlegte, ob sie ihn auf seine Narbe ansprechen sollte. Doch das Klingeln ihres Handys kam dazwischen.

Miriam war dran.

»Ich hab die Auskunft vom Kreditschutzverband«, posaunte die Stimme der Kollegin durchs Wageninnere.

»Schieß los«, sagte Sandra.

»Gregor Fitzner war vor Weihnachten total pleite. Am 28. Dezember letzten Jahres wurde er buchstäblich in letzter Sekunde mit einer saftigen Finanzspritze vor dem Konkurs gerettet. Im neuen Jahr hat er damit die Forderungen, die bei der Krankenkasse und beim Finanzamt offen waren, beglichen. Immerhin an die 20.000 Euro. Dafür gehört ihm sein Friseurgeschäft nun nicht mehr alleine.«

»Darf ich raten?«, unterbrach Bergmann, »Irene Wintersberger ist sein neuer Kompagnon. Hab ich recht?«

»Richtig geraten. Oder hat Fitzner schon geplaudert?«

»Gregor Fitzner hat zu fliehen versucht«, berichtete Sandra. »Wir haben die Verfolgung aufgenommen. Leider gab es einen Unfall.«

»Ist euch was passiert?«, fragte Miriam erschrocken.

»Nein, nein. Wir sind okay. Aber Fitzner hat es gröber erwischt. Er ist derzeit nicht vernehmungsfähig«, erklärte Sandra weiter. »Wir müssen jetzt los, Miriam. Wir sind gerade bei der Polizeiinspektion in Schladming eingetroffen. Danke dir. Bis später.«

»Okay. Hals und Beinbruch! Nein, im Ernst: Passt auf euch auf!«

Bergmann konnte Miriams Bitte nicht mehr hören. Er war bereits aus dem Passat ausgestiegen und strebte federnden Schrittes auf die Polizeiinspektion zu, als hätte er niemals unter Rückenschmerzen gelitten. Sandra hoffte sowohl für ihn als auch für sich, dass dieser Zustand anhalten würde, während sie ihm zügig zum Eingang folgte.

Inspektionskommandant Peter Klement empfing die LKA-Ermittler in der Wachstube und begleitete sie eilig in den ersten Stock.

»Der Longchamps wartet seit zehn Minuten im Verhörzimmer«, berichtete ihnen Klement auf der Treppe.

»Was ist mit dem Dolmetscher?« Sandras Französischkenntnisse reichten nicht aus, um den Slalomläufer aus Savoyen ohne Übersetzer einzuvernehmen.

»Ist ebenfalls da. Sebastian Pircher sitzt auch schon dort vorne«, meinte Klement leiser und deutete zu einer der beiden Bänke vor dem Verhörraum. »Die anderen Herren lasse ich Ihnen dann nach und nach heraufschicken.«

»Ist gut.« Sandra bedankte sich bei Klement und begrüßte den auffallend kleingewachsenen Slalom-Olympiasieger aus Südtirol, der als Zweiter einvernommen werden sollte. Im Fernsehen wirkten tatsächlich alle um einiges stattlicher, als in der Realität, bemerkte sie. Zum ersten Mal war ihr das bei einem bekannten Schauspieler aufgefallen, den sie vor einigen Jahren in einem Mordfall einvernommen hatte. Damals war sie verblüfft gewesen, wie klein und zierlich der Mann war, dem sie, allein vom Eindruck aus dem Fernsehen, Gardemaße gegeben hätte.

Sandra bat Sebastian Pircher um ein wenig Geduld, während Bergmann bereits die Tür zum Verhörraum öffnete. Es grenzte an eine logistische Meisterleistung, dass es Miriam gelungen war, acht Skirennläufer trotz aller WM-Verpflichtungen einen nach dem anderen vorzuladen. Nur zwei von zehn blieben Sandra für den Sonntag übrig. Anders war es sich nicht ausgegangen.

»Bonjour Madame, Monsieur Longchamps! Nous vous remercions de votre présence …«.

Kam die Begrüßung, die für ihre Ohren nach akzentfreiem Französisch klang, tatsächlich aus dem Mund ihres Partners?, wunderte sich Sandra und lauschte seiner geschliffenen Vorstellung. Den Dolmetscher bat Bergmann, die Einvernahme zu übersetzen, da seine Kollegin nicht so firm in der französischen Sprache sei. So viel konnte Sandra gerade noch verstehen. Dann übergab er ihr das Wort, um Frederic Longchamps ihre Fragen zu stellen. Binnen kürzester Zeit war ihnen klar, dass Longchamps den Mord an Wintersberger nicht begangen haben konnte. Er sei unmittelbar nach dem Rennen in Alta Badia nach Albertville heimgekehrt, um dort Weihnachten zu feiern, sagte er aus. Sein Trainer könne das bezeugen, zumal sie bis kurz vor Turin im Konvoi gefahren seien. Auch die Familie könne sein Alibi bestätigen, meinte der Franzose.

Die Befragungen der übrigen Skirennläufer gestalteten sich durchwegs ähnlich, nur dass sie ohne Dolmetscher in Deutsch durchgeführt werden konnten.

Am Ende des Tages brummte Sandra der Schädel. Aber wenigstens konnten sie sicher sein, dass keiner der Männer Roman Wintersberger ermordet und dem Rivalen die Beweisstücke untergeschoben hatte. Noch immer sprachen die Indizien, trotz ihrer Zweifel, gegen Tobias Autischer. Doch war mit Gregor Fitzner ein neuer Verdächtiger ohne Alibi hinzugekommen. Warum war er vor ihnen getürmt?, fragte sich Sandra erneut. Und warum hatte er ihnen nichts von der Razzia der Soko Glücksspiel erzählt? Wegen Irene Wintersberger? Die musste doch von seinen Spielschulden wissen. Immerhin hatte sie ihn mit einem ziemlichen Batzen Geld davon befreit.

Sandra gähnte und warf einen Blick auf die Uhr. In einer Dreiviertelstunde war sie mit Julius zum Abendessen verabredet. Vorher blieb ihr gerade noch Zeit, ins Hotel zu fahren, dort rasch zu duschen und sich umzuziehen.

»Soll ich dich zum Bahnhof fahren, Sascha?«, bot sie dem Chefinspektor an.

Bergmann sah ebenfalls auf die Uhr und kippte den restlichen Kaffee hinunter, der längst kalt war.

»Mein Zug geht erst in einer Stunde«, sagte er. »Lass uns vorher noch einen Sprung ins Krankenhaus machen. Vielleicht ist Fitzner schon vernehmungsfähig. Und falls nicht, können wir zumindest mal nachfragen, ob und wann er soweit sein wird.«

Sandra seufzte. Duschen und Umziehen konnte sie demnach vergessen. Mit viel Glück würde sie es gerade noch pünktlich zum Abendessen schaffen. Doch Bergmann hatte recht. Sie mussten Gregor Fitzner so rasch wie möglich einvernehmen, um den Verdacht gegen ihn auszuräumen. Oder eben, um ihn als Täter zu überführen. Tobias Autischer durfte nicht für etwas büßen, das ein anderer getan hatte, anstatt bei der WM jene Medaillen einzufahren, für die er jahrelang hart trainiert hatte. Die Nachricht, dass Doktor Theo Streiter im Namen seines Mandanten und des Österreichischen Skiverbandes die Republik Österreich verklagen wollte, hatte sich in den Medien bereits wie ein Lauffeuer verbreitet. Sandra mochte sich gar nicht ausmalen, was sich in den diversen Chefetagen derzeit so alles abspielte. Generalmajor Stickler war nicht zu beneiden. Womöglich würde er Bergmann wirklich opfern, falls sie mit Tobias Autischer den falschen Mann festgenommen hatten.

»Sandra? Fahren wir?«, riss Bergmann sie aus ihren Gedanken.

»Was? … Ja«, willigte sie ein. Zum Diakonissen-Krankenhaus würden sie keine fünf Minuten brauchen. »Wie geht's deinem Rücken?«, erkundigte sie sich auf dem Weg nach unten.

»Fast wie neu«, antwortete Bergmann.

»Der Zustand des Patienten ist noch immer sehr kritisch«, erklärte ihnen die zuständige Oberärztin. »Herr Fitzner leidet an einem schweren Schädel-Hirn-Trauma und ist noch lange nicht über den Berg. Die Blutungen haben wir operativ versorgen und so eine Druckentlastung für sein Gehirn herbeiführen können. Es ist jedoch anzunehmen, dass Schäden zurückbleiben werden, sofern der Patient diese Nacht überlebt und aus dem Koma aufwacht.«

Dass es nicht gut um Gregor Fitzner stand, hatte Sandra befürchtet. Ebenso hatte sie damit gerechnet, dass ihre Schuldgefühle bei einer solchen Diagnose heftiger werden würden. Hatte sie den jungen Mann in den Tod gehetzt? Würde er wegen ihr sterben müssen oder, was vielleicht noch schlimmer war, geistig und körperlich behindert bleiben? Verdammt! Sie konnte doch nichts dafür, dass Fitzner getürmt war, redete sie sich gut zu. Ebenso wenig war es ihre Schuld, dass er viel zu schnell in die Kurve gefahren war.

»Eine Vernehmung in absehbarer Zeit ist also unwahrscheinlich?«, hörte Sandra den Chefinspektor fragen.

Die Oberärztin nickte.

»Wenn kein Wunder geschieht, ja«, bestätigte sie.

Eine solche Prognose hatte sich Sandra am allerwenigsten gewünscht. Die Ärztin empfahl sich.

»Dort vorne sind die Wintersbergers«, sagte Bergmann, den Blick auf ein Fenster am Korridor gerichtet. Irene Wintersberger stand davor und starrte hinaus. Ihr Sohn, direkt hinter ihr, redete auf sie ein. Keiner der beiden bemerkte, dass sich ihnen die Ermittler näherten.

Bergmann sprach sie an. Beide drehten sich erschrocken um. Die Tränen der Frau hatten Spuren in ihrem sonst so makellos geschminkten Gesicht hinterlassen.

»Sie sind auch hier?«, fragte Irene Wintersberger. »Gibt's was Neues? Ist Gregor …? Ist er …?« Sie stockte ängstlich und wischte sich mit dem Taschentuch über die feuchten Augen.

»Nein, nein«, beeilte sich Sandra, ihr zu antworten. »Herr Fitzner lebt. Wir haben uns eben mit seiner Ärztin unterhalten.«

»Gott sei Dank …« Irene Wintersberger atmete erleichtert durch. Mit zittrigen Händen steckte sie das gebrauchte Taschentuch in ihre Manteltasche. Diesmal hatte sie einen klassischen Kamelhaarmantel gewählt, den sie offen trug. Der grobmaschig gestrickte, elfenbeinfarbene Wollschal hing lose über ihre Schultern. »Wie ist der Unfall überhaupt passiert?«, wollte sie wissen. »Die Polizei hat gemeint, dass ein Einsatzwagen des LKA hinter Gregor her war. Weshalb, wollten sie mir aber nicht verraten. Wissen Sie vielleicht mehr?«

Sandra sah die Verzweiflung in den Augen ihres Gegenübers und nickte.

»Ich habe Herrn Fitzner mit dem Auto verfolgt. Zuvor war ich bei ihm im Salon, um ihm noch ein paar Fragen zu seinem Alibi zu stellen. Merkwürdigerweise ist er sofort geflüchtet. Wissen Sie, warum er so reagiert hat?«

»Sie waren das? Es ist also Ihre Schuld!«, fauchte die zierliche Frau Sandra an.

Ihr stockte der Atem bei dem unverblümten Vorwurf.

»Es ist nicht die Schuld meiner Kollegin«, stellte Bergmann klar. »Herr Fitzner wollte sich der Einvernahme durch Flucht entziehen. An seinem Unfall trägt ausschließlich er selbst die Schuld.«

»Sie …«

»Mama, bitte ...«, mischte sich Lukas Wintersberger ein. »Das bringt doch jetzt auch nichts mehr.«

Sandra war dem jungen Mann dankbar, dass er seine Mutter zum Verstummen brachte. Mit persönlichen Vorwürfen und Schuldzuweisungen hatte sie Probleme, war sie doch von der eigenen Mutter jahrelang mit ebensolchen drangsaliert worden. Prompt kam das altbekannte Gefühl der Minderwertigkeit in ihr hoch. Ein elendes Gefühl, das ihr Übelkeit verursachte.

»Komm, Mama! Lass uns nach Hause fahren. Momentan können wir Gregor eh nicht helfen«, redete Lukas weiter beschwichtigend auf seine Mutter ein.

»Fahr du nur, Bub. Ich bleibe an seinem Bett. Vielleicht bekommt er ja doch mit, dass ich hier bei ihm bin.« Irene Wintersbergers Augen füllten sich erneut mit Tränen.

»Moment noch«, meldete sich Bergmann zu Wort, »eine Frage, dann lassen wir Sie in Ruhe.«

»Was wollen Sie denn noch?«, schluchzte Irene Wintersberger.

Sandra war sich nicht sicher, ob die Frau, die so gelassen auf den Tod ihres Mannes reagiert hatte, nun nicht kurz vor einem Nervenzusammenbruch stand.

»Sie haben freundlicherweise die Spielschulden von Gregor Fitzner übernommen ...«

»Was denn für Spielschulden? Wovon reden Sie überhaupt?«, unterbrach ihn Irene Wintersberger beinahe hysterisch. Ihr Sohn legte den Arm um ihre Schulter.

»Ich rede von den 20.000 Euro, die Sie Herrn Fitzner überwiesen haben. Nur ein paar Tage, nachdem Ihr Mann verschwunden ist«, erklärte Bergmann.

Irene Wintersberger stand kurz der Mund offen, ehe sie ihre Sprache wiederfand.

»Es geht Sie zwar nichts an, aber ja, ich habe Gregor mit 20.000 Euro ausgeholfen. Er wollte einige Investitionen in seinem Geschäft tätigen. Das hat mit dem Verschwinden meines Mannes aber rein gar nichts zu tun.«

»Nicht? Was hätte Ihr Mann denn dazu gesagt, dass Sie Ihrem jungen L… dass Sie Gregor Fitzner einen solchen Betrag zur Verfügung stellen?«, fragte Bergmann.

Irene Wintersberger schüttelte, um Fassung ringend, den Kopf.

»Sie hätte es ihm sicher nicht auf die Nase gebunden«, antwortete Lukas Wintersberger an ihrer statt. »Mutter ist sehr kreativ, müssen Sie wissen.« Das zynische Grinsen des jungen Mannes kannte Sandra schon von seiner ersten Vernehmung.

»Geh, halt's doch z'amm!«, gebot Irene Wintersberger ihrem Sohn, zu schweigen, und löste sich aus seiner Umarmung.

»Wieso? Du bist doch sehr kreativ …«

»Sie wollen von Herrn Fitzners Spielschulden also nichts gewusst haben?«, kam Bergmann auf seine Fragen zurück.

Irene Wintersberger verneinte.

»Und Sie?«, wandte sich Bergmann an den Sohn.

»Ich? … Ich an ihrer Stelle hätte es mir denken können.«

»Ach ja? Und wieso hast du mir dann nichts davon gesagt?«, schnauzte die Mutter ihren Sohn an.

»Ich wusste doch nicht, dass dich Gregor angeschnorrt hat. Außerdem hast du mir verboten, mich in deine Beziehung einzumischen. Schon vergessen?« Wieder hatte er dieses Grinsen auf den Lippen.

Die Mutter zuckte mit den Schultern.

»Ich weiß überhaupt nichts mehr«, meinte sie resignierend. »Glaubst du, Gregor hat mich nur ausgenutzt?«

»Hast du ihm denn schon öfter Geld gegeben?« Lukas Wintersberger stellte genau die Frage, die Sandra als Nächstes gestellt hätte.

»Keine großen Beträge«, antwortete Irene Wintersberger wenig konkret. »Kann ich jetzt wieder zu Gregor?«, wandte sie sich an den Chefinspektor.

Bergmann bejahte, doch Sandra hielt sie auf.

»Moment noch«, sagte sie und streckte der Frau ihr Handy entgegen. »Zeugen wollen diese Breitling vor etwa zehn Jahren bei Ihrem Mann gesehen haben.«

Irene Wintersberger kramte die Lesebrille aus ihrer Handtasche, um das Foto auf dem Display zu prüfen.

»Ich sagte Ihnen doch am Telefon, dass ich mich nicht erinnern kann«, erklärte sie schließlich. »Aber ... ja, die Uhr kommt mir irgendwie bekannt vor.« Ihre schwarzgerahmte Designerbrille verschwand samt Etui in der Handtasche.

»Und Sie? Haben Sie diese Uhr schon mal gesehen?« Sandra hielt ihr Handy Lukas Wintersberger unter die Nase.

»Ich glaube, so eine hatte mein Vater mal, als ich noch klein war«, sagte er.

»Und Sie wissen beide nicht, wo diese Uhr geblieben ist?«

Beide schüttelten den Kopf.

»Darf ich jetzt zu Gregor?«, fragte Irene Wintersberger noch einmal.

»Gehen Sie nur«, sagte Sandra, »aber halten Sie sich bitte zu unserer Verfügung.«

Während sich die Witwe über den Korridor entfernte, sprach Bergmann ihren Sohn an. »Eine Frage noch ...«

»Ja?« Lukas Wintersberger wandte den Blick vom Rücken seiner Mutter ab und dem Chefinspektor zu.

»Wussten Sie, dass Gregor Fitzner an illegalen Glücksspielen teilgenommen hat?«

»Nicht konkret. Mir war nur bekannt, dass er gern gezockt hat. Er war ja deshalb schon früher immer wieder in Geldnöte geraten. Aber ich hab mit Glücksspiel nichts am Hut. Deshalb kann ich auch nicht beurteilen, wann Glücksspiel anfängt, illegal zu werden.«

»Glauben Sie, dass Gregor Fitzner Ihre Mutter abgezockt hat, um in Ihrem Jargon zu bleiben?«, wiederholte Bergmann die Frage, die der junge Mann seiner Mutter zuvor nicht beantwortet hatte.

»Ja. Das glaube ich. Sie ist zwar noch immer recht fesch, aber doch viel zu alt für ihn. Ihre Kohle hat er offenbar ganz gut gebrauchen können.«

»Sie meinen, das Geld Ihres Vaters.«

»Sie ist die Finanzministerin in unserer Familie und verwaltet das Budget«, erklärte Lukas Wintersberger. »Außerdem hat mir Elena erzählt, dass Gregor nebenbei was laufen hat. Mit einer Kollegin von ihr.«

»Und das verschweigen Sie Ihrer Mutter?« Sandra wunderte sich über die mangelnde Loyalität des Sohnes.

»Warum sollte ich meiner Mutter denn wehtun? Sie war richtig happy mit Gregor. Außerdem wollte ich mir zuerst ihn vorknöpfen. Ich weiß es ja selbst erst seit Kurzem.«

»Und wer ist die Nebenbuhlerin Ihrer Mutter?«

»Die kleine Chinesin aus dem Blauen Engel.«

»Lucy Zhang?«

»Nein, das ist die größere von beiden. Die andere heißt Jenny Wang.«

Nur vage erinnerte sich Sandra an den Namen der Tänzerin, die am 23. Dezember krank gemeldet gewesen war. Niemand hatte die junge Frau bisher einvernommen, da sie nicht als Zeugin gegolten hatte. Das mochte ein Versäumnis gewesen sein, das es nun nachzuholen galt. Sie blickte auf ihre Uhr. Wenn Bergmann seinen Zug erreichen wollte, mussten sie jetzt los. Der Chefinspektor interpretierte ihren Blick richtig und verabschiedete sich von Lukas Wintersberger. Sandra folgte ihrem Partner zum Aufzug.

»Kannst du diese Chinesin noch vernehmen?«, fragte Bergmann auf dem Weg nach unten. »Ich muss morgen Vormittag im Tiergarten Schönbrunn sein. Bei den Elefanten …«

Sandra hatte schon vermutet, dass er wegen seiner Tochter nach Wien fuhr. Obwohl man sich bei Bergmann nie ganz sicher sein konnte.

»Seit wann sind dir Elefanten lieber als halbnackte Pole-Tänzerinnen?« Den Scherz hatte sie sich nicht verkneifen können, war er doch schlecht genug, um von Bergmann selbst stammen zu können.

Wie erwartet, konnte der Chefinspektor herzlich darüber lachen. »Das nun nicht gerade. Aber sag mal: Hat sich nicht dein Julius letztens mit dieser Wang vergnügt?«

Der Aufzug hielt an, die Türe öffnete sich.

Sandra schluckte ihre Antwort hinunter. Erst als sie die Leute im Foyer des Krankenhauses hinter sich gelassen hatten und hinaus ins Freie traten, antwortete sie dem Chefinspektor.

»Julius hat sich mit niemandem vergnügt. Jedenfalls nicht so, wie du das meinst«, erklärte sie forsch.

Bergmann ging unbeirrt weiter.

»Dann hat das wohl nur so ausgesehen.«

»Mistkerl!«, schimpfte Sandra ihm hinterher.

»Also doch.« Bergmann grinste, während er darauf wartete, dass Sandra die Schlösser des Wagens mit der Fernbedienung entriegelte.

»Ich hab dich gemeint«, stellte sie klar und drückte auf den Knopf.

Bergmann grinste noch, als sie längst losgefahren waren.

Wie gut, dass sie das Wochenende ohne den Chefinspektor verbringen würde, freute sich Sandra. Gleich nach dem Abendessen wollte sie mit Julius im Blauen Engel vorbeischauen, um Jenny Wang zu befragen. Er würde sicher nichts dagegen haben. Schließlich hatte er ein reines Gewissen.

KAPITEL 7

Montag, 11. Februar 2013

Der VW Passat verließ die Tiefgarage des Wohnhauses im Grazer Bezirk Lend in der Morgendämmerung. Dass es schneite, bemerkte Sandra erst gar nicht, obwohl sie den dreckigen Matsch in der Stadt nicht ausstehen konnte. Ihre Gedanken kreisten noch immer um Julius und um das wunderbare Wochenende, das sie miteinander verbracht hatten. Schade nur, dass ihnen keine Zeit zum Skifahren geblieben war. Aber das wollten sie am kommenden Wochenende nachholen, wenn sie ihn ein weiteres Mal in Schladming besuchen würde.

Das rote Ampellicht nahm Sandra mehr oder weniger unterbewusst wahr. Genauso reflexartig, wie sie den Wagen an der Kreuzung anhielt, schaltete sie auch den Scheibenwischer ein.

Am Samstag hatte sie Julius bei Kaiserwetter ins Planai-Stadion begleitet, wo er live von der Herren-Abfahrt berichtet hatte. Die grenzenlose Begeisterung der vielen Zuschauer hatte auch sie mitgerissen. Vor eindrucksvoller Kulisse hatten sie eine spannende Abfahrt mit zwei spektakulären Stürzen im steilen Zielhang miterlebt, bei denen zum Glück niemand verletzt worden war.

Hätte nicht ein Schweizer, sondern der um Haaresbreite zweitplatzierte Österreicher, WM-Gold geholt, wäre dieser Tag makellos gewesen. So war er es – zumindest aus österreichischer Sicht – nur beinahe. Doch sobald sich Sandra und Julius dem Après-Ski hingegeben hatten, war dieser Wermutstropfen rasch vergessen gewesen.

Die Damenabfahrt am Sonntag hatte Sandra sausen lassen, um sich nach einer langen Nacht endlich einmal wieder richtig auszuschlafen. Während Julius bereits seiner Arbeit auf der Planai nachgegangen war, hatte sie das ausgiebige Frühstück genossen, das ihr aufs Zimmer serviert worden war.

Am frühen Nachmittag war sie zur Polizeiinspektion aufgebrochen, um die beiden Skirennläufer zu befragen, die noch auf ihrer Liste standen. Deren Namen hatte sie aber bald streichen können, waren die Herren doch zur Tatzeit nachweislich daheim im Tiroler Pitztal beziehungsweise im Salzkammergut gewesen.

Sandra war früher als erwartet ins Hotel zurückgekehrt. Im Hallenbad war sie zügig 25 Längen geschwommen und hatte anschließend die Sauna aufgesucht. Die Rückenmassage, die ihr Julius nach seiner Rückkehr von der Planai versprochen hatte, war, wie schon jene in der Nacht zuvor, ihrer Leidenschaft zum Opfer gefallen.

Ein Hupkonzert riss Sandra abrupt aus ihrer Erinnerung an die heißeste Liebesnacht seit langem. Erschrocken blickte sie auf. Vor lauter Tagträumen hatte sie übersehen, dass die Ampel auf Grün umgeschaltet hatte, was ihr so gut wie nie passierte. Peinlich berührt bog sie nach rechts in die Strassgangerstraße ein.

Bergmann würde ihre Stimmung sofort wittern und sie damit aufziehen, wenn sie sich nicht zusammenriss. Doch Sandra hatte bereits eine Strategie entwickelt, die genau das verhindern sollte.

*

Dass der Chefinspektor sie noch neugieriger als sonst beäugte, als sie das Büro betrat, hatte Sandra erwartet.

»Und? Wie war's in Schladming?«, fragte er, wenig überraschend, als Erstes.

Seinem Blick nach zu urteilen, hätte Sandra schwören können, dass er sich nicht nach den Ermittlungsfortschritten im Mordfall Wintersberger erkundigte.

Warum um alles in der Welt interessierte er sich bloß so sehr für ihr Privatleben? Vermutlich nur, weil sie kaum je etwas darüber preisgab. Woran sich bestimmt auch in Zukunft nichts ändern würde. Ihre Antwort beschränkte sich daher aufs Berufliche.

»Die letzten beiden Skirennläufer auf der Liste konnten ebenfalls mit Alibis aufwarten. Miriam soll sie zur Sicherheit noch mal überprüfen. Wo ist sie eigentlich?« Sandra setzte sich an ihren Schreibtisch und fuhr den Computer hoch.

»Bei den Kollegen, die die Spielhölle in Schladming ausgehoben haben. Sie sucht dort nach weiteren Hinweisen im Überwachungsprotokoll, die Fitzner und seine Kumpanen betreffen.«

»Das kann sie sich sparen.«

»Hä? Wieso das denn?« Bergmann blickte sie überrascht über seinen Bildschirm hinweg an.

Diesmal würde sie den Spieß umdrehen und den Chefinspektor auf die Folter spannen, hatte sich Sandra vorgenommen.

»Sagen wir so: Ich hatte eine sehr interessante Unterredung mit ... Wie war doch gleich noch mal der Name?« Irrte sie sich oder sah Bergmann sie ärgerlich an? Es machte ihr Spaß, mit ihm sein Spielchen zu spielen.

»Warte ... Ich komm gleich auf den Namen ...«, versuchte sie ihn weiter zu provozieren, indem sie ihre Antwort möglichst lange hinauszögerte. »Vielleicht sollte ich mir rasch einen Tee holen …«

Ein Grinsen huschte über Bergmanns Gesicht. Offensichtlich hatte Sandra den Bogen überspannt. Er schien begriffen zu haben, was sie im Schilde führte. Den Gefallen, die ihm zugedachte Rolle zu übernehmen, machte er ihr jedoch nicht.

Spielverderber!, dachte Sandra. Aber wenigstens war ihr Privatleben vorerst kein Thema.

»Meine Unterredung mit Jenny Wang war hochinteressant«, wurde sie ein wenig konkreter.

»Ach ja? Was hat die kleine Chinesin denn angehabt?« Bergmanns Grinsen war ebenso ungebrochen wie sein Spieltrieb.

Sandra hatte genug davon. Wenn er jetzt noch einmal Julius' Namen erwähnte, würde sie dem Chefinspektor den Hals umdrehen.

»Nicht viel mehr als beim letzten Mal«, bemühte sie sich nach außen hin möglichst emotionslos zu wirken. »Dafür kann sich Stickler warm anziehen.«

»Wieso?«

»Gregor Fitzner scheidet als Tatverdächtiger aus«, platzte Sandra endlich mit der Neuigkeit heraus.

»Was? Wieso das denn?« Bergmann richtete sich auf seinem Stuhl auf. Die Überraschung war ihr gelungen.

»Er ist nach der Razzia direkt zu Jenny Wang gefahren. Die beiden hatten tatsächlich was miteinander. Kurz vor halb drei ist Gregor Fitzner dann zu seinen Eltern aufgebrochen. Auch in diesem Punkt hat er uns die Wahrheit gesagt.«

»Und warum hat er uns dann den Rest verschwiegen?«

»Ich nehme mal an wegen Irene Wintersberger. Vermutlich wollte er weder, dass sie von seiner Spielleidenschaft, noch von seiner Affäre mit der jungen Tänzerin erfährt. Sonst hätte er auf seine Hauptsponsorin wahrscheinlich verzichten müssen.«

»Und wieso ist er vor uns geflüchtet?«

»Panikreaktion?«

»Das hat er jetzt davon ...«

Beim Gedanken an den lädierten Zustand des jungen Mannes entkam Sandra ein tiefer Seufzer.

»In Schladming und Umgebung wird offenbar kreuz und quer gevögelt, was das Zeug hält«, stellte Bergmann fest.

»Warum sollte es dort anders als sonst wo zugehen?«

Sandras Frage wurde vom Telefonläuten unterbrochen.

»Guten Morgen«, begrüßte der Chefinspektor den Anrufer förmlich. »Was kann ich für Sie tun?«

Sandra lauschte aufmerksam, doch Bergmann sagte nicht viel, er hörte seinerseits zu.

»In einer Stunde? Geht in Ordnung«, meinte er schließlich, ehe er das Gespräch beendete.

Eine Stunde später begrüßten die beiden LKA-Ermittler Doktor Theo Streiter und seinen Mandanten im kleinen Verhörzimmer.

Tobias Autischer sei im Zusammenhang mit der Tatnacht etwas eingefallen, was ein Hinweis auf den wahren Täter sein könne, glaubte sein Verteidiger.

»Deshalb habe ich Sie so rasch wie möglich um eine neuerliche Einvernahme meines Mandanten gebeten«, erklärte er weiter. An diesem Morgen war der Anwalt frisch rasiert und, wie üblich, wie aus dem Ei gepellt.

Sandra startete die Tonaufzeichnung.

»Worum handelt es sich?«, wandte sie sich an Tobias Autischer, der sich um einiges stiller verhielt, als bei ihren letzten Begegnungen. Rein optisch sah der Skirennläufer wieder besser aus, doch strahlte er kaum etwas von jenem Sonnyboy-Image aus, das er noch vor wenigen Tagen perfekt bedient hatte.

»Mir ist zu dieser Nacht noch was eingefallen. Ich weiß aber nicht, ob es überhaupt was zu bedeuten hat«, meinte er zögerlich.

»Erzählen Sie doch einfach«, ermunterte ihn sein Verteidiger.

»Okay. Also in jener Nacht ist mir auf dem Heimweg ein Auto entgegenkommen. Der Typ ist gefahren wie eine gsengte Sau. Wenn ich nicht im letzten Moment an den äußersten Straßenrand ausgewichen wäre, hätte er mich voll touchiert. Nur mit Müh und Not bin ich nicht im Straßengraben gelandet.«

»Haben Sie den Fahrer erkannt?«, fragte Sandra.

»Nein.«

»Das Auto oder einen Teil des Kennzeichens vielleicht?«

»Nein, leider. Die Scheinwerfer haben mich geblendet. Sicher bin ich nur, dass es ein dunkler Offroader war.« Sandra fiel auf Anhieb Gregor Fitzners schwarzer Range Rover Evoque ein, der vor ihren Augen mit überhöhter Geschwindigkeit von der Straße abgekommen war. Vergangene Nacht hatte sie sogar von dem Unfall geträumt. Im Unterschied zur Wirklichkeit war ihr Wagen jedoch im Graben gelandet und auf dem Dach liegen geblieben. Verzweifelt hatte sie versucht, den Sicherheitsgurt zu lösen, während der blutüberströmte Bergmann neben ihr lauthals gelacht hatte.

»Herr Autischer«, holte sie die Stimme des Chefinspektors in die Realität zurück. »Sie waren betrunken und konnten gerade noch einem entgegenkommenden Auto ausweichen«, relativierte Bergmann die Begebenheit. »Was wollen Sie uns damit beweisen?«

Verunsichert zuckte Tobias Autischer mit den Schultern und suchte den Blickkontakt zu seinem Anwalt.

»Hören Sie, Herr Chefinspektor«, kam ihm Doktor Streiter zu Hilfe. »Im Seewigtal ist spätnachts kaum Verkehr. Dennoch wäre mein Mandant beinahe von einem Geländewagen in den Straßengraben abgedrängt worden. Der Fahrer hatte es in der fraglichen Nacht offensichtlich überaus eilig, vom Tatort wegzukommen. Das sollte Ihnen doch reichen, um dem Hinweis meines Mandanten nachzugehen.«

»Na, schön. Aber wie sollen wir diesen ominösen Wagen denn finden, wenn Sie nichts Konkreteres haben?«

»Was halten Sie davon, die Leute in der Gegend zu befragen, ob ihnen vielleicht ein Raser in der Tatnacht aufgefallen ist?« Der Sarkasmus in Streiters Stimme war nicht zu überhören.

»Hervorragende Idee, Herr Doktor Streiter. Niemand im Seewigtal kann sich daran erinnern, einen Schuss gehört zu haben. Aber ein Raser hätte den Anrainern auffallen sollen?«, meinte Bergmann, nicht weniger sarkastisch. »Die Burschen am Land fahren doch alle wie die Geistesgestörten«, fügte er hinzu.

»Gegen solche Klischees möchte ich mich auf das Allerheftigste verwehren«, protestierte Streiter kampflustig.

»Was denn für Klischees? Sehen Sie sich doch mal die Unfallstatistiken an.«

»Meine Herren, so kommen wir nicht weiter«, bremste Sandra die beiden Männer ein, um sich gleich darauf an Tobias Autischer zu wenden.

»Ich würde gerne etwas versuchen, um ihrer Erinnerung ein wenig auf die Sprünge zu helfen.«

»Ja?«

»Schließen Sie bitte die Augen«, forderte sie ihn auf. »Wir werden versuchen, Ihre Heimfahrt noch einmal vor Ihrem geistigen Auge ablaufen zu lassen.« Eben war ihr in den Sinn gekommen, dass er als Skirennläufer darauf trainiert war, Strecken zu visualisieren. Vielleicht half ihm das, sich doch noch deutlicher zu erinnern, was nachts auf der Straße geschehen war. Wenn sie ihn gedanklich dorthin zurückführen konnte, fiel ihm möglicherweise etwas ein, dem er bisher keine Bedeutung beigemessen hatte. Einen Versuch war es allemal wert, fand Sandra.

Tobias Autischer sah seinen Anwalt fragend an. Der deutete ihm mit einer Geste, der Aufforderung der Ermittlerin nachzukommen.

»Gut. Dann schließen Sie bitte die Augen, und kehren Sie jetzt in Gedanken noch einmal zu jener Nacht zurück. Sie sitzen in Ihrem Auto. Einem Audi?«, tippte Sandra auf den Großsponsor des ÖSV.

Tobias Autischer nickte mit geschlossenen Augen.

»Audi A6 Avant«, antwortete er.

»Okay. Sie fahren also auf der Ennstal-Bundesstraße und biegen ins Seewigtal ab. Welche Abzweigung nehmen Sie?«

»Die bei Höhenfeld.«

»Gut. Sie biegen also ab und fahren weiter, bis Sie den Wagen bemerken, der Ihnen entgegenkommt. Wo genau befinden Sie sich jetzt?«

»Gleich nach der letzten Kurve beim Petersberg«, antwortete der Befragte.

»Und was genau sehen Sie?«

»Scheinwerfer. Die grellen Lichter kommen rasch auf mich zu. Das Auto ist vielleicht noch 100 Meter von mir entfernt. Warum blendet der Idiot nicht ab?«

»Er hat das Fernlicht eingeschaltet?«

»Ja. Er ist jetzt vielleicht noch 60 Meter entfernt. Ich nehme Gas weg und kneife die Augen zusammen. 30 Meter. Verdammt! Der Typ fährt viel zu weit links. Ausweichen kann ich vergessen. Sonst lande ich im Graben. Bloß auf der Straße bleiben! Ich fahre höchstens noch 30 km/h. Wie ein Irrer zischt er haarscharf an mir vorbei. Es ist ein dunkles Auto. Genau kann ich die Farbe nicht erkennen, aber es ist höher als mein Kombi.«

»Könnte es sich um einen schwarzen Range Rover Evoque handeln?«

»Gut möglich.«

Gut möglich, wiederholte Sandra in Gedanken. Es konnte aber unmöglich Gregor Fitzners Wagen gewesen sein, überlegte sie weiter. Der war um diese Uhrzeit bei Jenny Wang. Oder hatte die Tänzerin gelogen? Das Mädchen hatte sie angefleht, ihrem Chef nur ja nicht zu verraten, dass sie gar nicht so krank gewesen sei, wie sie vorgegeben hatte, um blau machen zu können. Mit ihrer leichten Verkühlung hätte sie sehr wohl tanzen können, hatte sie zugegeben. Nein, Jenny Wang hatte ihr die Wahrheit gesagt, glaubte Sandra.

Konnte jemand anders mit dem Range Rover unterwegs gewesen sein? Aber wie wäre Gregor Fitzner dann heim nach Rohrmoos gekommen? Vielleicht war das im

Seewigtal ein anderer Evoque gewesen. Oder auch ein ganz anderes KFZ-Modell.

»Schauen Sie bitte in den Rückspiegel«, fuhr Sandra laut fort.

»Okay …«

»Sehen Sie den Wagen noch?«

»Ich sehe die roten Rücklichter.«

»Gut. Wie sehen diese Rücklichter aus? Können Sie mir die Form beschreiben?«

»Ich weiß nicht … Ich bin heilfroh, dass das noch mal gut gegangen ist.«

»Konzentrieren Sie sich bitte nur auf die Rücklichter in Ihrem Spiegel«, ließ Sandra nicht locker.

Tobias Autischer schwieg eine Weile. Im Verhörzimmer hätte man eine Stecknadel fallen hören können, bis der junge Mann endlich antwortete.

»Haben Sie was zum Zeichnen?«, fragte er schließlich und öffnete die Augen.

Sandra reichte ihm ihren Kugelschreiber und ein leeres Blatt aus der Akte.

»Besonders gut zeichnen kann ich nicht«, meinte der Skirennläufer und begann aufs Papier zu kritzeln. »Aber ich probier's mal …«

Den Strichen nach zu urteilen handelte es sich eher nicht um die Rücklichter eines Range Rover Evoque. Jedenfalls hatte Sandra diese anders in Erinnerung, als die geschwungene Linie, die Tobias Autischer skizziert hatte.

»Darf ich mal?«, fragte sie und nahm Tobias Autischer den Stift ab, um ihrerseits die Rücklichter eines Evoque aus dem Gedächtnis aufzuzeichnen. Dann schob sie dem Rennläufer das Papier wieder hinüber.

»Könnten die Lichter auch so ausgesehen haben?«
Autischer prüfte ihre Skizze.

»Hm … Die Form war doch eher so wie auf meiner Zeichnung. Ihre Rücklichter sind hier unterbrochen. Das waren sie sicher nicht«, befand er.

»Ausgezeichnet. Vielen Dank!« Sandra war keine KFZ-Expertin. Solche befanden sich jedoch unter den Kriminaltechnikern des LKA, an die sie Autischers Skizze gleich weitergeben würde. Damit sollten sie demnächst zumindest wissen, welche Automarken und Modelle in Frage kamen, war Sandra zuversichtlich.

KAPITEL 8

»Tobias Autischer wird aus der U-Haft entlassen?« Sandra starrte Bergmann an. Eben war er von der Haftprüfungsverhandlung, die kurzfristig vorgezogen worden war, ins Büro zurückgekehrt. Offenbar hatte Streiters Klagsandrohung gegen die Republik Österreich doch noch Wirkung gezeigt.

»Die Pressemeldung geht in diesen Augenblicken raus«, bestätigte Bergmann.

»Echt? Der Toby kommt frei?«, quiekte Miriam vergnügt. »Hab ich's doch gewusst, dass er unschuldig ist!«

»Woher willst du das denn wissen? Sind uns etwa irgendwelche Beweise entgangen?« Sandra rief der jungen Kollegin die belastenden Indizien ins Gedächtnis.

»Tobias Autischer ist keineswegs aus dem Schneider«, mahnte auch Bergmann. »Streiter hat ihn lediglich aus der U-Haft freigeboxt. Und Stickler ist fürs Erste aus dem Schussfeld. Wir müssen jetzt umso mehr Gas geben, wenn wir diesen Fall aufklären wollen.« Dass Tobias Autischer in der fraglichen Nacht von den Überwachungskameras des Hotels nicht aufgezeichnet worden war, habe für ihn gesprochen, erläuterte der Chefinspektor. Ebenso, dass der Reserveschlüssel zu seiner Wohnung im Prinzip frei zugänglich aufbewahrt worden war. Auch wenn das laut Auskunft der Zeugen beim Fischerwirt angeblich kein Außenstehender hatte wissen können. Bergmann ließ sich auf seinen Sessel plumpsen und griff nach einem Bleistift und dem Spitzer.

Glaubte Sandra ihrem Gefühl, so teilte sie Miriams Ansicht, dass der Skirennläufer unschuldig war. Wären da nur nicht die Beweismittel gewesen, die ihn so schwer belasteten. Und die offene Frage, wer ihm diese wann und warum unbemerkt untergeschoben haben könnte.

»Der Toby wird jetzt doch die WM-Rennen fahren können.« Miriam hatte ihr Lächeln wiedergefunden. Wenn auch nur vorübergehend.

»Der Toby?«, äffte Bergmann sie mit verstellt hoher Stimme nach.

Miriam zuckte beleidigt mit den Schultern.

»Alle Welt nennt ihn doch Toby«, rechtfertigte sie sich für die flapsige Benennung des Mordverdächtigen. »Die Superkombi ist für ihn zwar gelaufen, aber am Riesentorlauf und am Slalom kann er noch teilnehmen«, spekulierte sie munter weiter.

»Du solltest dich vorsehen«, warnte Bergmann, »man könnte dir sonst Befangenheit vorwerfen.« Sein Grinsen bestätigte Sandra, dass er die Warnung nicht ganz ernst meinte.

Miriam stieg hingegen auf seine Frotzelei ein.

»Aber ich kenne ihn doch gar nicht persönlich«, protestierte sie entsetzt.

»Lass dich doch nicht von Sascha auf die Schaufel nehmen«, meinte Sandra. Normalerweise ging die junge Kollegin dem Chefinspektor nicht so rasch auf den Leim.

Erleichtert schnitt sie eine Grimasse in Richtung Bergmann.

Sandras Blick wanderte zu ihrem Monitor. Der Posteingang zeigte eine neue E-Mail vom Zentrallabor an.
Neugierig öffnete sie die Nachricht und speicherte das
beigefügte pdf-Dokument herunter, ehe sie zu lesen
begann.

»Das glaube ich jetzt nicht«, verkündete sie nach einer
Weile. Schlagartig richtete sich die Aufmerksamkeit der
Kollegen, die noch immer über Tobias Autischer und sei-
nen WM-Auftritt diskutierten, auf sie.

»Was glaubst du nicht?«, fragte Bergmann, der bereits
den zweiten Bleistift in der Mangel hatte.

»In Gregor Fitzners Range Rover wurden Haare
gefunden ...«

»Überraschung!«, ätzte Bergmann.

Miriam kicherte.

»Die kommt gleich noch«, versprach Sandra, »wenn
du mich ausreden lässt.«

»Also?«

»Neben den Haaren des Autobesitzers haben sich
auch welche vom selben Mann befunden, der die Breitling Navitimer vom Leichenfundort getragen hat.«

»Da schau her!« Sichtlich erstaunt legte Bergmann Bleistift und Spitzer beiseite und fasste sich ans Kinn.

»Das heißt, dass Roman Wintersberger nicht in dem
Range Rover gefahren ist«, schloss er aus dem früheren negativen Abgleich der DNA der Leiche mit jener
der Uhr.

»Weder lebendig, noch tot. Zumindest nicht laut dieser Spurenanalyse«, bestätigte Sandra.

»Lukas Wintersberger scheidet demnach auch aus«,

sagte Miriam. Nachdem sich das Y-Chromosom des Vaters immer auf den Sohn vererbt, war auch ihre Folgerung schlüssig.

»Vielleicht stammen die Haare von Gregor Fitzners Pokerfreund Martin Kofler. Oder von einem der beiden Amis?«, mutmaßte Miriam.

»Letzteres hoffe ich nicht. An deren Speichelproben werden wir nicht so schnell herankommen. Außerdem hatte keiner der drei ein Mordmotiv«, wandte Bergmann ein. »Soweit wir wissen, sind die Amerikaner dem späteren Opfer niemals begegnet.«

»Wie finden wir also heraus, wer mit diesem Range Rover gefahren ist und die Breitling getragen hat?«, überlegte Miriam laut.

»Mitgefahren«, korrigierte Sandra sie. »Besagte Haare haben sich auf und um den Beifahrersitz herum befunden. Blonde Männerhaare, um genau zu sein.«

»Damit scheidet der farbige Pokerspieler aus den Vereinigten Staaten auch schon wieder aus«, merkte Bergmann an.

»Richtig. Das längste dieser Haare ist fast zwölf Zentimeter lang. Die anderen sind etwas kürzer, glatt und blond, ohne chemische Behandlungen«, erläuterte sie weiter.

»Tobias Autischer«, murmelte Bergmann.

Sandra schüttelte den Kopf.

»Hier steht schwarz auf weiß, dass es sich nicht um seine DNA handelt. Außerdem ist er nicht mit Gregor Fitzner verwandt.«

Beide Augenpaare richteten sich ruckartig auf Sandra.

»Verwandt? Was soll das jetzt wieder heißen?«, fragte Bergmann nach.

»Na, du wolltest doch überrascht werden«, sagte Sandra.

»Ja und?« Ungeduldig rutschte Bergmann auf seinem Sessel nach vorn.

»Der blonde Mann, der die Breitling getragen hat, hat dieselbe Mutter wie Gregor Fitzner. Allerdings einen anderen Vater«, ließ Sandra die erste Katze aus dem Sack. Die zweite blieb für später drin.

»Dann hat Regine Fitzner einen zweiten Sohn, der die Uhr am Bodensee verloren hat und der bei seinem Halbbruder mitgefahren ist?«, überlegte Miriam laut.

»Sofern sie Gregors leibliche Mutter ist, ja.«

»Das finde ich in null komma nix heraus«, meinte Miriam zuversichtlich, »es gibt ja Geburtsurkunden.«

»Moment noch«, stoppte Sandra die Euphorie der Kollegin, »ich hab da noch eine zweite Überraschung.« Ihr Blick wanderte langsam von Miriam zu Bergmann.

Der verdrehte genervt die Augen. »Was denn noch?«

»Ich dachte, du liebst Überraschungen.« Sandra grinste ihn vergnügt an.

Bergmann grinste säuerlich zurück.

»Das Labor hat außerdem die DNA von fünf verschiedenen Frauen analysiert.«

»Gregor Fitzner ist Damenfrisör«, merkte Bergmann an. »Da können schnell mal die Haare einer Kundin nach dem Schneiden oder Frisieren seinen Schuhen oder der Kleidung anhaften und so ins Auto gelangen.«

Sandra nickte.

»Das schon.« Sie legte eine kurze Pause ein und sah noch einmal auf die Zeile im Dokument, ehe sie die zweite Katze aus dem Sack ließ. »Aber die Mutter der beiden Halbbrüder hat ebenfalls Haare im Unfallwagen hinterlassen. Glatt und blondiert.«

»Ach … Das ist aber wahrlich interessant.« Bergmann kratzte sich am Kinn.

»Finde ich auch«, gab Sandra ihm recht. »Vor allem, weil Regine Fitzner, zumindest in meiner Erinnerung, braune Haare hat.«

KAPITEL 9

Mittwoch, 13. Februar 2013

»Gregor Fitzner wurde adoptiert? Damit wären wir genauso schlau wie vorher«, seufzte Bergmann und nahm einen Schluck von seinem Kaffee.

Miriam nickte. Eine blonde Haarsträhne, die sich aus ihrem lockeren Pferdeschwanz gelöst hatte, fiel ihr ins Gesicht.

»Leider.« Sie strich die Strähne hinters Ohr. »Er wurde als Baby in der Katholischen Kirche in Schladming ausgesetzt und gefunden. Die Mutter konnte damals nicht ausgeforscht werden. Das Ehepaar Fitzner hat ihn zuerst in Pflege genommen und später adoptiert.«

»Mist«, lautete Bergmanns knapper Kommentar.

»Kann man wohl sagen.« Sandra erhob sich und wandte sich der Magnettafel hinter ihrem Schreibtisch zu. Noch einmal studierte sie die wichtigsten Ermittlungsfakten, die übersichtlich darauf dargestellt waren. Sie griff zum Stift, strich den Namen von Regine Fitzner durch und malte ein Fragezeichen daneben, das nun zu Gregor Fitzner und zu seinem unbekannten blonden Halbbruder führte, deren Namen durch einer Linie miteinander verbunden waren.

»Blonde Männer gibt es in dieser Gegend viele«, sinnierte Miriam frustriert.

»Aber nicht alle sind naturblond wie unser Phantom«,

warf Sandra ein. Dennoch: Wonach sie hier suchten, war die berühmte Nadel im Heuhaufen.

»Selbst wenn wir die DNA jemandem zuordnen könnten, hieße das noch immer nicht, dass wir unseren Täter gefunden hätten. Nur weil der Mann die Breitling am Tatort verloren hat«, wiederholte sie die Tatsache, die allen Anwesenden längst klar war, und kehrte an ihren Schreibtisch zurück.

»Die Möglichkeit besteht aber immerhin«, räumte Bergmann erstmalig ein.

Sandra sah ihn entsprechend überrascht an.

Bergmann zuckte mit den Schultern.

»Versuchen wir, unser Phantom zu finden. Was anderes als diese Spur haben wir momentan ja nicht. Unsere Verdächtigen scheiden laut direktem beziehungsweise indirektem DNA-Abgleich alle aus«, fügte er hinzu.

»Außer Irene Wintersberger. Deren Speichelprobe fehlt uns noch. Am besten wir vernehmen sie noch einmal«, schlug Sandra vor. »Ich kann mir zwar noch immer nicht vorstellen, dass sie ihren Mann mitten in der Nacht am Steirischen Bodensee erschossen und anschließend dort entsorgt hat, aber sie könnte zumindest wissen, wer mit Gregor Fitzner mitgefahren ist.«

»Solange es sich nicht um eine seiner geheimen Liebschaften handelt …«, spielte Bergmann auf die Chinesin an. »Okay. Ich ruf jetzt mal die Wintersberger und den Kofler an, um herauszufinden, wer mit Gregor Fitzner unterwegs gewesen sein könnte. Miriam, wir brauchen Zugriff auf die Kundendaten von Fitzners Friseursalon. Kümmer dich bitte darum. Und du, Sandra, ruf die Adoptiveltern vom Fitzner an«, ordnete der Chefinspektor an.

»Geht klar.« Gregor Fitzners Eltern schienen nicht besonders viel über ihren Sprössling zu wissen, rief sich Sandra die Befragung der beiden ins Gedächtnis. Oder aber sie hatten nicht alles preisgegeben, um ihrem Sohn nicht zu schaden. Möglicherweise würden sie jetzt, nach dessen Autounfall, reinen Tisch machen wollen. Falls sie etwas wussten, was ihr Gewissen belastete. Er selbst war momentan nicht in der Lage dazu. Ja, es stand sogar zu befürchten, dass Gregor Fitzner nie wieder mit jemandem würde sprechen können.

Sandra wollte gerade zum Hörer greifen, als eine Nachricht aus der Kriminaltechnikabteilung in ihrem Posteingang einlangte. Aufmerksam betrachtete sie die Fotos im Anhang.

»Sascha!«, rief sie dem Chefinspektor zu, der gerade eine Nummer wählte.

»Was?« Bergmann hielt mit dem Wählen inne.

»Frag Irene Wintersberger, ob sich der Audi ihres Mannes noch in der Garage befindet. Und ob sie uns heute empfangen kann.«

∗

Draußen schneite es noch immer. Sandra musste den Dienstwagen auf dem Parkplatz hinterm Gebäude der Landespolizeidirektion, in dem die Abteilung Leib und Leben des LKA untergebracht war, erst vom Schnee befreien. Bergmann saß bereits im Auto und telefonierte mit dem Staatsanwalt.

Sandra kniff die Augen zusammen und blickte in den grauen Himmel. Glaubte man den Meteorologen, würde Tief Marcel in den frühen Morgenstunden des folgenden

Tages wieder abziehen. Dahinter bahnte sich das nächste Hochdruckgebiet an, das bis übers Wochenende hinaus für wolkenlosen Himmel, aber frostige Temperaturen sorgen sollte.

Schon jetzt freute sie sich aufs Skifahren mit Julius, auf die Slalomrennen der Damen und Herren und die offizielle Abschlussveranstaltung, die der Ski-WM 2013 ein krönendes Ende setzen würde. Diesmal würde sie es nicht zulassen, dass die Arbeit wieder ihre Pläne durchkreuzte, schwor sie sich und kehrte gedanklich zum Fall zurück.

Die Nachricht, dass der aus der U-Haft entlassene Tobias Autischer nun doch bei der WM würde starten können, hatte sich in Windeseile verbreitet. Die Spekulationen um Schuld oder Unschuld des Skistars, die die Sportwelt in zwei Lager spalteten, waren neuerlich entflammt. Die zuletzt sehr leisen Stimmen, die Tobias Autischer für unschuldig hielten, tönten seit seiner Entlassung wieder deutlich lauter.

Sandra warf den Schneebesen in den hinteren Fußraum des Passat und stieg ein, um den Wagen zu starten. Bergmann beendete sein Telefongespräch.

»Der Durchsuchungsbeschluss für den Audi ist unterwegs«, verkündete er. »Jetzt erzähl mal genauer, was dir vorhin in den Sinn gekommen ist.«

»Die Rücklichter, die Tobias Autischer aufgezeichnet hat, stammen laut KT-Experten von einem Audi Q7, Baujahr 2012«, berichtete Sandra und nickte dem Wachtposten zu, der eben salutiert hatte.

»Ein solches Modell hat Roman Wintersberger zuletzt gefahren. Das hast du im Büro schon erwähnt. Und sein Audi ist schwarz?«, wollte Bergmann wissen.

»Dunkelbraun. Autischer hat von einem dunklen Crossroader gesprochen, nicht von einem schwarzen«, erinnerte Sandra den Kollegen an die letzte Vernehmung des Skirennläufers.

»Tja, der Unterschied lässt sich in der Nacht kaum erkennen«, gab Bergmann ihr recht.

»Eben. Wenn es also Wintersbergers Audi Q7 war, der nachts aus dem Seewigtal gerast ist, stellt sich die Frage, wer ihn nach dem Mord gefahren hat.«

»Irene Wintersberger?«

»Sie könnte ihren Mann vom Blauen Engel abgeholt haben«, mutmaßte Sandra.

»Und dann sind die beiden mitten in der Nacht zum Steirischen Bodensee gefahren? Warum das denn?«

»Fassen wir den Abend nochmals kurz zusammen: Roman Wintersberger hat im Blauen Engel mit Tobias Autischer gestritten. Nachdem der Cheftrainer die Bar verlassen hat, hat er mehrmals versucht, den Skirennläufer anzurufen.«

»Stellt sich die Frage, warum?«

»Entweder er wollte noch etwas mit ihm ausdiskutieren oder aber einlenken. Immerhin war es die Nacht vor Weihnachten. Da will man doch nicht unbedingt im Streit auseinander gehen.«

»Vielleicht hat er sich, nachdem der erste Ärger verraucht war, Sorgen gemacht, dass der Junge in seinem Zustand noch mit dem Auto fährt«, meinte Bergmann.

»Wie auch immer … Tobias Autischer hat sein Handy nicht abgehoben, als Roman Wintersberger mehrmals versucht hat, ihn anzurufen. Vielleicht hat er deshalb auf dem Heimweg kurzerhand beschlossen, seinen Schützling zu Hause abzupassen. Einen Schlüssel zum Schranken hatte er ja.« Sandra legte eine kurze Pause ein, um sich auf den dichten Verkehr zu konzentrieren und die Spur zu wechseln.

»Und weiter?«

»Noch ehe Tobias Autischer beim Fischerwirt eintraf, könnte es zum Streit zwischen dem Ehepaar Wintersberger gekommen sein. Gründe gab es ja genügend: ihren Liebhaber, das Geld, das sie ihm überwiesen hat und sicher noch einiges mehr, von dem wir keinen blassen Schimmer haben. Na, und die Frau hat ihren Mann dann erschossen.«

»Du meinst, die Wintersberger hatte die Glock ihres Mannes dabei? Dann hat sie ihn vorsätzlich getötet?«

»Nicht unbedingt. Die Waffe hätte sich im Auto befinden können. Und Irene Wintersberger könnte das gewusst haben.«

»Nehmen wir mal an, du hast recht. Dann hat Irene Wintersberger ihren Mann erschossen und seine Leiche in den See geschubst. Die Lady wiegt doch keine 50 Kilo als Nasser …«

»So viel Kraft, die Leiche ein paar Meter bis ans Ufer zu schleifen und in den See zu verfrachten, traue ich ihr in einer solchen Ausnahmesituation schon zu. Außerdem sind so zierliche Frauen oftmals zäher und kräftiger, als man glauben würde.«

»Von mir aus … Und dann ist sie mit dem Audi vom Tatort geflüchtet. Die Geldbehebung mit der Karte ihres Mannes, von der sie uns später verständigt hat, war demnach nur ein Ablenkungsmanöver?«

»Wäre möglich. Gregor Fitzner könnte die Abhebung für sie erledigt haben.«

»Mit der Maske von Tobias Autischer, die es an jeder Ecke zu kaufen gibt.«

Sandra nickte.

»Die Wintersberger ist sicher ganz leicht an eine ÖSV-Jacke ihres Mannes herangekommen, in den sie ihren Geliebten zur Irreführung hätte stecken können.«

»Einen hatte er zur Tatzeit an. In seinem Schrank in der Ramsau hat sich kein Ersatz gefunden«, erinnerte sich Bergmann. »Nur zwei ältere Modelle aus vergangenen Jahren, die er dort aufbewahrt hat.«

»Dann fragen wir doch mal Fitzners Eltern, ob sich im Kasten ihres Sohnes zufällig ein solcher Anorak aus der aktuellen Skisaison befindet.«

»Aber wie haben sie die Brieftasche und die Waffe in Tobias Autischers Wohnung geschafft?«, kehrte Bergmann zum möglichen Tathergang zurück.

»Roman Wintersberger könnte gewusst haben, dass die Reserveschlüssel im Kammerl aufbewahrt wurden. Noch von früher, als er mit der Junior-Chefin was hatte.«

»Und das hat er brühwarm seiner Frau erzählt? Ich weiß nicht …«

»Wenn es so war, könnten seine Frau und beziehungsweise oder Gregor Fitzner nachts beim Fischerwirt eingedrungen sein, um die Indizien dort zu deponieren. Nur: Warum sollten sie Tobias Autischer belasten?«

»Herzlich willkommen in der Sackgasse.« Bergmann seufzte.

»Mir ist da noch etwas ganz anderes in den Sinn gekommen«, meinte Sandra.

»Ja?« Bergmann hob die Arme über den Kopf und streckte vorsichtig den Rücken durch. Sein Hexenschuss war nach dem Schmerzmittel, das der Notarzt ihm in den Rücken gespritzt hatte, nicht wiedergekehrt.

»Gehen wir mal davon aus, dass Irene Wintersberger in Gregor Fitzners Range Rover ab und zu mitgefahren ist«, fuhr Sandra fort.

»Anzunehmen.«

»Wenn die blondierten, glatten Haare von ihr stammen und ihr Sohn Lukas aufgrund des DNA-Abgleichs mit Roman Wintersberger und der Uhr ausscheidet, könnte sie einen zweiten Sohn haben, von dem wir noch nichts wissen. Er müsste allerdings von einem anderen Mann als Roman Wintersberger gezeugt worden sein«, erklärte Sandra.

Bergmann sah sie verblüfft an.

»Und bei wem soll dieser geheime Sohn bitte schön aufgewachsen sein?«

»Keine Ahnung.«

»Etwas an den Haaren herbeigezogen, findest du nicht? Im wahrsten Sinn des Wortes«, spielte Bergmann auf die Haaranalysen an. Dass er wie so oft über den eigenen Witz lachte, entlockte Sandra ein Grinsen.

»Vielleicht hat Irene Wintersberger als sehr junge Frau ein Kind bekommen und es zur Adoption freigegeben. So was kommt doch häufiger vor«, mutmaßte sie weiter.

»Und später hat sie den verstoßenen Sohn wiedergefunden?«

»Oder er sie. Er müsste jetzt an die 25 sein. Weißt du, was mir noch spontan in den Sinn gekommen ist?«

»Du wirst es mir sicher gleich verraten.«

»Gregor Fitzner könnte doch Irene Wintersbergers heimlicher Sohn sein, den sie als ihren Liebhaber ausgibt, damit keiner hinter ihr Geheimnis kommt.«

»Super Ansatz, wenn der DNA-Abgleich nicht dagegen sprechen würde. Lukas Wintersberger müsste demnach ja Fitzners Halbbruder sein, und das können wir aufgrund der DNA von Roman Wintersberger indirekt ausschließen.«

»Leider. Es hätte so gut gepasst. Auch vom Alter her. Gregor Fitzner ist 25.«

Bergmann wiegte seinen Kopf hin und her.

»Na ja. Der heimliche Sohn könnte doch auch erst während der Ehe mit Wintersberger gezeugt worden sein.«

»Die Folge eines Seitensprungs, meinst du«, überlegte Sandra laut. »Und niemand hat ihre Schwangerschaft bemerkt?«

»Das soll in den besten Familien schon vorgekommen sein.«

»Es könnte sich demnach auch um ein Kind oder einen Jugendlichen handeln, der im Range Rover mitgefahren ist.«

»Er muss aber schon ziemlich ausgewachsen sein. Immerhin hat er eine Männeruhr getragen«, kombinierte Bergmann. »Die er vielleicht zur Firmung bekommen hat?«, spekulierte er.

»Oder zur Konfirmation. In Schladming und in der Ramsau sind die Hälfte der Einwohner Protestanten. Der hohe Anteil im sonst so katholischen Österreich resultiert noch aus den Zeiten der Gegenreformation. Genau hier haben sich nämlich die lutherischen Geheimgemeinden versteckt, bis zum Toleranzpatent. Ich glaube, das war im Jahr 1781 ...«, holte Sandra in die Vergangenheit aus.

»Sehr schön«, unterbrach Bergmann ihre historischen Ausführungen. »Und was genau hat das mit unserem Fall zu tun, Frau Professor?«

»Protestanten werden nicht mit zwölf Jahren gefirmt, so wie ich damals, sondern erst mit 14 konfirmiert«, erklärte sie. »Wegen der Uhr …«

»Dann wäre unser Phantom über 14 Jahre alt und zumindest von der Statur her ein Mann.«

»Es könnte sich aber auch um ein fettleibiges Kind handeln. Davon gibt es heutzutage doch einige.«

Bergmann rieb sich die Augen und gähnte.

»Bevor deine Fantasie endgültig mit dir durchgeht, fragen wir lieber Irene Wintersberger. Die sollte schließlich ganz genau wissen, ob es diesen geheimen Sohn überhaupt gibt.«

»Wenn es ihn gibt, könnte er seiner Mutter geholfen haben, ihren Mann zu beseitigen. Oder aber er hat Roman Wintersberger allein auf dem Gewissen, um über seine Mutter an dessen Erbe zu gelangen. Die Breitling hat er dabei am Tatort verloren«, überlegte Sandra laut weiter.

»Mal langsam: Wir wissen, dass zumindest fünf Kundinnen entweder direkt oder indirekt über Fitzners Kleidung Haare in seinem Range Rover hinterlassen haben. Jede von denen könnte doch einen Sohn haben, der mit ihm mitgefahren ist.«

»Vielleicht ist das Männerhaar ja auch nur zufällig über die Kleidung seiner Mutter, über Fitzners Schuhe oder sonst wie ins Auto gelangt.«

»Und ausgerechnet dieser Mann hat zufällig die Breitling am Tatort verloren? Ich weiß nicht, Sandra. Das sind mir zu viele Zufälle auf einmal.«

»Schön, dass du das auch so siehst. Lass uns zuerst die Kundenliste aus dem Friseursalon holen und dann zu Irene Wintersberger fahren. Wenn nicht sie selbst oder ihr geheimer Sohn der Täter ist, kennt sie vielleicht den einen oder anderen Namen auf der Liste und weiß womöglich mehr über die Damen und deren Söhne.«

Bergmann schwieg in Gedanken versunken, während Sandra den Wagen Kilometer um Kilometer über die salznasse Autobahn jagte und den eigenen Überlegungen nachhing.

Irgendwann holte der Chefinspektor sein Smartphone hervor und tippte darauf herum. Zwischen Trieben und Rottenmann verkündete er schließlich, dass die Durchsuchungsbeschlüsse eingelangt wären. Die E-Mail der Staatsanwaltschaft leitete er gleich an Manfred Siebenbrunner weiter, der sich mit seinem Team bereits auf direktem Weg in die Ramsau befand. Anschließend informierte er den Kollegen telefonisch, dass sie noch einen kurzen Zwischenstopp in Schladming einlegen und dann ebenfalls an den Einsatzort kommen würden. Die Spurensicherung möge sich schon mal besonders sorgfältig um die Haare im Q7 von Roman Wintersberger kümmern, erklärte er dem leitenden Kriminaltechniker, der am anderen Ende der Leitung prompt seine Stimme erhob.

Bergmann nahm das Handy vom Ohr und hielt es in Richtung Sandra. Dabei grinste er sie vergnügt an und signalisierte ihr mit einer Handbewegung, dass er Siebenbrunner erst mal ausquatschen lassen wollte.

Der tobte so laut, dass Sandra jedes Wort verstehen konnte. Er wisse auch ohne ständige Kompetenzüberschreitung der Ermittler, was er zu tun habe, hörte sie ihn schimpfen. Er habe es satt, ständig unter Zeitdruck die Arbeit zu machen, für die Bergmann und sein Team dann die Lorbeeren kassierten. Und so weiter und so fort.

Sandra verdrehte die Augen. Dass Bergmann gerade

in diesem Fall weniger Lorbeeren kassierte, als vielmehr unter Beschuss seines Vorgesetzten und der Öffentlichkeit stand, war dem neidischen Kollegen anscheinend entgangen. Als kein Ton mehr von Siebenbrunner zu hören war, nahm Bergmann sein Handy wieder ans Ohr.

»Alles klar«, sagte er gut gelaunt und drückte das Gespräch weg. »Bis später, Pocahontas«, fügte er an und lachte los.

»Na, dann bin ich mal gespannt, ob unser Phantom auch im Audi seine Spuren hinterlassen hat«, sagte Sandra, nachdem Bergmann sich wieder beruhigt hatte, und bog auf die Ennstal-Bundesstraße ab.

*

Feinster Pulverschnee rieselte gegen die Windschutzscheibe des VW Passat, als die beiden LKA-Ermittler langsam an der Villa der Winterbergers vorbeifuhren. Noch war der Himmel bedeckt, doch im Westen hatte Sandra schon die silberne Scheibe der Wintersonne durch die hellgraue Wolkendecke blitzen sehen.

Die rechte der beiden Garagentüren stand weit offen. Direkt vor der Einfahrt parkte ein metallicblauer Mini mit breitem, schwarzweißem Rallyestreifen, der sich von der Motorhaube übers Dach bis nach hinten zur Oberkante der Heckscheibe erstreckte. Besonders lange konnte der Kleinwagen dort noch nicht stehen, sonst wäre er mit Schnee bedeckt gewesen, überlegte Sandra. Vor dem schicken Flitzer, der sie an ihre Freundin Andrea erinnerte, die ein ebensolches Modell in Rot fuhr, parkten zwei silberne Vans der Kriminaltechnik und ein Streifenwagen. Auf dem abgesperrten Gehsteig und in der Garage herrschte emsiges Treiben, wie es bei einem Einsatz der Spurensicherung üblich war.

Sandra überlegte, wem der blaue Mini, der die rechte Ausfahrt blockierte, gehören konnte, während sie ihren Dienstwagen vor dem ersten LKA-Van in der Reihe abstellte. Offenbar hatte die Dame des Hauses, die ihres Wissens nach einen Porsche fuhr, Besuch. Vielleicht von einer Freundin? Oder von einem Verwandten? Nachdenklich folgte Sandra dem Chefinspektor zur Doppelgarage, die von den Kriminaltechnikern in Beschlag genommen worden war. Von Irene Wintersberger war zwischen all den weißen Overalls nichts zu sehen. Außer ihrem weißen Porsche, der, wie erwartet, in der linken Hälfte der geräumigen Garage stand.

»Und? Schon was gefunden?«, erkundigte sich Bergmann bei Manfred Siebenbrunner. Sein sarkastischer Tonfall war nicht zu überhören.

Der leitende Kriminaltechniker ließ sich von seinem ungewöhnlichen Wutausbruch vorhin am Telefon nichts anmerken.

»Ein paar Fasern, Haare, Fingerabdrücke – das Übliche … Dauert noch eine Weile, bis wir alle Spuren gesichert und ausgewertet haben«, brummte er beiläufig.

»Die Haare haben oberste Priorität«, erinnerte Bergmann ihn. »Die müssen schnellstens ins Labor.«

Als ob der Experte der Spurensicherung es nicht längst kapiert hätte, dachte Sandra und rechnete damit, dass der Mann gleich wieder explodieren würde. Darauf schien es Bergmann jedenfalls anzulegen. Den Kollegen zu ärgern machte ihm merklich einen Heidenspaß.

Doch nichts geschah. Siebenbrunner hatte sich wieder voll im Griff. Er schluckte nur und nickte stumm.

»Vor allem die blonden Haare«, ergänzte Bergmann. »Wir sind da nämlich an einer heißen Spur dran.«

Siebenbrunner bedachte den Chefinspektor mit einem zornigen Blick, schwieg jedoch weiterhin.

»Blondinen bevorzugt. Sie verstehen?«, setzte Bergmann noch einen drauf und grinste seinem ohnehin schon erzürnten Gegenüber vermeintlich verschwörerisch zu.

Siebenbrunner wandte sich genervt ab und seinen Männern beim Audi Q7 zu.

Bergmann grinste noch immer.

»Der versteht ja noch weniger Spaß als du«, murmelte er Sandra leise zu.

»Vielleicht solltest du einfach mal die Qualität deiner Witze überdenken«, flüsterte sie zurück.

»Sag bloß, du findest mich nicht lustig, *Liebling*«, wisperte Bergmann und machte am Absatz kehrt, um im nächsten Augenblick die Garage zu verlassen.

Sandra stockte der Atem. Sie zwang sich, dem Chefinspektor nicht hinterherzulaufen und an die Gurgel zu springen. Was, wenn jemand die allzu vertrauliche Anrede gehört hatte? In der Garage drängten sich immerhin sieben Männer dicht an dicht, um den Audi und die unmittelbare Umgebung auf Spuren zu untersuchen. Hektisch blickte sie sich um. Sie hatte keine Lust auf Gerüchte, die sich im LKA schneller ausbreiteten als ein Waldbrand, gleichgültig, ob nun etwas Wahres daran war oder nicht. Doch niemand hier schien Bergmanns Worte gehört zu haben. Keiner schenkte ihnen weiter Beachtung.

Einigermaßen erleichtert wandte sich Sandra um und hielt am Heck des Geländewagens inne. Dort ging sie in die Knie, um eines der Rücklichter genauer zu begutachten. Wenngleich es nicht eingeschaltet war, ließ sich durch den bunten Kunststoff die LED-Leuchte erkennen, die ziemlich genau jene Form aufwies, die Tobias Autischer aufgezeichnet hatte. Ja, es war durchaus möglich, dass dies jener Wagen war, der den Skirennläufer in der Mordnacht beinahe von der Straße abgedrängt hatte, war sie überzeugt und erhob sich, um die Garage zu verlassen.

Bergmann stand ein paar Meter abseits und unterhielt sich mit einer Kriminaltechnikerin, die Sandra noch nie gesehen hatte. Die schweren, kupferfarbenen Locken der jungen Frau waren zu einem Pferdeschwanz zusammengebunden, der gleich einem Wasserfall über die Kapuze ihres Overalls hinab fast bis auf Taillenhöhe fiel. Sandra näherte sich den beiden und stellte sich der Kollegin kurz vor, die ihrerseits ihren Namen, Laura Magnoli, nannte. Mit ihrem klaren hellgrünen Blick und den ausgeprägten Wangenknochen sah die kaum Dreißigjährige nicht nur wie ein Filmstar aus, auch ihr Name klang danach, musste Sandra neidlos anerkennen. Dass ihre Attraktivität den Chefinspektor nicht minder beeindruckte, war nicht zu übersehen. Er klebte förmlich an ihren vollen Lippen. Dennoch musste Sandra ihn in die graue Realität zurückholen. Schließlich war ihnen Irene Wintersberger noch einige Erklärungen und eine Speichelprobe schuldig.

*

Die Witwe sah blass und müde aus, als sie die beiden LKA-Ermittler an der offenen Eingangstüre begrüßte, ohne ihnen die Hand zu reichen. Stattdessen rieb sie sich fröstelnd die Ärmel des schwarzen Wollkleides, zu dem sie – obgleich sie zu Hause war – hochhackige schwarze Raulederstiefel trug. Auch das sprach dafür, dass sie Besuch hatte, überlegte Sandra, hinter der die schwere Holztür ins Schloss fiel. Der Blick, mit dem Irene Wintersberger sie bedachte, war nicht weniger anklagend als bei ihrer letzten Verabschiedung. Ganz im Gegenteil. Prompt krampfte sich Sandra wieder der Magen zusammen. Die Schuldzuweisung stand noch immer zwischen den beiden Frauen wie eine Mauer, die, wenn schon nicht sichtbar, so doch zumindest fühlbar war.

»Wie geht es Herrn Fitzner?«, stellte sich Sandra dem stillen Vorwurf. Wie sehr sie diese anklagenden Blicke hasste, die einzig und allein dazu dienten, ihr ein schlechtes Gewissen zu machen! Noch dazu aus diesen großen, braunen Augen, die Sandra an ein weidwundes Reh erinnerten. Und an ihre Mutter, die dieses Spiel kaum besser hinbekommen hätte.

Bergmann sah sie erschrocken an.

Irene Wintersberger wurde augenblicklich noch blasser. Sie schwankte leicht, sodass ihr Bergmann seinen Arm stützend unterschieben musste, um sie ins Wohnzimmer zu geleiten. Dort sank die Dame des Hauses erst einmal aufs Designersofa und schnäuzte sich diskret. Sandra fühlte sich auf einmal wie in einer Schmierenkomödie, in der sie die Rolle der Bösen übernommen hatte. In den Erkerfenstern, die zum Dachstein blickten, bemerkte sie, dass es draußen dämmerte. Unaufgefordert nahm sie neben Bergmann Platz und versuchte zu erkunden, was hier los war. Warum hatten die beiden eben so erschrocken auf ihre Frage reagiert? War Gregor Fitzner etwa …?

Mit einem kaum wahrnehmbaren Kopfschütteln signalisierte ihr der Chefinspektor, dass sie abwarten sollte.

»Es tut mir leid, dass Herr Fitzner es nicht geschafft hat«, sprach er schließlich Irene Wintersberger an. »Geht es denn wieder, gnädige Frau?«, fügte er ungewohnt behutsam an.

Sandra glaubte, sich verhört zu haben. Entsprechend verblüfft starrte sie ihren Partner einige Sekunden lang an. Woher wusste er, dass Gregor Fitzner verstorben war? Und seit wann? Vor allen Dingen aber: Wieso hatte er ihr diese Nachricht verschwiegen? Sandra spürte die Wut in ihrem Magen brodeln, ließ sich jedoch nach außen hin nichts anmerken. Bergmann würde sie sich später vorknöpfen. Jetzt war erst einmal Irene Wintersberger an der Reihe.

»Es muss ja irgendwie gehen«, antwortete die weinerlich. »Was wollen Sie denn noch von mir wissen? Und warum drehen Sie mir jetzt auch noch meine Garage um? Wonach genau suchen Sie eigentlich?« Bambi fixierte Bergmann mit einem Blick, der so manchen gestandenen Mann zu Tränen gerührt hätte.

Betreten sah er zu Boden.

Sandra hatte genug von der Mitleidsmasche, die Irene Wintersberger hier abzog.

»Wir suchen nach Spuren, Frau Wintersberger«, antwortete sie spitz. »Spuren, die uns zum Mörder Ihres Mannes führen. Oder zu seiner Mörderin …« Sandras Augen blieben stur auf jenen der Witwe haften, die wie immer perfekt geschminkt waren. Auch sie konnte anklagend dreinschauen, wenn sie es darauf anlegte. Gespannt wartete sie, wie Irene Wintersberger gleich reagieren würde. Ob sie ihre Taktik nun änderte?

»Verdächtigen Sie etwa mich des Mordes?«, fragte Irene Wintersberger merklich gereizt.

Diese Frage war nun nicht besonders originell, dachte Sandra beinahe enttäuscht. Ein wenig mehr hätte sie der Hobbypsychologin schon zugetraut. Schweigend zuckte sie mit den Schultern, den Blick immer noch beharrlich auf ihr Gegenüber gerichtet.

»Wenn Sie sich unbedingt blamieren möchten, bitte schön …«, sagte Irene Wintersberger, unüberhörbar spöttisch.

Aha. Die Taktik, mit Andeutungen abzulenken, kannte Sandra schon von ihrer ersten Begegnung. Na, warte!

»Und womit sollten wir uns Ihrer Meinung nach blamieren?«, fragte sie nach, bevor Bergmann auf die Spitze reagieren konnte. Diesmal würde sie Irene Wintersberger nicht so einfach davon kommen lassen. Diesmal wollte sie konkrete Antworten.

»Reicht Ihnen die Schlappe mit Tobias Autischer noch nicht?« Irene Wintersberger kicherte hämisch.

Sonderlich überrascht war Sandra nicht, was für ein Biest zum Vorschein kam, wenn man Irene Wintersbergers Spielchen nicht mitspielte. Auf ihre Menschenkenntnis war wie so oft Verlass.

»Wem gehört denn der Mini vor Ihrer Garage?«, fragte sie weiter.

»Der gehört Lukas.«

»Ihrem Sohn, aha. Apropos: Ist Lukas eigentlich Ihr einziges Kind?«, wollte Sandra wissen.

»Wie?« Irene Winterberger erschrak zum zweiten Mal. »Ja, natürlich ist er mein einziges Kind. Was soll denn diese merkwürdige Frage?«

»So merkwürdig ist diese Frage gar nicht. Im Auto von Herrn Fitzner haben wir nämlich blond gefärbte Frauenhaare gefunden. In Ihrer Länge. Die könnten doch von Ihnen stammen, oder nicht?«

»Sicher. Ich bin schließlich öfter bei Gregor mitgefahren.«

»Das dachten wir uns schon. Merkwürdig ist nur, dass auch Männerhaare in seinem Wagen gefunden wurden. Und zwar eindeutig die Ihres Sohnes.« Vorausgesetzt, dass die blonden Haare wirklich von ihr waren, dachte Sandra, ohne es auszusprechen. Dass von demselben Mann auch die DNA-Spuren von der Breitling stammten, behielt sie ebenfalls für sich.

»Die Haare von Lukas? Das wundert mich auch nicht besonders.«

»Nein. Von Lukas stammen diese Haare eben nicht.«

»Ich habe aber nur einen Sohn. Lukas. Und ich muss es schließlich wissen.«

Sandra sah Irene Wintersberger prüfend an. Nichts deutete darauf hin, dass die Frau ihr ein Märchen auftischte.

»Dann gibt es noch eine andere Möglichkeit …« Sandra zog die Kundenliste von Gregor Fitzner aus der Jackentasche, die sie zuvor bereits mit seinen Angestellten durchgegangen war. Sie reichte die beiden A4-Blätter über den Couchtisch. Dass sie von Irene Wintersberger noch etwas Neues über die Kundinnen ihres Geliebten erfahren würde, nahm sie zwar nicht an, aber ausschließen konnte sie es auch nicht. Immerhin war die Dame zuletzt auch seine Geschäftspartnerin gewesen. Wenn auch nur auf dem Papier.

»Könnten Sie sich die Namen bitte einmal ansehen«, sagte Sandra. »Kennen Sie jemanden? Und wissen Sie vielleicht, ob diese Damen Söhne haben? Das würde uns eventuell weiterhelfen.«

Irene Wintersberger beugte sich nach vorn, um die Liste entgegenzunehmen und nach ihrer Lesebrille auf dem Couchtisch zu greifen.

»Eleonore Schmid kenne ich ganz gut vom Reiten. Und ich weiß, dass sie zwei Söhne hat«, erklärte sie nach einer Weile. Ihr Zeigefinger wanderte nach unten, und stoppte bei zwei weiteren Namen, die sie kannte und von denen sie wusste, dass es in der Familie einen oder mehrere Söhne gab. Aber das war Sandra nicht neu. Im Gegensatz zu jenem Gedanken, der sie unvermittelt traf wie ein Blitz.

Wie hatten sie das nur übersehen könnten? Beinahe hätte sie sich mit der flachen Hand auf die Stirn geklatscht.

»Wir brauchen Ihre Speichelprobe, Frau Wintersberger. Und die Ihres Sohnes«, platzte sie heraus.

»Warum?«

»Könnten Sie bitte Ihren Sohn rufen? Er hält sich doch hier im Haus auf, oder nicht?«, fragte Sandra zurück.

Diesmal lag es an Bergmann, sie überrascht anzusehen.

KAPITEL 10

»Und ihr seids euch ganz sicher, diesmal den richtigen Täter festgenommen zu haben?«, zog Julius Sandra auf, kaum dass sie endlich einen der heißbegehrten Tische auf der Sonnenterrasse der Skihütte ergattert hatten. Den Bericht vom Damenslalom hatte Erwin übernommen, sodass Julius und Sandra selbst einmal wieder zum Skifahren kamen. Mittags wollten sie sich für weitere Abfahrten stärken – mit Kaiserschmarrn nach Omas Rezept, für den Julius glatt hätte töten können, wie er ihr bei ihrem letzten Besuch erklärt hatte.

Schon beim Hinsetzen konnte Sandra den Muskelkater spüren, der sich nach der körperlichen Betätigung des Vormittags mit einem leichten Brennen in ihren Oberschenkeln ankündigte. In letzter Zeit war sie viel zu selten zum Laufen gekommen. Außerdem wurden beim Skifahren andere Muskelgruppen beansprucht.

Insgeheim hatte sich Sandra gefragt, wie lange es wohl dauern würde, bis Julius sie auf den Wintersberger-Mord ansprach. Erst gestern Nachmittag hatten sie den Fall ad acta gelegt. Und danach mit Bergmann auf seinen Geburtstag angestoßen, ehe Sandra nach Schladming abgereist war. Beim Abendessen im Hotel-Restaurant hatte Julius ihr zwar zu ihrem jüngsten Ermittlungserfolg gratuliert, doch sich mit beruflichen Fragen wohlweislich zurückgehalten. Stattdessen hatte er sich auf private Themen konzentriert, was Sandra ihm hoch anrechnete, wusste sie doch, wie schwer es ihm fiel, seine Neugier im Zaum zu halten.

»Wir haben den richtigen. Da kannst du Gift darauf nehmen«, antwortete sie mit einem Lächeln. Wie sehr musste ihm diese Frage auf der Zunge gebrannt haben! Mit weiterer war jedenfalls zu rechnen, ahnte Sandra.

Julius schob die Sonnenbrille nach vorn, sodass sie auf seiner leicht geröteten Nasenspitze zu sitzen kam, und sah sie über den Brillenrand hinweg an.

»Kein Gift. Ich bin eher fürs Erschießen«, sagte er und fasste sich theatralisch an die Brust, als wäre er von einer Kugel getroffen worden.

Die Kellnerin, die eben an ihren Tisch herangetreten war, sah ihn von oben herab an.

»Möchten Sie vorher noch was bestellen?«, fragte sie ohne mit der Wimper zu zucken.

Sie lachten über die Frage nach der Henkersmahlzeit und bestellten Kaiserschmarrn und Lumumba.

»Wie auch immer«, meinte Sandra noch immer schmunzelnd, nachdem sich die schlagfertige Kellnerin wieder entfernt hatte, »der Junge hat gestanden, Roman Wintersberger erschossen zu haben.«

»Wie kann man nur so ausrasten?«

Sandra zuckte mit den Schultern. Wie sehr der angeblich so phlegmatische Lukas Wintersberger ausrasten konnte, hatte sie erst vor wenigen Tagen selbst miterlebt, nachdem ihm seine Mutter angesichts der bevorstehenden Abnahme ihrer Speichelproben gestanden hatte, dass Roman Wintersberger gar nicht sein leiblicher Vater gewesen war.

Warum sie ihrem ersten Impuls in der Polar-Bar, als ihr die fehlende Ähnlichkeit zwischen Roman und Lukas Wintersberger aufgefallen war, nicht gleich nachgegeben hatte, konnte sich Sandra noch immer nicht erklären. Andererseits gab es rezessive Merkmale, die sich von früheren Generationen vererbten. Nicht zwangsläufig waren daher alle Kinder, die ihren Eltern nicht ähnlich sahen, Kuckuckskinder – wie Bergmanns Tochter Sarah. Vor lauter Steinchen in dem komplexen DNA-Puzzle hatten sie das einfachste Teilchen schlichtweg übersehen, was Sandra ärgerte. Unterm Strich überwog jedoch die Zufriedenheit, das Rätsel doch noch gelöst zu haben.

»Die meisten Morde sind Beziehungstaten, die im Affekt geschehen. Das ist dir doch sicher nicht neu«, sagte Sandra. Sie hatte nicht vor, Julius Details zu liefern, die nicht in der offiziellen Presseaussendung preisgegeben worden waren.

Dass Irene Wintersberger die mutmaßliche Mutter von Gregor Fitzner war, den sie als unerwünschtes Baby vor zweieinhalb Jahrzehnten in der Kirche abgelegt hatte, behielt Sandra daher für sich. Als Reporter wollte sie Julius erst gar nicht in Versuchung führen. Außerdem fehlte noch ein letzter DNA-Abgleich, der diese Annahme bestätigte.

Irene Wintersberger war jedenfalls zusammengebrochen, als Sandra sie mit der Vermutung konfrontiert hatte, eine intime Beziehung mit ihrem Erstgeborenen geführt zu haben. Dass die gute Frau davon nichts geahnt hatte, nahm sie ihr ab. Was für eine haarsträubende Vorstellung, mit dem eigenen Sohn zu schlafen! Roman Wintersberger und Gregor Fitzner waren die Enthüllungen wenigstens erspart geblieben, wenngleich sie das mit ihren Leben ziemlich teuer bezahlt hatten.

Lukas Wintersberger hatte schließlich gestanden, dass Elena für ihn gelogen und ihm so ein Alibi verschafft hatte. In Wahrheit war er in der Mordnacht erst eine gute halbe Stunde später nach Hause gekommen, als sie angegeben hatten. Ihm war demnach genügend Zeit geblieben, um seinen Vater spätnachts vom Blauen Engel abzuholen, wie dieser es von ihm am Telefon gefordert hatte. Seinen Audi Q7 hatte er an diesem Tag dem Sohn geliehen, der damit Weihnachtsbesorgungen erledigen wollte, für die im Mini kein Platz war. Während der Heimfahrt hatte der Cheftrainer vergeblich versucht, Tobias Autischer, mit dem er zuvor gestritten hatte, zu erreichen. Schließlich hatte er umdisponiert. Lukas sollte ihn auf der Stelle zum Fischerwirt fahren, wo er Toby abpassen wollte, um sich des lieben Weihnachtsfriedens willen mit ihm auszusöhnen.

Lukas war darüber alles andere als begeistert gewesen. Beim Steirischen Bodensee war der Streit zwischen Vater und Sohn dann eskaliert. Letzterer hatte zur Waffe gegriffen, die sich leichtsinnigerweise im Handschuhfach des Audi befunden hatte, weil Irene Wintersberger sie nicht unter ihrem Dach wissen wollte. Lukas hatte nicht nur den Mord gestanden, bei dem ihm die Breitling seines Vaters, die zuletzt er getragen hatte, abhanden gekommen war, sondern ihnen auch das Tatmotiv mitgeliefert.

Schon als Kind hatte er Toby gehasst. Denn so sehr er sich um die Liebe seines Vaters bemüht hatte, er hatte niemals auch nur annähernd geschafft, was Toby scheinbar so mühelos mit sportlichen Erfolgen gelungen war: Roman Wintersbergers Anerkennung zu gewinnen. Deshalb hatte Lukas beschlossen, sobald die Leiche gefunden würde, den Mordverdacht auf seinen Widersacher zu lenken.

Er habe es wie nichts zuvor in seinem Leben genossen, Toby hinter Gittern zu wissen, anstatt ihn sportliche Triumphe bei der heimatlichen Ski-WM feiern zu sehen, hatte er bei seinem letzten Verhör ausgesagt. Zu seinem Bedauern sei der verhasste Rivale viel zu früh wieder entlassen worden, denn im Riesentorlauf hatte er inzwischen die Goldmedaille geholt. Eine weitere war beim morgigen Slalom möglich.

Geld mit der Bankomat-Karte seines Vaters abzuheben war für Lukas Wintersberger ein Leichtes gewesen. Der neue PIN-Code hatte sich bei dessen Papieren befunden, ein Reserveanorak des ÖSV im Kofferraum des Wagens. Nachdem der junge Mann gut getarnt mit Fotomaske und Mütze Geld abgehoben hatte, war er noch einmal zum Steirischen Bodensee gefahren, um Tatwaffe und Brieftasche des Alten unbemerkt in den Fischerwirt zu schmuggeln. Dass er gewusst hatte, wo der Reserveschlüssel aufbewahrt wurde, war seiner kurzen Affäre mit Katharina Knobloch zu verdanken – selbstverständlich vor seiner Beziehung zu Elena, hatte er versichert. Er sei im Gegensatz zu seinen verlogenen Eltern nämlich absolut treu. Wieder einer, bei dem sich die Perspektiven verschoben hatten, war Sandra dazu nur eingefallen, und hatte den Vatermörder den Wachebeamten übergeben.

»Dein Lumumba wird kalt, Sandra«, holte Julius sie in die Gegenwart zurück.

»Was? Ach so, ja. Entschuldige, bitte …« Sandra griff nach ihrem Häferl mit dem heißen Kakao und dem Schuss Rum. Julius prostete ihr zu.

Am Nachbartisch flossen deutlich härtere Getränke, bemerkte Sandra. Die vier Snowboarder waren bereits in einem äußerst bedenklichen Zustand. Bei den vielen leeren Stamperln, die sich vor ihnen auf dem Tisch aneinanderreihten, war das auch kein Wunder. Doch damit nicht genug. Als die Kellnerin den Kaiserschmarrn servierte, verlangten die Jungs nebenan lautstark schon wieder nach der nächsten Runde.

»Das ist aber endgültig die letzte«, hörte Sandra die Kellnerin sagen, woraufhin das Gegröle noch lauter wurde.

»Das ist ja gemeingefährlich, die in ihrem Zustand wieder auf die Piste zu lassen«, sagte Sandra. »Soll ich nicht lieber mal vernünftig mit denen reden?«

Julius seufzte und ließ die Gabel mit dem Kaiserschmarrn sinken. »Lass es gut sein, Sandra. Du bist nicht im Dienst. Bleib einfach locker und misch dich ausnahmsweise mal nicht ein«, mahnte er.

»Ich soll locker bleiben? Und was ist, wenn die Typen nachher einen Unfall bauen?«

»Bitte, Sandra, entspann dich und genieß den herrlichen Tag. Freu dich schon mal auf deine Après-Ski-Massage …« Julius lächelte sie an.

Es fiel Sandra nicht leicht, sich nicht einzumischen. Aber sie schwieg – Julius zuliebe. Hätte sie zu diesem Zeitpunkt geahnt, welch weitreichende Konsequenzen ihr Verhalten haben würde, wäre sie keine Sekunde länger ruhig sitzengeblieben.

EPILOG

Die Sonne strahlte vom wolkenlosen Himmel. Die hohen Tannen zu ihrer Rechten flogen an Sandra vorbei, während sie die glitzernde Piste beschwingt hinuntercarvte, nur wenige Meter hinter Julius her. So glücklich war sie schon lange nicht mehr gewesen.

Merkwürdig. Hatte sie das alles nicht genauso geträumt? Neulich, als sie bei Toni in Tunzendorf auf dem Sofabett übernachtet hatte. Sandra wunderte sich über ihr Déjà-vu-Erlebnis, als sie im Augenwinkel einen Schatten wahrnahm. War der Typ wahnsinnig?

Julius hatte den Snowboarder, der unkontrolliert auf sie zuraste, noch nicht bemerkt. Gleich würde dieser Irre ihn über den Haufen fahren.

»Julius!«, schrie Sandra so laut sie konnte und schwang ab, um selbst eine Kollision zu vermeiden.

Die Warnung kam zu spät. Nur wenige Meter vor ihren Augen krachten die Männer zusammen. Das fürchterliche Knacken würde Sandra nie wieder vergessen, ob es nun von brechenden Knochen oder berstenden Teilen der Ausrüstung stammte, die ihnen um die Ohren flogen. Wie gelähmt sah sie tatenlos zu, bis die beiden Männer regungslos im Flachstück der Piste liegenblieben.

Einige schreckliche Sekunden später traf Sandra bei ihrem Freund ein. Noch einmal rief sie seinen Namen. Doch Julius hatte das Bewusstsein verloren.

ENDE

GLOSSAR DER STEIRISCHEN UND ÖSTERREICHISCHEN AUSDRÜCKE UND ABKÜRZUNGEN

abposchen abhauen

Buam Jungs

Cobra Sondereinsatzkommando

Erdäpfelgulasch Kartoffelgulasch

FIS (Fédération Internationale de Ski) Internationaler Skiverband

Fleischlaberl Fleischpflanzerl, Bulette

Gatschn tratschsüchtiger Mensch

gemescht von Meschen, die: gefärbte Haarsträhnen

Gell? Nicht wahr?

Gfrast heimtückischer Mensch

Goschn Mund

Gsengt Geschlachteten Schweinen werden durch Absengen die Borsten entfernt. Würde das bei einem lebendem Schwein durchgeführt werden, kann man sich vorstellen, wie die arme Sau rennt; fahren wie eine gsengte Sau, bedeutet daher zu rasen.

Gspusi Affäre, Verhältnis, Flirt

Häferl Tasse

Jänner Januar

Kaiserschmarrn Süßes, flaumiges Gericht aus Mehl, Milch und Eiern, meist serviert mit Zwetschkenröster (Pflaumenkompott mit ausgewählten Gewürzen wie Nelken und Zimt)

Käsekrainer Spezielle Bratwurst mit Käsestückchen im Wurstbrät

kiefeln nagen, abnagen

Körberlgeld zusätzlich, nebenbei verdientes Geld

Leberkäsesemmel Brötchen mit warmer Brühwurst (auch: Fleischkäse)

liegen gehen schlafen gehen

ORF Österreichischer Rundfunk

ÖSV Österreichischer Skiverband

Panscherl Affäre, Verhältnis, Flirt

Planet Planai Seilbahnstationsgebäude an der Planai Abfahrt in Schladming

Polster Kissen

Quasteln Quasten; auch Synonym für weibliche Brüste

rearn jammern, weinen

Rearbeitl Mann, der gern jammert

Sackerl Tüte

Scherben (auch Scherm) Nachttopf

den Scherben aufhaben das Nachsehen haben

schlampert unordentlich

Schwiegerschwager Schwippschwager, Bruder der Schwägerin bzw. des Schwagers

Seids stad! Seid still!

sekkieren ärgern, belästigen

Stamperl Schnapsglas

Stefanitag Feiertag am 26. Dezember

Wadeln Waden

waschelnass völlig durchnässt

wischerln urinieren

LKA-Ermittler Sandra Mohr und Sascha Bergmann ermitteln:

1. Fall: Steirerblut
ISBN 978-3-8392-1136-6

2. Fall: Steirerherz
ISBN 978-3-8392-1243-1

3. Fall: Steirerkind
ISBN 978-3-8392-1396-4

4. Fall: Steirerkreuz
ISBN 978-3-8392-1536-4

5. Fall: Steirerland
ISBN 978-3-8392-1683-5

6. Fall: Steirernacht
ISBN 978-3-8392-1926-3

7. Fall: Steirerpakt
ISBN 978-3-8392-2044-3

ISBN 978-3-8392-2264-5

8. Fall: Steirerquell
ISBN 978-3-8392-2265-2

ISBN 978-3-8392-2441-0

9. Fall: Steirerrausch
ISBN 978-3-8392-2414-4

10. Fall: Steirerstern
ISBN 978-3-8392-2593-6

11. Fall: Steirertanz
ISBN 978-3-8392-2861-6

12. Fall: Steirerwahn
ISBN 978-3-8392-0198-5

13. Fall: Steirerwald
ISBN 978-3-8392-0511-2

14. Fall: Steirerzorn
ISBN 978-3-8392-0733-8

15. Fall: Steirerzwist
ISBN 978-3-8392-0906-6

**Sonderausgabe:
Steirerblut & Steirerherz**
ISBN 978-3-8392-0868-7

SPANNUNG

GMEINER

WWW.GMEINER-VERLAG.DE
Wir machen's spannend

Claudia Rossbacher
Steirerzwist
Kriminalroman
288 Seiten, 13,5 x 21 cm,
Premiumklappenbroschur
ISBN 978-3-8392-0906-6

Kaum ist Sandra Mohr aus dem Urlaub zurück, wird
in Graz eine tote Joggerin mit durchtrennter Kehle
aus der Mur geborgen. Am Einsatzort stellt die
LKA-Ermittlerin fest, dass sie die ermordete Hotel-
direktorin flüchtig kannte. Kurz darauf wird unter
einer nahen Brücke die Leiche eines Obdachlosen mit
ähnlichen Verletzungen gefunden. Wurde die Frau
beim Joggen zufällig zur Mordzeugin und musste
deshalb sterben? Oder war alles ganz anders? Sandra
Mohr und Sascha Bergmann ermitteln in einem Fall,
der mit jeder neuen Spur noch undurchsichtiger wird.

GMEINER SPANNUNG

WWW.GMEINER-VERLAG.DE
Wir machen's spannend

Weitere Titel von Claudia Rossbacher:

Enter ermittelt
ISBN 978-3-8392-1371-1

Enter ermittelt in Wien
ISBN 978-3-8392-1877-8

Lieblingsplätze in der Steiermark
ISBN 978-3-8392-0387-3

Wer mordet schon in der Steiermark?
ISBN 978-3-8392-1775-7

GenussSpur Steiermark
ISBN 978-3-8392-2517-2

SOKO Graz – Steiermark
ISBN 978-3-8392-2078-8

Hillarys Blut
ISBN 978-3-8392-2516-5

Drehschluss
ISBN 978-3-8392-2709-1

GMEINER SPANNUNG

WWW.GMEINER-VERLAG.DE
Wir machen's spannend